anego

Mariko Hayashi

林真理子

小学館

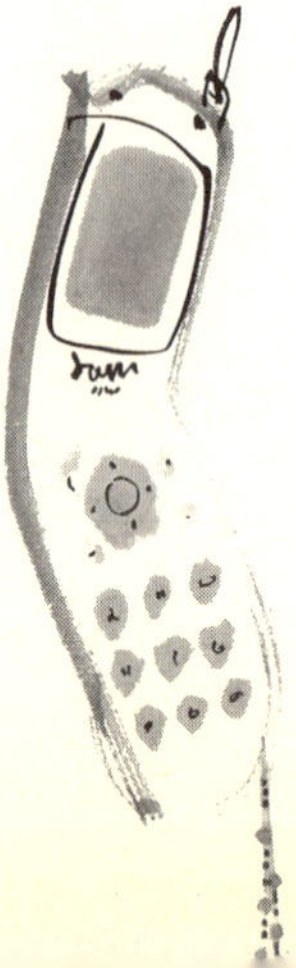

第一章　合コンの掟

終電ふたつ前の電車は思ったよりも混んでいた。ネクタイをだらしなくゆるめ、酒のにおいをさせているサラリーマンが多い。そうした男たちに混じって、ぽつんぽつんとOLが座っている。いつもの時間帯よりも身構えているのが、キュッと握ったハンドバッグや、じっと目を凝らしている雑誌でわかる。最近は女性専用車というものも増えているが、この鉄道会社はそんなやさしいことは考えていない。このあいだどこかの番組でやっていたが、痴漢が出る路線の第二位という栄誉を担っているほどだ。

野田奈央子《のだなおこ》は、遅い電車の中で身を固くする若いOLとは年季が違う。いちばん端の席を確保し、肘をついて楽な姿勢をとった。前に誰も立っていないから、まるで鏡のように夜の窓に奈央子が映っている。幸い日頃気にしている小皺や、口のまわりのたるみといったものは見えず、そこにいるのは確かにまだ若い女である。誰が見てもまだ若い女のはずである。それなのに男たちの視線というのは、何と厳しく正確なものだろうか。今夜の飲み会は、見事に若い女からさばけていった。二次会のカラオケの時、

a n e g o

イラストレーション――白浜美千代　ブックデザイン――鈴木成一デザイン室

彼女たちはいったいどういう魔法を使ったのであろうか。べったり傍《そば》に座っていたようにも見えないのに、めあての男とちゃんと話をとおしていた。帰り際、二組のカップルが出来ていたのだ。

「じゃ、私、帰り道なんで宮本《みやもと》さんに送っていってもらいます」

ちょっと待ってよ、あんたのうちが横浜に帰る人の、どうして帰り道なのよ、などと言わないのは合コンの基本のルールである。男の方は会社のタクシー伝票を使うつもりらしい。今どきそんなところは珍しいが、さすがは業界第一位のゼネコンだ。週刊誌で書かれているほど不景気なこともないらしく、慣れたようにタクシーを停《と》めた。

「すいません、それじゃお先に」

「みんな、ごめんね。でもォ、うち遠いから」

手をふる彼らに機嫌よく手をふるのも、あぶれた者のルールといおうか礼儀である。そして奈央子は他の数人と駅の改札口を入り、ふたつめの駅で乗り換えてひとりになった。そして酒の酔いと疲れでぐったりと座ったところだ。楽しい飲み会ならば快い疲れがくる。けれども空しい時間を過ごした後の、この疲労感はどう言ったらいいのだろうか。

「あーあー、私ってまたやっちゃった…」

奈央子は年寄りくさいため息をついた。全くどうして、いつもこんな役まわりばかりまわってくるのだろうか。

あれは一ヶ月前のことになる。大学のサークルで一緒だった中西《なかにし》から電話があった。それは近々出席することになっている同級生の結婚披露宴についての、どうということもない問い合わせであった。

「この分じゃ、野田、お前の結婚式がいちばん遅くなるんじゃないか。いや、もうその年じゃ恥ずかしくて出来ないかよ」

昔の仲間らしい軽口があった後、不意に彼は言った。

「お前のとこ、商社だから結構いい女がいるだろうなあ」

「お生憎《あいにく》さま。そういう問い合わせは多いんですけどね、このところ新卒の採用はないし、私のような年増か派遣ということになっております」

「それでもさ、中年増でいいのがいるだろ」

中西はしつこく喰い下がる。

「中年増って幾つぐらいなのかしら」

「二十六、七っていうとこかな。オレもさ、年のせいか、若いキャピキャピとはあんまり話が合わなくなったんだよな。出来たら、そのあたりがいいな」

「図々しいこと言わないでよ。何が中年増だか。若いコから見たら、あなたなんか立派におじさんの部類でしょう」

などというやりとりがあり、合コンの話が持ち上がったのだ。中西の勤務する大手ゼネコンでは、三十から三十代半ばの独身がそれこそゴロゴロしているという。技術系の大学や学部出身者が多いために、女性にあまり縁がなかったそうだ。彼らと奈央子の会社の女性たちとちょっと楽しくやれないかなと中西は話を持ちかけてきた。

「だけどさ、野田の年頃の女じゃ、やっぱり奴らも可哀想だと思うんだよな」

「悪かったわね」

「まあ、まあ。それでさ、中年増のあたりをうまくアレンジして、五人ぐらい。うちの方も五人っていうとこで」

合コン、合コンと若いコたちは気軽に言うけれども、幹事といおうか世話人はそれなりの時間と頭を使う。お互いの会社から近く、安くて気のきいた店を探すのに苦労するし、二次会の店も確保しなくてはならない。どこの会社にも「合コンの達人」のような人間はいるものだけれども、こういうのに限って口が軽い。ちょっとでも相談しようものなら、

「野田奈央子が、若い男狙いに合コンに励み始めた」

などという噂を立てられるに決まっている。そんなわけで店が決まるまで、奈央子は何度メールを打ったことだろう。おまけにアクシデントが起こり、肝心の中西に急な海外出張が入ってしまったのだ。

「困るわ。私、いざとなったら、あなたと昔話でもしようと思ってたのに」

「悪い、悪い。オレだってエーッと思うような急な出張だったんだよ。だけどオレの代わりに宮本っていう、すごくいい男を行かせるからさ。彼はさオレよりふたつ上だけど、東工大からＭＩＴ行ったバリバリのエリートだから楽しみにしててくれよ」

そして不覚にも、奈央子は本当に楽しみにしてしまったのである。全く三十三歳の女にしては、本当に不覚であった。

合コンというものに、今まで何度失望してきたことであろう。いや、騙《だま》されてきたといった方が正しい。持ちかけてきた友人は必ず言ったものだ。

「すっごくいい男を用意しとくからさ」

「楽しみにしててよ。うちの精鋭を送り込むわよ」

魅力的な男はいることはいた。こちらに関心を示してくれる男もいた。けれども奈央子にとって大きな不幸は、こちらに関心を示してくれる魅力的な男がひとりもいなかったことである。時々「おっ」と息を呑むような男が出現するが、こういう男に限って早くそそくさと帰る。おそらく「見せ球」というか「ディスプレイ用」といおうか、メンバーに箔をつけるために幹事が拝み倒して来てもらったに違いない。彼らは食事が終ると、これで用は終えたといわんばかりに帰ってしまい、後に残るのは、はっきり言ってカスばかりであった。

全く自分はいったい何に期待していたのだろうかと、奈央子は窓に映る自分に問いかけてみる。この年をして、白馬に乗った王子さまがやってくると本気で信じているのだろうか。レディスコミックや、ドラマにあるように、イヤイヤながら出かけていった合コンで、運命的な出会いをし、二人はたちまち恋におちる、などということを自分は夢みていたのだろうか。

今夜、イタリアンレストランに集った男たちは、可もなく不可もない男、というのがぴったりの連中であった。けれどもややあかぬけない背広の着こなしに、奈央子が好感を抱いたのは事実である。三ヶ月前の合コンよりもはるかにいいと奈央子は思った。大手の広告代理店というのに、後輩が誘ってくれたのである。

ネクタイはエルメスだとすぐわかったし、ストライプのシャツをうまく着こなしていた男もいた。髪型もきまっているし、話の如才なさときたらさすがに代理店だ。けれども誰もが悪ずれしていると奈央子は思った。こういう場所に来たら、女のひとりや二人必ず釣ってみせなきゃなという態度があからさまなのだ。中のひとり、いちばん女に対して積極的で軽い男を見て、既婚者だろうと奈央子は直感した。おかしな余裕と焦りとが入り混じっているのだ。後で確かめたところ、やはり妻子持ちだということが判明した。それどころか、仕切り役の男も別居中とはいえ、妻アリだったのである。

「そういうのって、絶対にいけないと思う」

奈央子が相手方の幹事に厳重抗議したため、そのルートとは完全に切れてしまったものだ。

あの代理店の軽い男たちと比べて、技術系の男たちはなかなか清々しいではないか。簡単な自己紹介でも笑いをとろうとしないところが気に入った。が、それも途中までで、話のつまらなさはいかんともしがたいところがある。ワインがまわった頃になると、

「マスコミはなぜゼネコンを苛《いじ》めるのか」

をテーマに、とうとうと語り始めた男がいた。こういうのは無視するとして、女たちは残った者の中からめぼしいものの判別にかかった。マスコミや商社の男たちから見れば確かに面白味に欠けるものの、「長い目で見れば」という大前提をつければ、掘り出し物だと思われないこともない男が二人ほどいた。あのMIT出のエリート、宮本もそのひとりである。あと十年たったら倍に広がりそうな額であるが、聡明さの証《あかし》ととれないこともない。時々唇をゆがめる皮肉な喋り方は、エリートにありがちなものであるが、本人は悪気なくやっているのかもしれないと、次々とハードルを低くしていった自分の心の卑しさを、奈央子は思う。

その結果がさっきのタクシーである。長谷川真名美《はせがわまなみ》という二十五歳と、彼はいつのまにか話をつけて

いたのだ。あんなつまらぬ、どこにでもいそうな男にかすかにでも好意を抱き、「もしかしたら好きになるかもしれない」

ではないけれども、

「もしかしたら好きになれるかもしれない」

とまで考えを持っていこうとした自分が悲しい…。

その時、車輛をつなぐドアが開いて、中年のサラリーマンがふらりと歩いてきた。奈央子の座っている位置からでも、目が据わっているのがはっきりとわかる。

「何言ってやがんだ、馬鹿やろー！」

都会のあちこちでいくらでも見ることの出来る、ちょっと回路が切れてしまった人だ。あたりに緊張が走った。絶対に目を合わせないように下を向く。

「だからよォ、ちっともわかってないんだよー！　だからよ…」

男はぶつぶつつぶやきながら、奈央子の前を通り過ぎた。その時、ほんの一瞬であるが奈央子は短いドラマを自分の中でつくり上げた。酔って正気を逸した男に、奈央子はからまれるが、ひとりの男が現れて、奈央子を救い出してくれるのだ。それがきっかけで二人に恋が芽生える。それはそれは素敵な恋だ。

「イヤだ。私ったら、本当にヘンなことばっかり考えてる」

欲求不満なんじゃないだろうかと、奈央子はまたアクビともつかないため息をついた。

先月が誕生日だった。全く自分が三十三歳になるなんて、そして独身のままいるなんて、奈央子は未だに信じられない。

十年前、会社に入った時、自分の前には限りない可能性と幸福が拡がっている、などとまでは思っていなかったけれども、結構いい人生が待っているだろうぐらいは奈央子は考えていた。世の中はバブル景気の最後の頃で、新聞やエコノミストたちはいろいろ言っていたけれども、今の状態がもうしばらくは続くだろうと日本中が信じていたものだ。

会社の方も後先考えず、女子社員をごっそり採用してくれた。ちょうど女性の総合職が騒がれていた頃で、女性をたくさん入社させるところは、意識の進んだいい企業であるように言われていたのである。といっても当時から商社は人気があり、倍率は高かったのであるが、まだ現役だった父のコネで奈央子は何とかすべり込むことが出来た。総合職か一般職か選ぶ際、奈央子が当然のように一般職を選んだのは、この就職の時の経緯があったからだ。一流の大学から優秀な成績で入社したならともかく、自分のようにそこそこの大学でしかもコネで入った者が、えらそうに総合職などと言うのは申しわけない。奈央子には昔からこうした律儀なところがある。

それにこれは両親からも言われたことであるが、せいぜい四、五年で結婚するであろうから、何も男並みに仕事をする総合職を選ぶ必要もないと思ったのだ。商社の女子社員というのは、「商社マンのお嫁さん候補」といった見方が確かにあって、十年前はそれがさらに強かった。短大も四年制も、いわゆるお嬢さま学校と呼ばれるところを出ている者が多かったのだ。その中に混じって、東大や早慶卒の女性もちらほらといたが、総合職を選んだ彼女たちのほとんどはもう会社を辞めている。やはり商社の中で、男性と対等に仕事をするのがいかにむずかしいか限界を感じとったからだ。そこへいくとのほほんとした一般職の女たちは、楽しい商社レディの生活を満喫した。給料はよかったし、自宅通勤ばかりだから自分のものとして贅沢に使えた。あの頃、入社二年めでバーキンを買った女が二、三人はいたものである。

が、みなで楽しくＯＬ生活をおくっていたかに見えた奈央子たち同期であったが、すぐに明暗がはっきりと分かれてきた。同期の女たちのうち四分の一は、社内結婚をし、商社レディから商社マンの妻という、これまたなかなか羨しがられる道を歩み始めた。海外転勤で世界中に散らばった彼女たちは、それなりに充実した生活をしているようであるし、まだまだ夫の給料は悪くならない。そして四分の一は、外部の男と結婚して会社を辞めた。見合いをしたり、学生の時からつき合っていた男だったりとまちまちであるが、いずれにしても相手はエリートと呼ばれる男たちだ。そして四分の一はこれといった理由もなく会社を辞め、家事手伝いというものになったり、留学をしたりしている。

そして残りの四分の一が会社に残った。奈央子もそのひとりである。つまりそれは、「社内の男をひとりもつかまえることも出来ず、外の男と結婚することも出来ない女」という汚名をかぶることも意味していた。なにしろ商社というのは、平成不況といわれる今も、人気が高い業種である。三十過ぎた今も、奈央子たちに合コンの誘いがかかるのも、一流の商社に勤めているからに他ならない。若い男性社員ときたら、おそらく女性社員の何倍も得しているはずだ。世の中には「商社マン」と聞いただけで、ヨダレを垂らすような女がいくらでもいるのだ。

派遣社員を見るがいい。すべてがそうだとは言わないけれども、彼女たちの頭の中は、いかに商社マンをつかまえるかということでいっぱいだ。これは噂であるが、彼女たちを大量に送り込んでくる大手の派遣会社の社長は、日頃こう言っているそうだ。

「派遣というシステムがいかに素晴らしいか。あなたたちは新卒では絶対に入れなかった一流企業に、難なく入ることが出来るんですよ。そしてうまくいくと、そこで一生の配偶者を手にすることも出来るんですよ」

全くそんな考えで会社に来られちゃたまらないわと、奈央子たちは憤慨《ふんがい》したものだ。派遣の女性たちは「ハケンの子」とか「ハケンさん」と呼ばれ、正規の女性社員たちと自ら一線を画している。食事をする時も、決して近くの席の社員とは行かない。フロアは違っていようと、同じ派遣社員たちとしめし合わせてどこかへ出かける。しかし彼女たちは嫌われぬよう目立たぬように生息しながらも、しっかりと成果を上げているのだ。「ハケンの子」とつき合う男性社員は、女性社員の軽蔑の対象となった。ましてや結婚ときたら、しばらくはつらいめに遭うことになる。けれども最近も鉄鋼一部のハンサムが、「ハケンの子」と結婚を発表した。

「本当に会社を、出会いのサークルと勘違いしてるんじゃないかしら」

と憎まれ口をきいた女が何人かいたが、それも空しいものとなりつつある。この不況の中、会社は三年前から一般職の採用を中止しており、一般職はすべて派遣社員にする方針だからだ。

いろんなものをつかみそこねた奈央子たちは、次第にその場所を侵食されつつある。けれどもこうなってくるとかえって辞める者は少なくなった。商社の給料は、やはり他の分野のところと比べて段違いにいい。メーカーに勤める同い年の男性よりもずっと高いはずだ。組合が頑張ったおかげで、女性の定年も男性と同じにまで伸びた。こんないいところを、結婚にあぶれたからといってどうして手放したり出来るだろう。

先輩たちを見ていると、三十二、三を過ぎるとたんに身のまわりに構わなくなる。まるで近所に出かけるような、パンツとカーディガンといったいでたちの者さえいた。居直るというと聞こえは悪いが、もう現役を降りた、という感じだ。商社に勤める女性たちというのは、若い時はおしゃれに精を出す。奈央子の勤める商社は制服がなかったから、私服のセンスをおおいに問われた。きちんとしたジャケットに、ブランド品のバッグといういでたちの女が多く、よく女性誌に取り上げられるほどだ。

けれども三十を過ぎ、いったん何かを諦《あきら》めた女は、急におばさんくさくなってくる。マニキュアもせず、流行を追うことをやめ、貯蓄に精を出す者が出てくる。そうでなかったら、女の同僚と行くゴルフや温泉旅行の話ばかりする。自分の人生はこんなものと定めた女たちは朗らかで、たえず仲間と集っては楽しそうにしている。

「奈央ちゃんも、早く私たちの年になりなさいよ」

三十八歳の先輩が言った。

「私たちの年になると、いろいろラクよ」

そうした女の仲間に入るまいと、奈央子はこの一、二年頑張ってきたような気がする。年甲斐もなく、友人たちにからかわれても合コンに行くのもそのためだ。マニキュアを必ずすること、二週間にいっぺんは美容院へ行くこと、スポーツジムに三日に一度は行って体型を整えること、などを自分に課してきた。おかげで奈央子は、すらりとした体型を保っていられる。綺麗にブロウした髪に、ニューヨークブランドのパンツという格好は、いかにも「商社の女」という感じで、奈央子に憧れる後輩も多い。そうして気がつくと、奈央子は彼女たちの相談役になってしまった。しょっちゅう頼られ、秘密を打ち明けられる。

自分でもどうしてだかわからないのだが、奈央子はいつも年下の女の子に慕われる運命にあった。中学生の時には、近所の小学生の女の子たちの親衛隊がついたことさえある。三歳上の兄はよくからかって、

「お前はもう男の方は諦めろ。女にモテるだけでも有難いと思わなきゃな」

などと言ったものだ。その時はひどいとふくれたぐらいであるが、今となってみると嫌な予言ととれないこともない。三十三歳になっても奈央子は独身で、そしてやたらと後輩に頼られるという損な役まわりを負わされることになったのだ。

今日も奈央子の携帯電話が鳴る。ディスプレイを見る。しょっちゅうかけてくる後輩の真名美である。

「もし、もし、こんな時間にすいません。私、どうしても野田さんに聞いて欲しいことがあるんです」

線路の近くからかけているのだろうか、電車の走る音がする。

「あのね、私、もてあそばれたらしいんですけど、そのやり口があまりにも汚くって、本当に口惜しいんです」

「もてあそばれたって、どういうことなのよ」

「だから、その、しちゃったとたん、まるっきり電話がかかってこなくなったんですよ」

「ふうーん、それはちょっとつらいかもしれないなあ」

奈央子にも経験がある。女にとって一回きりの情事というのは、自分で断ったものでない限り非常に腹立たしいものだ。男の方が、自分とのセックスは楽しくなかったと言っているようなものだからである。

「だけどさ、もう仕方ないんじゃないの。追ったら自分がますますみじめになるだけよ」

「私のどこがいけなかったんでしょうか」

奈央子は真名美の、白いぽっちゃりとした腕を思い出した。冬でもノースリーブを着ているような、はちきれんばかりの若い女である。

「さあね、私はあなたの彼を知らないからわからないわ」

「いいえ、奈央子さんは会ってますよ。ほら、宮本さんです。先週の合コンで一緒だった人です。あの人、ものすごく私にやさしかったのに、ホテルへ行ったとたん、もう露骨にサヨナラっていう感じですよ」

奈央子は宮本のゆがんだ唇を思い出した。

「あんな唇とキスしたっていうんで、真名美は神さまから罰を受けたんじゃないだろうか」

意地悪な気分がこみあげてきて、それを誤魔化すために奈央子は咳ばらいをした。

世の中というのは、どうやら自分の知らないところで動いているものらしい。

恋人はいるの？　という質問に、奈央子はとても困ってしまう。奈央子だけではない。三十過ぎの独身の女は、この質問をされたらやはり大部分が困惑してしまうに違いない。

たまに会う男ならいる。セックスをすることもある。けれどもその男が、果して恋人という存在で、そして二人の関係は恋愛と呼べるものだろうかと思うと、やはり奈央子は断言することが出来ない。不倫を除けば、三十過ぎの女の恋愛というのはだらだらと続いていることが多い。結婚という明確なゴールも薄れてきているのだけれども、そうかといって新しい恋に踏み切るには、若さときっかけが無いような気がする。

奈央子が溝口敏行《みぞぐちとしゆき》とつき合い出したのは、二十八歳の秋である。あの頃奈央子はひとり暮らしを始めたばかりで、目黒の学芸大学に住んでいた。敏行とは鷹番にあるスナックで知り合ったのである。常連同士が仲よくなり、外でも会ったりする飲み屋というのが苦手だったのに、どうしてあそこだけは足繁く通っていたのかわからない。たぶん三十代後半の女主人がとても感じよく、週に一、二度ぶらりと寄れるぐらいの料金だったからだろう。敏行はそこの女主人が紹介してくれた。

「溝口さんっていって、雑誌にいろいろ書いている人」

じゃ、作家ですかと聞いたら本人に笑われた。

「そんなんじゃなくて、フリーライター。ソープ情報から、政治家のスキャンダルまで書いているよ」

その後いろいろなことがわかったのであるが、敏行は大手の出版社に勤めていた頃、ある女性作家と結婚した。奈央子も名前だけは聞いたことがある、純文学というむずかしげなものを書いている作家だ。若くしてデビューした彼女を、文芸書担当だった敏行が、いろいろめんどうをみたのがきっかけだったという。

けれどもこの結婚は最初から危ぶまれていて、

「オレって、結局は種馬みたいに使われたと思うよ」

と敏行は言う。その作家は単に結婚して、子どもを産むという経験をしてみたかっただけだったというのだ。なんと四人の子どもを次々と産んだ後、彼女はまた独身になりたいと言い出した。この際さまざまな噂が流れ、彼女が年下の編集者とつき合っている、いや、大物の作家に乗り替えたのだなどと言われ、すっかり嫌気のさした敏行は会社を辞めることにした。

かつて妻だった女は、現在は子どもの成長をモチーフにした作品を書き、そこそこに売れているという…。

などという話を敏行はべらべら喋ったわけではない。彼のそう多くない美点のひとつは、自分の過去の女について全くといっていいほど語らないということである。妻と別れたいきさつは、五年近くの歳月をかけて奈央子が少しずつぽつぽつと聞き出したのだが、過去のことを喋らないということは、現在のことも喋らないということである。敏行に自分以外の女がいるだろうということを、奈央子は薄々と気づいている。うまく隠しおおせたつもりかもしれないが、痕跡はいくらでも発見出来た。

バスルームのシャンプーが、いやに高級なブランドものに替わっていたり、冷蔵庫のタッパーの中に、手づくりのラタトゥイユがほんの少し残されていたりする。

オレにそんな元気と時間はないよと、敏行は笑うけれども本当だろうか。

今年四十一歳になる彼は、若い男にはない陰影にとんだ魅力に溢《あふ》れている。わかりづらく、よく目を凝らさなければわからないが、その分凝視してしまう、そんな魅力だ。マスコミの男独得の、だらしない明るさも女には持てるのだろう。一流会社を辞めたという挫折の過去も、敏行に渋いタッチを与えているかのようだ。

美男子というわけではなく、どちらかというと醜男の部類に入るかもしれない。酒とうまいものが好きだから、腹のあたりにみっちりと肉がついている。眼鏡の奥の目は細く下がり気味であるけれども、何かの拍子に笑ったりすると、清潔な白い歯がのぞき、口元が綺麗だということがわかる。このたまにしか見せない男の笑顔をいとおしく思い追ってきた五年間だったような気がする。

けれども進展もなければ、ドラマも何もない五年間であった。一度離婚した敏行は、結婚に対しての幻想などさらさら持っていない。

二人でテレビを見ている時、離婚のあとすぐに再婚する芸能人の話題が出たことがある。

「こういうエネルギーってすごいよなあ…。ふつうさ、離婚したら男なんかかなりぐったり疲れて、それを癒すのに時間かかるよなあ…。一生かかるやつだっているのに、半年後に若い女と再婚なんて、こいつ本当に体力あるんだなあ…」

じゃ、あなたの癒しはまだ続いているわけね、と言おうとしてやめた。敏行に関して、奈央子はすれすれのところをとても注意深く歩いているという感じがある。結婚してくれるのかと、問うたことはない。という以前に、敏行と結婚したいのかよくわからないのだ。

最初の自己紹介で告げたように、ソープ情報を書いているというのは嘘で、敏行は幾つかの雑誌に比較的硬い記事を書き、そこそこの収入を得ているようだ。今、彼が住んでいる仕事場を兼ねた3ＬＤＫのマンションも自分のものだ。

「別れた母ちゃんが自分で稼いでくれるから、養育費は払わなくていい」

と以前語っていたことがある。かなり変わり者らしい元妻は、

「離婚後、女手ひとつで子どもを育てる母親像」

というのに憧れていて、特に援助は求めて来ないらしい。それはいいとして、敏行に奈央子以外の女性がいるのは確実だ。そもそも彼は濃密に奈央子のことを愛してくれているわけではない。離婚した男がすべてそうなのかわからないが、彼はすべてに恬淡《てんたん》としている。抱かれる前に、愛しているよと言われたことはない。まるでビールを飲む流れのように、彼は奈央子をベッドに誘う。そして奈央子は奈央子で、彼のそんなやり方をとても気に入っているようなふりをしている。

とにかく自分が彼と結婚をしたがっているなどと絶対に思われたくはなかった。

以前、三十歳の誕生日を一緒に祝った時、彼はぽつりと言ったものだ。

「結婚しないのかよ」

その口調は冷たいというのではなく、純粋な疑問形であった。同僚が、あるいは近所のおじさんが、何げなくするあの質問と全く同じ響きだったと奈央子は記憶している。間違っても、

「オレだって、いろんなこと考えてるから」

「もう少し時間をくれよ」

などという文脈は続きそうもなかった。だから奈央子も出来る限りさりげなく、明るくこう言ったのだ。

「まだする気ないわよ。仕事もまあまあ面白くなってきたし、自由にいろんなことを楽しめるしさ」

その時敏行はこう答えたのだ。

「そうだよな。今どきの女ってみんなそう言うよな」

この時の言葉を奈央子は何度も思い出す。そしてこんなことを言う男に、百パーセントすべて自分のものを譲り渡したりするまいと決心をする。三十パーセント、いや、二十五パーセントぐらいのものを与えておけばいいのだ。けれども恋のウォーミングアップは欠かしてはならない。

全く男っ気がない女に恋のチャンスは訪れない、などということは誰でも知っている真実だ。適度に男と戯れ、適度にセックスはしておかなくてはならない。敏行をその相手だと考えれば、そう腹が立つこともないだろう。やがてしかるべき相手が現れれば、百パーセントのものを出しきればいいのだ。けれどもその相手は、いったいいつ、どこで見つければいいのだろうかと、いきつくところはいつものため息なのである。

同じフロアにいる赤塚理恵子《あかつかりえこ》は、奈央子の大学の後輩にあたる。リクルート活動でＯＧ訪問にやってきた理恵子は、

「うちの学校から商社に受かるなんて、相当強力なコネがあったんですか」

と露骨な聞き方をしてきた。

「先輩って毎日楽しいでしょう。この会社にいたら、素敵な人にもいっぱいめぐりあえそうですよね。私、やっぱり商社マン夫人っていうの憧れですよ。海外に行っている人の話聞くと、あっちのヒエラルキーじゃ、メーカーは下の下、商社と銀行が強くって、奥さんたちも威張ってるんですってね」

今どきこんなアホらしいことを言う女も珍しいと、奈央子は彼女のことをつくづく眺めたものだ。聡

明とも思えなかったし、目立つ容姿をしていたわけでもない。本人に言わせると、

「コネも何にもなかった」

というのに、彼女は入社してきたのである。七年前といえばまだ、採用数も多かった。ある人に言わせると、

「のほほんと三百五十八人も女子社員を入れていた」

最後の時期ということになる。そして念願の商社へ入ってきたものの、二十九歳になる理恵子はあいかわらず独身だ。会うたびに、

「本当にあてがはずれましたよ。いい男なんていないし、たまにいたと思えばもう人のものだし」

と愚痴《ぐち》をこぼす。その理恵子からメールが入ってきた。

――たまには社内の若いのとカラオケにいきましょうよ。入社三、四年めの粒よりを揃えておきますよ――

奈央子はすぐにメールを返した。

――せっかくのお誘いですけど、もうそんな年じゃないのよ。このあいだは合コンやって、さんざんなめにあいました。もう若い人の真似しないで、年寄りは同期で温泉へでも行くわ――

するとすぐにまたメールが来た。

――年寄りなんて言っちゃって。ごケンソン、ごケンソン。脂ののった女盛りじゃないですか。うちの課の女の子たちの間でも、奈央子先輩はすごく人気あるんですよ。当日は彼女たちも来るんで、私の顔を立てると思ってお願いします。ちょっと顔出してくれるだけでいいですから――

場所は銀座にオープンしたばかりのカラオケルームだという。銀座という場所にもかかわらず格安で使えるうえに料理もそこそこおいしく、理恵子たちはよく利用しているようだ。

あまり気が進まなかったが、その日はこれといった予定もなく、奈央子は会場へと向かった。この頃こういうことがある。飲み会が続くとどっと疲れがくるが、それと反対に何もなく家で食事をとることが多くなると、へんに手持ち無沙汰な気分なのだ。三十過ぎても人恋しくなる自分を、時々もて余してしまうことがあって、カラオケに誘われた日は、まさにそんな日であった。

約束の時間よりも三十分ほど遅れただけだったが、八人ほどの連中はもうかなりアルコールが入っていた。ビール瓶が何本も並んでいるところを見ると、いっきに流し込んだのだろう。

「よっ、アネゴ、待ってました」

以前何度か飲んだことのある若い男が、いきなり声を上げた。

「やめてよ、アネゴだなんて。おっかないおばさんみたいじゃないの」

勧められた真中の席に座りながら奈央子は抗議した。この一、二年ふざけてこう呼ばれることがある。なんでも課の若い女の子が言い始めたことらしい。最初は腹を立てていた奈央子であるが、

「それってお局じゃない証拠ですよ」

別の若い子に言われて少しおさまった。

「奈央子さんってかっこいいし、めんどうみがいいから、若い子はみんな憧れますよ。みんな奈央子さんのこと、どう呼んでいいのかわからないけど、お局っていうのとは違う。だからアネゴだなんて呼ぶんじゃないですか」

そうは言っても、アネゴなどという色気のない呼び方を喜ぶ女などいるのだろうか。

「へぇー、アネゴだなんて、やくざの姐《あね》さんみたいですね」

そんな声をあげた男がいた。よほど暑いのか、上着を脱ぎワイシャツの袖をめくっている。ブルーストライプの袖から若さがにおうようであった。

「最近人気上昇中の黒沢《くろさわ》君です。ちょっといいでしょう」

理恵子がささやくというには大きすぎる声で言った。確かに彼は甘く整った顔立ちをしている。男にしてはなめらか過ぎるほど綺麗な肌をしていて、目のあたりに育ちのよさとも、鈍感の証ともいえるやわらかい光があった。

「ハケンの子たちが、今いちばん狙ってるのが黒沢君なんですって。ね、ね、可愛いと思いません?」

確かにハンサムなことは認めるが、奈央子は最近こういう男を見ても胸がときめかない。それはテレビの中のスターを見ても、全く何も感じなくなったことと似ている。

「こっちがいくら思ったって、あっちが振り向いてくれるわけじゃなし」

エネルギーの無駄という感じだ。入社三年めといえば二十五歳か。その年齢の男が三十三の女をどういう風に見るか、考えなくたってわかる。

「好感を持てる先輩」

「好感を持てない先輩」

このふたつのどちらかだ。この頃奈央子はつくづくわかったのであるが、世の中の何割かの男は、というに奈央子の手を離れている。つまり何ら対象にしてもらえなくなっているのだ。奈央子は隣りの男が酌《つ》いでくれたビールをいっきに飲み干した。喉が渇いていたのでとてもおいしい。ついでにワイングラスにも手を伸ばした。こんなところで出るぐらいだから安物だろうと思っていたが、赤のさらりとした味が悪くない。

「さあ、アネゴ。何かいきましょうよ」

倉田《くらた》といってお調子者として有名な男が、歌のリストを手渡す。

「駆けつけ三杯じゃなくって、駆けつけ三曲っていうことで」

相変わらず使い古されたギャグをとばしている。

「それじゃ、セミプロが、いってみましょうか」

奈央子は立ちあがった。こういう場では、少しでもおじけづいたり、躊躇《ちゅうちょ》していたら駄目なのだ。最後まで場の雰囲気についていけなくなる。いろいろな思いが生じる前に、とにかく楽しむことだ。

「わー、若い」

と誰かが叫んだけれど気にしないことにした。ほんの何年か前まで、カラオケで若い子についていけるようにと、新曲をかなりチェックしたものだ。家でテープを聞きながら練習したこともある。最近そんなことはすっかりやめたが、それでもあの頃培った力のようなものは少しは残っているらしい。最新曲は無理としても、何回か聞くうちには憶えられるようになった。別に若ぶっているわけではないが、最近の歌の方が、リズムがはっきりしていて憶えやすい。

奈央子はそう軽薄に見えないほどの振りもつける。歌い終るとやんやの拍手が来た。

「野田さんって、いい声してますよね」

黒沢がビールを酌ぎに来た。

「やさしくって、すっごくいい声ですよ」

「そう、どうもありがとう」

この頃は若い男の方が、なかなか気配りをすると思った。マイクの奪い合いが始まる。それも女たちだ。理恵子がなかなかマイクを離そうとはせず、ひと昔前の歌を歌い始めた。彼女はもともと意固地なところがあるが、おそらく中途半端な年齢がなせる業《わざ》だろう。もう少したてば平気で演歌も歌えるし、さらりと最新のものも歌えるようになるはずだ。

やがて男たちにマイクがいき、英語の歌が始まった。商社マンだからといって、みなが英語がうまいとは限らない。特に入社三、四年ぐらいまではろくに喋れない者もいる。海外転勤が決まるとみな必死で勉強し始めるのだ。けれども今日の連中は、みな発音もいい。おそらく留学の経験があるのだろう。

ワインとビールの栓が次々と抜かれ、お腹が空いたということで焼きうどんの大皿を頼んだ。月末の週末ということで誰も帰ろうとはしない。それではそろそろ、ということになった頃には、午前二時をまわっていた。みなのろのろと立ち上がる。どうと意識していたわけではないけれど、いつのまにか奈央子は、黒沢と並んで階段を降りていた。二人だけが皆より先に歩いていた。

「あの、野田さん、どこですか」

「経堂だけど」

「お、ラッキー。僕、下北沢なんですけど、降ろしていってもらえませんか。僕、タクシー券を持ってるんで……」

　このところ奈央子の課では、タクシーチケットの扱いにとてもうるさくなった。以前は持たせてくれたチケットシートも取り上げられている。それなのにこれほど若い男に自由に使わせているのかと奈央子は一瞬不愉快になった。

「そりゃあ、構わないけど」

「じゃ、お願いします。あ…。個人タクシーが来た…」

　みなにろくに別れも告げぬまま、ふらふらと道路に出て黒沢はタクシーに手をあげる。まるでタガがはずれたような行動だった。あぶないと、奈央子は後ろから上着の袖をつかむ。

「ちょっと、黒沢君。あなたすごく酔ってんじゃないの」

「そんなこと、ありませんよ…」

　しかし隣りに座る黒沢の顔はひどく青ざめている。それは深夜の街に残っているネオンのせいかと思ったがそうではなかった。

「あ、運転手さん、ちょっと降ろしてください」

　ドアが開かれるなり、彼は歩道へ突進し、そこにうずくまった。そして水が流れるように吐しゃ物が彼の口から出ていく。もお…と、奈央子は舌うちした。これだから若い男は困る。さっきからよくこれだけ飲むものだと感心していた。まわりの勢いに飲まれ、実力以上のことをしてしまったのだろう。

「ちょっと、大丈夫」

　それでも知らん顔は出来ず、奈央子は降りて近づいていった。

「これで口でも拭きなさいよ」

ハンカチを渡してやった。週末にまとめてアイロンをかけるハンカチだ。他のものには出来る限りアイロンをかけないようにしているがハンカチは別だ。いつ、どんな時に男に見せるかわからないからだ。これはずうっと若い頃から奈央子が心がけていたことである。今夜のようにゲロに汚されることになるのは少し口惜しいけれども。

が、黒沢はそれを受け取ることもせず、ずっとうずくまったままだ。

「お客さん、どうするんですか」

初老の運転手が窓を開けて、苛立たし気な声で問うてきた。

「すいません、ちょっと待っててください」

ほら、黒沢君、しっかりしてと腕をひっぱった。けれども声をまだ発しない。無言の男を、とにかく車のシートに置いた。とにかく送っていかなくては…。

「まず下北お願いします」

言った後でしまったと思う。黒沢の住所など知りはしないのだ。

「ちょっと、黒沢君、起きてよ。ちょっと」

頰をぴたぴた叩いたが彼は目を覚まさない。いっそのこと社員証を見てみようと、胸元に手を入れかけてやめた。やはりそれはいけない行為かもしれない。

「ちょっと、ちょっと、しっかりしてよ」

やがて諦めて奈央子は言った。

「運転手さん、経堂お願いします」

マンションに入る時も、彼はぐったりとしていた。奈央子も小柄な方ではないが、男の腋の下に手を入れ、無理やり歩かせるのはかなりの重労働であった。

エレベーターに乗せ、くずれ落ちそうになるのを励ました。

「ほら、ちゃんと立ってよ。もうじきなんだから」

鍵を開ける。スイッチをつける。黒沢は壁にもたれかかるようにして立っていた。その間じっと目を閉じている。

「仕方ないわね、入りなさいよ」

どさりと玄関のところに倒れ込んだ。奈央子は靴を脱がしてやる。とても大きな靴だ。あまり磨かれてはいなかった。

「ほら、上着脱ぎなさいよ。それから、ほら、そこのソファへどうぞ」

その時不思議なことが起こった。いきなり黒沢がかっきり目を開き立ち上がった。そして、こう言ったのだ。

「ベッド、どこ」

「そっちだけど」

奈央子はドアを指さした。

「でも、あなたが寝るのはこっちのソファよ」

「嫌だ」

彼はきっぱりと言い、奈央子に近づいてきた。あっけにとられる奈央子を抱きすくめる。激しいキスをされた。

どうなってるのよと奈央子は思う。この男いったい何を考えてるのよ。まさか、まさかね…。

けれどもそのまさかが起こった。奈央子はすごい勢いでベッドへとさらわれたのである。上からのしかかってくる男の体は大層重く、大層熱かった。

「やめてよ、あんた、何考えてるのよ」

奈央子は叫んだがすぐにやめた。隣りの部屋に聞かれるのが恥ずかしかったからだ。あまり大きな声をあげて抵抗するのもみっともないと思う。

「まーちょっとの間、目をつぶっていれば済むことだし…」

敏行と最後に寝たのはいつだっただろうか。いずれにしても、貞操観念や罪悪感などまるで持たないでいい相手である。たまにはこんなことがあってもいいかなとちらりと思う。

男は手品のようにしゅるしゅると片手でネクタイをほどき、片手でシャツを脱いだ。そのとたん汗のにおいがぷんとした。久しぶりにかぐ男の情欲のにおいだ。

まだ自分のために、こんなにおいを発する男がいたことは驚きであった。

「ま、いいか…」

奈央子はいつのまにか下着を脱がせやすいように、腰を浮かしていた。

第二章　姉御の正義

以前、女友だちがこんなことを言っていた。

「好きでもない社内の男と、うっかり寝ちゃったりすると最悪よ。次の日、顔を合わせると本当にバツが悪いもの。この先、ずうっとつき合ったりするならともかくさ」

その時、同席していた他の女二人も、そう、そうと声を揃えていたから、多くの女がかなり経験していることなのだろうか。

奈央子は、黒沢とのことを、ぼんやりと思い出す。そのとたん、舌うちしようとして舌が上あごにつきかけるが、それほどのことでもないという気持ちが起こる。そして中途半端なまま、舌は単なる上下運動に終るのだ。アクシデントに近いものだったとしても、甘美な記憶があるのも確かなのだ。

若い黒沢は性急で力強かった。一回めはあっけなく終ったが、やや時間をおいた後、二回めを行ない始めた。これが年にも似合わないテクニックを持っていて、奈央子は久々にセックスを、

「堪能した」

といってもいいかもしれない。

問題は次の日の朝である。そう好き合ってもない男女が、成りゆきでベッドに行く。その夜はいいけれど、朝というのはかなりみじめな要素が含まれるというのを、奈央子は知っていた。そういう経験はなかったけれども、女の本能として知っていたといってもいい。だから当然のこととして、朝ごはんなどつくらなかった。

六時半頃、黒沢はそわそわと起き上がり、

「あの、やっぱりこのままじゃマズいと思うんで、早く家に帰ります」

と言った。敬語の多さに彼の気持ちが表れているような気がした。

「あのさ、うちのマンション、右に出て大きい通りに出ると、結構タクシー走ってるよ。おたくの方向とは反対だけど、うまくつかまえれば大丈夫」

枕にうつぶしたまま奈央子は指示する。眠ったふりをしようと思ったのが、うまくいかなかった。どうせついでだと思うので、次の注意点も口にする。

「うちは自動ロックじゃないけど、気にしないで行って頂戴。それからたぶん、表に出るとむかいのおばさんが掃除しながら、早朝ゴミ出しチェックしてると思う。ここは七時から八時の間に出すことになってるけど、一軒家の人たちが真夜中や早朝に出すんでカリカリしてるのよ。ついでに人のチェックもしててね。ここのマンションの出入りも結構見てるんだけど、気にしないで堂々と出れば大丈夫。初めての人は、あのおばさんの服装と眼光の鋭さにやられちゃうんだけどね…」

「わかりました」

薄闇の中で、彼が上着に手を通す気配がした。昨夜床に投げ出されたままの上着を見て、どうしようかと迷ったのであるが、結局ハンガーにかけてしまったのは、

「おばさんくさいのはもう仕方ないかも」

という居直りと、たぶんこれっきりだろうという心理とが作用したものであろう。

そして奈央子は、最後のとどめとして、言わなくてもいいことをつい口にしてしまう。

「黒沢君」

小さく名を呼んだ。

「あのさ、昨日のこと、全然気にしなくていいからさ。私、誰にも言わないし」

彼の答える声がした。

「助かります」

助かります、助かりますだって…。この頃の若いコは、なんて身もフタもない言い方をするんだろうと、奈央子は本当に腹を立てているのである。もう少し世の中のことがわかった男なら、この後のルールを知っているはずだ。

「そんなこと言わないでくれ」

「すぐに連絡するよ」

このふたつの要素は、最低限の後朝《きぬぎぬ》の礼儀なのではないだろうか。

「まあ、仕方ないか。久しぶりに若い男の子と楽しいことをしたんだから」

奈央子は露悪的な考え方になっていくことで、かろうじて自分のプライドを保とうとしたのである。

月曜の午後パソコンを覗くと、黒沢からのメールが入っていた。

——今日の六時、ちょっとお茶してくれませんか。隣りのビル地下の、スタバで待っています——

奈央子はすぐに返信を打とうとした。

——あなたもしつこいわね。私はあのことを誰にも言わないって言ったでしょう。それなのに、どうしてそんなに疑り深くなっているの。もしかすると、へんなおばさんにひっかかったんじゃないかっておびえてるんじゃないでしょうね——

けれども社内のパソコンは、いつ誰がひょいと覗くかわからない。こうした危険なメールを打つべきではないとなると、やはり奈央子は、隣りのビルのスターバックスまで行くことになってしまう。

「本当にこの頃の若いコときたら」

今度は本当に舌うちが出た。


仕事の途中で抜け出してきたらしい。黒沢は手に何も持たず、奥の席でひとりカップを手にしていた。おとといのブルーのストライプと違い、今日のシャツは純白だ。それが彼によく似合っていて、不快なめにさんざん遭いながらも、やはり若いというのはいいと、一瞬奈央子は呑気《のんき》なことを考えた。

「あ、野田さん、こっちです」

驚いたことに、彼は無邪気に手を振る。

「何にしますか、僕、買ってきますけど」

「カフェモカを…。ショートサイズで」

やがて彼の手に、紙製のコップが握られてきた。いくらもののはずみとはいえ、そういうことをした男と女だ。次に出会って飲むものが、紙コップでのコーヒーというのはあまりにも淋しくないだろうか。

「それで、何のご用なの」

相手の敬語にトーンを合わせ、奈央子もかなりとがった声を出す。

「私も仕事の途中で抜け出してきたんだから、早く用件を済ませて頂戴よ」

「はい、このあいだのこと、すみませんでした」

ぺこりと頭を下げる。奈央子はもう少しで、手にしたコーヒーを、頭からひっかけてやろうかと思った。自分と寝たことは、謝らなくてはいけないようなことだったのだろうか。自分が与えたのは、男が激しく求めたからである。謝罪するということは、その求めた自分を否定することに他ならない。いくらお酒に酔っぱらったからといっても、許されることと許されないことがある。自分を押し倒したことは、とうに許している。我慢出来ないのは、今のこの、

「すみませんでした」

という言葉である。が、コーヒーをかけもせず、大きな声をあげることもしなかったのは、奈央子のひとまわり上の分別というものであった。

「すみません、なんて謝られると困るわね。黒沢君は、そんなに悪いことをしたわけかしらね。好きでもないおばさんと間違ってしちゃったからって、あわてて謝るのもどうかと思うわね」

その代わり、思いきり皮肉を込めた。

「いいえ、そういうことじゃありません」

若い男は奈央子の目をまっすぐに射た。誠実というほどではないが、そう軽薄ではない男の目だ。

「あの時、僕、野田さんに『助かります』なんて言ったでしょう」

「そうだったかしら…」

空とぼけて見せたが、忘れているわけではない。

「そうですよ、野田さんが『気にしなくてもいいからさ。誰にも言わないから』って言った時、僕は反射的に『助かります』って言いましたよね。あれって、男としてものすごく卑怯な言い方じゃないかって思ったんです。この二日間、自己嫌悪にかられるぐらい反省しました」

「そりゃ、どうも」

奈央子は仕方なく苦笑いした。最近の若い男の子というのは、どうしてこれほど潔癖といおうかやさしいのであろうか。人を呼び出してこういう心理を吐露するならば、その前にしなくてはならないことがあるだろうと言いたくなってくる。

「ま、いいわよ。そんな風に言ってくれるんなら。これで一件落着」

奈央子はまるで時代劇のお裁きシーンのように、おどけてこぶしでテーブルを叩いた。

「じゃ、そういうことで。コーヒーご馳走さま」

立ち上がろうとする奈央子に、ちょっと待ってくださいと黒沢が言った。

「あの、僕の話を聞いてくれますか」

「五分以内にしてくれるならね」

「あの日、僕、すごく楽しかったんですよ」

男にこう言われ、顔を赤らめない女はいまい。あまりにもストレートな表現に、奈央子は一瞬、ほんの一瞬ではあるがうつむいてしまったぐらいだ。

「カラオケのとこで二人ですごく盛り上がったでしょう。僕、女の人と話をしていて、あんなに楽しかったのは初めて、っていってもいいぐらいでした」

ああ、そう、ベッドの上の話ではなく、カラオケルームでの話なのねと、奈央子は再びシラけたけれども、黒沢はそんなことにはお構いなしで、ひたすら喋り続ける。

「野田さんって、噂には聞いていたけども、本当に魅力的で楽しい人だなあって思いました。みんなを盛り上げてくれるし、気は遣ってくれるし、僕は本当にいいなあ、って思って、つい……」

ということは、かなり計画的だったということになる。が、この年下の男が、愛を告白し始めているとは到底思えない。最近の若者の特徴であるが、自分の心理を順々に追って人に告げようとしているだけなのだ。

「朝、僕はしまった、って思いました。本当に好きになっていない人、まだ相手のことをよく知ってもいないのに、こんなことをしていいんだろうかって、正直ビビっちゃったんです」

「そりゃ、そうでしょうね。ところでもう五分を過ぎたけど」

「もうちょっと聞いてくださいよ。僕も男だから、ちょっと知り合った女の子と、ホテルへ行くこともあります。でも野田さんの場合は全然そういうのとは違うんです。ちゃんとした女の人に、失礼なことをしたんじゃないかって急に心配になったんです」

「だから、気にしなくてもいいって、何度も言ってるでしょう」

まわりに客がいないことを確かめてから、奈央子は少し声を荒らげた。僕はこう思ったんです。僕はこういう気持ちなんです。まるで小学生の作文を聞いているようではないか。

「あなたみたいな若いコに心配されるほど、私おちぶれてないから。じゃもう五分はたったから失礼しますよ」

でも、また会ってくださいね、と黒沢はすがるような目で見た。

「もうあんなことはしませんから、ふつうに会ってくれませんか。僕、ムシがいいと思われるかもしれませんけど、このことで野田さんに会えなくなるの、すごく嫌なんです。ふつうにごはんを食べたり、遊んだり出来ないかなあと思って」

「まあ、無理でしょうね」

奈央子は冷めたコーヒーが半分ほど入った紙コップを持って立ち上がった。

「私、それほどヒマじゃないのよね」

「でも、僕、メール打ちますよ」

明るい黒沢の声が追いかけてきた。


次の朝、デスクの前に座り、パソコンを立ち上げた。仕事の用件が続いた後、黒沢のメールが入っていた。

——ナオコさんへ、昨日はお時間をとっていただいてありがとうございます。僕は今日から、シンガポールへ出張です。経済産業省のえらい人たちの会議についていくのですが、金曜には帰ります。そのうちにおいしいお酒でも飲みましょう――

ただちに「ゴミ箱」に捨てた。

そしてマウスをクリックすると、坂本比呂美《さかもとひろみ》からのメールが入っていた。

――奈央子さん、ご無沙汰していてすいません。ちょっとご相談したいことがあるのですが、お手すきの時に電話をいただけますか――

五年ほど前、奈央子は組合の女子部の仕事をしていたことがある。断わり切れずに、一年間だけ役員を引き受けたのだ。その時に三歳年下の比呂美と知り合った。彼女はまだ若いのにバツイチの身の上で、学生時代からの恋人と、入社早々結婚したものの二年足らずで別れたのである。そのせいかものごしが落ち着いていて、年よりもずっと大人びている。奈央子とすっかり意気投合してしまった。それ以来、たまに食事をしたり、飲みに行ったりする仲ではあるが、なにしろ三千人もいる本社の中では、すれ違うことすらめったになかった。

彼女は「鉄のコ」と呼ばれて、社内でいちばん不振をかこっている鉄鋼部門にいる。ここは十年間以上、儲かったことがないという部門で、経費の締めつけも大層厳しい。おそらくそんな愚痴を聞いて欲しいのだろうと思って電話をしたところ、想像以上に深刻な声が返ってきた。

「あの、近いうちにお時間をとっていただけないでしょうか」

「金曜日ならいいけど」

黒沢が帰ってくる日だと、ちらっと思い出した。

「レストランで待ち合わせしようか。このあいだ一緒に行った『リストランテ・スズキ』を予約しとくけど」

「出来たら奈央子さんのお部屋にしていただけませんか。図々しいのはわかっていますけど、人に聞かれたら、ちょっと困るんです」

意外なことを言い出した。自宅のワインパーティーに一度誘ったことはあるが、いつも会うのは外だったし、比呂美は決して必要以上に他人のプライバシーに立ち入らない女である。その彼女が、部屋に行きたいというのだからよほどのことなのだろう。

「わかった。じゃ、七時半っていうことでどうかしら。会社の帰りに何か買っておくわ」

「すいません、私の他にもうひとりいるんですけど」

新しく出来た恋人に会わせたいのだろうか。それならばレストランでもいいのではないかと、不思議に思った奈央子の心を察するように比呂美はこうつけ加える。

「私と同期の女性です。詳しいことは言えませんけど、何とかお願いします」

声が急に低く、早口になった。

けれどもこれだけでは、要領を得ない。後でメールでもあるかと思ったが、何の連絡もなく金曜日になった。

——ナオコさん、元気ですか。このメールを早朝のシンガポールの空港で打っています。いやあ、今度の出張は疲れました。でもお役人って、なかなか面白い人が多いですね。詳しい話はいずれ——

何が「いずれ」だと、奈央子は再び「ゴミ箱」に入れる。細々とした仕事は片づけておいたので、早めに帰ることが出来た。ターミナル駅のデパートの地下で、フランスパン、タコとイカのマリネ、キッシュを買った。昨日のうちにビーフシチューをつくってある。比呂美が連れてくるのが誰かわからないのだが、このくらい用意しておけば充分だろう。

七時三十五分に、マンション入り口のインターフォンが鳴った。部屋のドアを開けると、まず比呂美が入ってきた。

「奈央子さん、ごめんなさい。私たち外で食事してくればよかったですよね。今日になって、気づいたんですけど……」

「いいのよ。出来あいのものばかりだから気にしないで」

これ、お土産ですと、比呂美はワインの包みを差し出したが、その間にももうひとりの女はドアの陰にいてなかなか姿を見せようとはしなかった。

「香苗《かなえ》、入って……」

「はい」

女が姿を見せた。水色のジャケットに茶色のスカートという取り合わせが、彼女の尋常でない美貌をひき立てていた。

「秘書課の遠藤《えんどう》香苗さんです」

「はじめまして」

「はじめましてだけど、私は遠藤さん、何度かお見かけしてるわ」

派遣社員がばっこする四、五年前まで、秘書課の女性は新入社員からとびきりの美人が選ばれるという専らの噂であった。それが単なる噂でないことは、彼女たちを見ればすぐにわかった。出身校も、奈央子のようながさつな共学ではなく、お嬢さま校といわれるところか、あるいは短大が多かった。奈央子たちの時も、研修中にひときわ目立つ美人がいたのであるが、秘書課に配属されたと聞いて、やっぱりなと、男たちは頷《うなず》き合ったものだ。

そんな秘書課の中でも遠藤香苗の美しさというのは、群を抜いていた。何とかという若手の女優にそっくりだと、奈央子のまわりの男たちもよく騒いでいたものだ。おととしだったか、社内報の「私の趣味」というページに出た時は、わざわざ切り抜いて貼っておく男も出現したほどである。長い睫毛に縁どられた大きな目に、小さな唇という取り合わせはやや古典的過ぎるように奈央子は思うことがあったけれども、男たちには絶大な人気があった。

副社長秘書という立場上、彼女はめったに社員食堂に来ることはないのだが、それでもたまに、彼女がトレイを持ちキャフェテリアの列に加わるだけで、あたりの雰囲気が変わった。ふり返る男性社員のグループさえあるぐらいだ。

「ご自宅まで押しかけて、申しわけございませんでした」

香苗が頭を下げると、軽く栗色に染めた髪がふわりと揺れた。美女というのは、髪の先まで美しく出来ているのだと、奈央子は思わずにはいられない。

「見たとおりの汚くて狭いとこよ。お掃除は週末にまとめてするから、今日のところは最悪だけど許してね」

「でも、ひとり暮らし、羨しい。私なんか出戻りのくせに、まだ親がかりなんですもの」

比呂美があたりを見渡す。彼女は、女子社員は自宅通勤に限るとされていた時代の入社だ。奈央子にしても、独立を果たしたのは、二十八歳の誕生日後だった。

まずは「乾杯」ということでワインを抜いた。

その後、居心地の悪い沈黙が続き、シチューを盛りながら奈央子は尋ねた。

「時間がもったいないから、早く肝心の話をしましょう。それとも、話しながらだと料理がまずくなるような話？」

「そうですね」

と比呂美。

「そのおいしそうなシチューをいただいてから話をさせてください」

比呂美はおかわりをしたが、香苗はほとんど手をつけなかった。前にすれ違った時は、頬のあたりがもう少しふっくらしていたと奈央子は思う。

「あの香苗のことなんです」

食後のコーヒーを前に比呂美は話し始めた。

「今、すごく大変なことになってるんです。私、相談されたんですけど、ことの大きさにどうしていいのかわからなくって、それで奈央子さんに助けていただこうと思って」

男性関係だとすぐに見当はついたが、相手の名前を聞いて驚いた。

「田部《たべ》副社長なんです」

これだけは、本人がはっきり名を告げたが、九十九パーセントの困惑と怒りとは別に、一パーセントの得意気なところがあった。田部副社長は官僚出身で、会社が三顧の礼を以《もっ》て迎えた人物である。次期社長という声もあるが、省庁から天下りした副社長がすべてそうだったように、彼も任期を終えると、どこかの財団か研究所にお払い箱になるだろうという説の方が根強い。

「副社長に就任してすぐですから、もう三年になります」

香苗ははっきりと言った。

「最初はレイプみたいなものだったらしいんです」

「そこまでとは言わないけど、まあ、すごく強引でした」

「あのおっさんがやりますよねぇ。頭の毛を抜いた鳥ガラみたいなおっさんなのに」

比呂美の言葉に、奈央子は式典で何度か見たことのある田部の姿を思い出そうとしたがうまくいかない。だいたいにおいて、副社長などというのは、インパクトのないものではなかろうか。

「私、実は結婚することになったんです」

香苗は突然、といっていいほど急に饒舌《じょうぜつ》になった。他の誰にも言えないたくさんの秘密が、やっと出口を見つけて流れ出したという感じだ。

「人の紹介で知り合った医者なんですけども、相手がとても気に入ってくれて、今年中にでも挙式、ということになったんです。副社長はずっと前から言ってました。君が結婚する時は淋しいだろうなあ。でもね、カッコよく送り出すから見ててくれって…。私、地位も家庭もある方ですから、ちゃんとそのようにしてくれると思ってました。ところが私が結婚のことを告げると、もう頭がおかしくなったみたいに怒り出したんです」

田部本人が言うには、もはや社長になれるはずもない。再就職の道も、こんなご時世ではうまくいかない。家庭は以前からずっとうまくいっておらず、夫婦仲は最悪だ。もはや自分には失うものなど何もないのだから、お前を幸せになどするものか。絶対に他の男のもとにはやらない。

「そんなの、つっぱねればいいでしょう」

　奈央子は言った。

「そんなおじさんの脅しにのっちゃ駄目ですよ。ああいうエリートは、ちょっとした挫折にも耐え切れないで、ああだ、こうだ言うかもしれないけど、そんな度胸あるもんですか…」

「でも、あの人、破れかぶれになっているんです」

　六十近い男を、若い娘は「あの人」と呼んだ。

「何をされるかわかりません」

「いいじゃないの。脅かされたって、つっぱねればいいのよ。どうせ会社、寿退社するんでしょ」

「それが…」

　香苗は顔を手で覆った。

「私が馬鹿だったんです。本当に馬鹿だったんです…」

　泣き出して言葉にならない。比呂美がいたわしげに彼女の肩に目を落とした。

「ラブラブの時に、二人で写真撮ってたらしいんですよ。デジタルカメラが流行り出した頃で、ちょっとエッチっぽいやつを。あのおっさん、それを社内のネットで流すって言ってるらしいんです」

「脅しじゃなくって、現に私のパソコンに送られてきたんです。あんな写真を見たら、彼は許してくれないわ。すべて終りです…」

ああ、どうしてこんな厄介ごとを引き受けなくてはいけないのだろう。聞いたということは、荷物を負わされたということだ。この荷はかなり重い。ああ、黒沢のことといい、全くこの頃の若いコはと、奈央子はため息をついた。


さあ、どうしようかと奈央子はずっと考えあぐねている。不倫の末期症状として、地位ある男が、若い女を脅しているのだ。しかも男の方は、二人がベッドの上にいる、かなりきわどい写真を持っているというのである。

奈央子はそうした写真を撮らせる女の心理というのが全くわからない。メールなどなかった世代だから、奈央子もラブレターというものを書いたことがある。ホテルで先に出て行く時、男を起こさないように走り書きしたメモ、恋愛まっ最中に旅行先から送った手紙、どれも思い出すだけで顔が赤くなるようなシロモノだ。しかし性的なことを書いたことは一度もない。それは奈央子の用心深い性格というよりも、美学のようなものだ。メールでもそうだけれども、奈央子はこの世には永遠に残るものがあると思っている。そういうものに、究極のプライバシーといえるようなセックスに関したことを書くのは嫌なのだ。

うんと奔放なことを言ったりしたりするのは、相手と会っている時だけでいいと思っている奈央子にとって、香苗のようなやり方は本当に理解出来ない。いくら男にそそのかされたといっても、どうしてそんな写真を撮らせるのか。不倫というのは、いずれ終りがくるものではないか。その終りをどうして想像出来なかったのか。

「ああいう若い女の子って、やたら冒険心があるのかもしれない」

奈央子はひとりごちた。特に香苗のような女は、幼い時から可愛いとか、いい子などと言われ続けたに違いない。そういう女が、ちょっとハメをはずしたらとんでもないことになったのである。

これはやはり、田部副社長に直談判するしかないだろう。一介の女子社員が副社長に直接会う、などというのはあり得ないことであるが、香苗は受け合ってくれた。

「あの人」

彼女はまだこんな呼び方をする。

「副社長っていっても、案外ひまなんですよ。午前中はたいてい会議がありますけど、お昼ごはんを食べた後は部屋でちょっと本を読んだりしています。私がご案内しますから、その間にいらしていただくっていうのはどうでしょうか」

「待ってよ、ちょっと待って頂戴」

奈央子は、ごっくんと唾《つば》を飲んだ。

「あなたはお気楽に言うけれども、私の身にもなってよ。私は入社してから一度だって、十五階の役員フロアへ行ったことないの。あそこにひとりで行って、知らないおじさんに会って、あれこれ申し上げる。そんなこと、やっぱり小娘の私に出来るはずないでしょう」

自分でもコムスメという言葉は変だと思ったが、本当にそんな気分なのである。もはや権力を失くした、といっても、相手は副社長である。もしや怒りに触れ、クビにならないとも限らないではないか。

この会社は組合が強いから、そう勝手にクビには出来ないといっても、えらい人の裁量ひとつで奈央子の運命なんかどうにでもなる。とんでもない部署に飛ばされる、などということもあり得るだろう。

それだけの犠牲を払っても仕方ないと思えるほど、奈央子は香苗と親しくはない。ちゃんと口をきいたのは、先日自宅へやってきた時が初めてだ。それなのに、どうしてこれほど重大で困難な役目を担わなくてはいけないのだろうか。

「そんなこと言わないでくださいよ。私たちが信頼出来て、何とかしてくれるって思えるのは、この会社で奈央子さんたったひとりなんですから」

比呂美から手を合わすようにして頼まれた。その比呂美にしても、本当に香苗に対する友情や義俠心から相談にのってやっているのかということも、奈央子は疑問に思っている。かなりの好奇心に加えて、重大な秘密を知っているという喜びとが彼女を動かしているのだろう。が、奈央子はそのことを格別悪いこととは思っていない。人間の心というのはこうしたものだと思う。自分にもそうした卑しさがないとは言えないだろう。

それにしてもいったいどうしたらいいのだ。大きな危険を冒して、副社長に忠告をするべきなのだろうか。香苗は言ったではないか、

「女房とも離婚話が出ているし、もはや自分には失うものなど何もない」

と破れかぶれになっているというのだ。しかし奈央子は、これは話半分に聞いた方がいいと思っている。田部はそこいらのおっさんではない。人も羨むエリートコースを経て、きちんとした地位に就いている男なのだ。そんな人間が、女房と別れる、再就職もうまくいかないことだし、お前も道連れにして

やる、などと口走っているのは、恋人の前でだけ見せる愚かさというものであろう。きちんとどこかを押せば、怯《おび》えるツボはあるはずだ。そのツボとは何か。やはり奥さんだろうか。

「いっそのこと、あなた捨て身になってさ、奥さんにすべてを打ち明けたらどうかしらね。味方になってくれないまでも、旦那にみっともないことはよせ、ぐらいのことは言ってくれると思うわよ」

とんでもないと、電話の向こうの香苗は叫んだ。

「私、ちらっと会ったことがあるけれど、すごくぎすぎすした感じの人なんですよ。私はまだあの人と何も無かった頃ですけど、すごい目つきで見られました。ああいう人って、絶対に逆恨みするタイプだと思うんですよ。私のフィアンセに言いつけたりとか絶対すると思います。私、あの奥さんに会って話をするなんて、怖くて絶対に出来ません」

それだったら、私が会いに行かなくてはいけないのだろうかと奈央子はため息をついた。実のところ、五十代の女の心理などわかるはずがない。自分の夫が浮気したうえに、しかもひどい悪あがきをしている。何とかしてくださいよ、と年下の女から言われて、ああした妻は、はい、そうですか、と言うものなのだろうか。私からよく言って聞かせます、と、物わかりのいいところを見せるのか。それとも、香苗の言うとおり逆恨みするものだろうか。

副社長に直接言うのも気が進まないが、この妻の方に直談判するというのも嫌な仕事だ。全くどうすればいいんだろうかと、奈央子はため息をついた。

そうだ、と思いつくことがある。マスコミというのはどうだろうか。三年前の事件を思い出す。奈央子の会社では、総会屋にかなりの大金を渡していたのが発覚して、大変なニュースになったのである。

あの頃会社の前には、テレビのクルーが何組も陣取っていた。朝、玄関へ向かう社員に意見を聞くためだ。上司に厳しく言われていたため、誰もインタビューには答えなかったものの、テレビカメラの前を通り過ぎるのは、正直言ってわくわくした気分であった。が、そんな呑気なことを言っていられるのも下っ端の社員だからで、当時の重役たちのあわてようといったらなかった。しょっちゅう記者会見があり、専務が解任された。確か田部副社長も、うろうろとみっともないところを画面にさらしていたはずだ。こういう人たちにとって、テレビや週刊誌というのは本当に怖いものらしい。それならばいっそこちら方面から脅してもらったらどうだろう。奈央子の頭にとっさに浮かんだのは溝口である。恋人とは言えないけれども、ボーイフレンドと呼んではちょっと淋しい。時々は会って食事をし、どちらかの部屋に泊まっていく、という関係がずっと続いている男である。フリーライターをしている彼は、日本人だったら誰でも知っている、有名な週刊誌の名刺を持っていて、そこには「特派記者」と刷り込まれている。あれを見ただけで、田部のような男はひるむのではないだろうか……。

「ふうーん、面白そうな話だな」

その夜、ウイスキーグラスを手にした溝口は、初めて見せる表情をした。目が好物を目の前にした猫のようにふんわりと細まったのであるが、そのくせ鋭く光っている。唇はゆがんだように笑っている。

「東西商事の副社長が、秘書とデキた揚句、別れ話がこじれて、裸の写真を社内のネットで流す、っていうのか。ふうーん、こりゃなかなかイケる話だよなあ」

「ちょっと、記事にするのはやめてよね」

奈央子は睨みつけた。

「これはね、あなたを見込んで打ち明けているの。別にネタを提供しているわけじゃないわ。そこを誤解しないで欲しいのよ」

「だから、オレにいったいどうして欲しいんだよ」

「あなたの名刺を持ってね、田部副社長に会って欲しいの。こういう面白い話を聞いたんですけど、どうでしょうか、って言えば相手はすぐにビビるわよ」

「だけどちょっと待ってくれよ。そんな男と女の痴話喧嘩を、どうして週刊誌の記者がかぎつけたんだろうって相手は思うじゃないか。そっちの方が不審がられて、オレがやばくなるよ」

「そうよねえ、ちょっと待って頂戴よ」

　奈央子はあれこれ思いをめぐらす。出来ることならば香苗も同席させ、彼女からいいアイデアを提供してもらいたいところだ。香苗は言っていた。

「脅しじゃなくって、現に私のパソコンに送られてきたんです」

「そうだわ」

　奈央子は大きく頷いた。

「田部さんが送った写真が、うっかり他のパソコンに流れた、っていうことにすればいいのよ。すっごい美人のからみ写真っていうことで巷《ちまた》で話題になって、いろいろ調べてみたらあなただっていうことがわかったって言えばいい。これならツジツマが合うんじゃないの」

「そうかなあ…」

　溝口が首をひねる。

「社内ネットの情報が外に流れたりするかよ。相手は信じないと思うけどな」

「いいのよ、いいのよ。パソコンには自信がないのがあのオヤジの世代なの。週刊誌の記者が訪ねてきただけでオタオタしているんだから、こういうことがありましたって言えば、そうかもしれないって思っちゃうわよ。ウソ八百で相手を騙すのがあなたの仕事なんでしょう。そのくらいのこと、出来ないはずはないと思うけど」

「まいったよな」

溝口は口の中で二つの氷をカラカラさせている。迷っている時の彼の癖だということを既に奈央子は知っている。

「そんなことしたって、オレには何のメリットもないわけじゃないか。その美人秘書と、一回ヤラしてくれるっていうなら話は別だけど」

「馬鹿なこと言わないでよ」

問題が解決しそうな予感で、奈央子は少しうきうきしながら叫んだ。

「人間、何のメリットがなくても、やらなきゃいけないことがあるの。人に頼まれて頭下げられたら、どんなことがあってもやらなきゃいけないの」

「そうは言ってもなあ…」

「いいじゃないの、ご褒美はおいしいイタリアンに、秘書じゃないけど美人女子社員のセックス付きっていうのはどう?」

「なんか代わり映えしないよな」

「贅沢はなし」

いつのまにか二人ともグラスを置いてキスをしていた。今夜の溝口はいつもと違う。裸になって抱き合うとそれがよくわかった。微熱のようなものがある。彼のマスコミ人としての本能が、奈央子の話にあきらかに興奮しているのだ。

男っていいかも。

ふと思った。仕事に対する勢いが、オスの本能に直結しているのだ。女にこんなことがあるだろうか。仕事がうまくいったり、次の仕事に対する野心によって、セックスの時に燃えた、ということが未だかつてあっただろうか。いや、ない。それどころか仕事と男との時間は、全く切り離されているものである。意識して別の時間をつくろうとしているところが女にはある。

やっぱり男っていい…。

溝口に抱かれながら、奈央子は深いため息を漏らした。


今か今かと待っていたところ、携帯が震え出した。社内では私用の携帯は禁止されているので、奈央子はそれを持って廊下に出た。階段脇のところで電話に出る。

「もし、もし、オレだよ」

「今、どこにいるの」

「おたくの隣りのビルの地下。スタバのあるところだ」

適度な騒がしさがあって、かえって話を聞かれずに済むと、サラリーマンたちがよく携帯を耳にあてている一角だった。

「たった今、おたくの副社長にお会いしましたよ」

「それでどうだったの」

「そりゃ、そんな事実はないっていう一点張りだよ」

「それで、遠藤さんから借りたあの写真見せたっていうわけよね」

それは田部からネットで数カット送られた中の、比較的おとなしい画像であったらしい。あきらかにラブホテルのベッドの上と思われるところで、浴衣姿の田部と、まだワンピースを着ている香苗とのツーショットだ。シャッターが切れる寸前のデジタルカメラに向かって、二人が生まじめな顔でいるのが何やらおかしい一枚だ。

けれどもスーツやネクタイもなく、だらしなく浴衣をはだけている田部から、中年の男の薄汚さが漂ってくるようで、顔をそむけたくなる一枚でもある。本人が見たら相当あわてることだろう。

「おたくの副社長はそりゃあ立派な方で、最初は金が欲しいのか、警察に言うぞとかわめいていたけれども、ま、すぐに静かになったよ」

「それって、どうなったの」

「ま、詳しい話は夜するよ。ここじゃ出来ないから」

「わかった、切るわ」

席に戻ってしばらくたつと、今度は香苗から電話があった。

「何があったのかわからないけれども、さっきすごく興奮して出ていきました。これっていいことなんでしょうか」

「そお、たぶんいいことだと思うわ」

社内電話なので、二人とも用心して主語を出さない。

「詳しいことは、夜電話するわ」

「はい、お待ちしています」

その夜、十一時過ぎてから溝口は電話ではなく、直接奈央子の部屋へやってきた。どうやら手柄をたてたらしい男のために、奈央子は化粧を落とさず待っていたのだ。ふんぱつして、冷蔵庫の中にそっと入れておいたヴーヴ・クリコの栓を抜いた。シャンパンの黄色い泡を見ていると、やはり自分もかなり興奮した日々をおくっていたのだとつくづくわかった。

「とりあえず乾杯よ」

「おっ、サンキュー。だけどシャンパン貰うようなこと、オレしたのかな」

「いいの、いいの。まず飲んで。それから話をしてよ」

溝口は話し始めた。

しばらくわめいていた田部副社長は、やがて諦めたようにこう言った。

「金が欲しいのか…」

たかり屋と思われちゃ困りますよ。私はそこらのブラックジャーナリズムとは違います。ちゃんと一流の出版社で仕事をしている人間です。この写真を金で買い取れなんて、下品なことを言うように見えますか。ただ、取り引きをしましょう。

「取り引きって何よ」

「この写真を闇に葬る代わりに、ある情報を教えて欲しいって言ったんだ」

「ちょっと、ちょっと待ってよ」

奈央子は叫んだ。叫んだものの、驚きと憤りとで声がうまく出てこない。

「私、そんなこと聞いてなかったわ。私が頼んだのは、写真を見せて、ちょっと脅して欲しいってことだけよ」

「だけどそんなことが通るわけないだろう」

溝口はうっすらと微笑をうかべている。これも奈央子の知らない顔だ。得体の知れない、どろどろしたものが、彼の皮膚を押せばすぐにぴちっと出てきそうだ。

「いいかい、相手もオレも小学生じゃない。あの写真を見せて、こんなおいたはやめましょう。ハイ、わかりました、でコトが終るわけないだろう。あのおじさんのご乱行をいさめるために、週刊誌の記者がのこのこ出かけていったら、かえって怪しまれる。事態を収めるためにも、取り引きをしなくちゃ格好がつかないだろ」

溝口は喋り出した。

三年前の総会屋事件では、腑におちないことが多過ぎた。東西商事のような企業が、あんなインチキな総会屋にどうしてみすみす金を出していたのか。どうも大物の政治家がからんでいて、総会屋うんぬんは、政治家に渡した裏金のカモフラージュだという噂を聞いたことがある。その内部事情を、副社長となれば知らないはずはない。この写真を出さない代わりに、それを教えて欲しい……。

「呆れたわ…。それって立派な恐喝じゃないの」

「恐喝じゃないよ。バーターっていうやつだ」

ああ、またそんな顔をしないでと、奈央子は泣きたい思いで男を見る。

「これで一件落着っていうことになる。あのおじさんは、もうこれに懲りてあの美人秘書のことをすっぱりと諦める。オレにも多少の情報が貰える。こうしてバランスをとらないと、オレがあのおじさんのところへ行ったのは不自然になるからね」

「いいえ、私が許さないわ」

わけのわからない大きな力が、奈央子を揺り動かしている。これは怒りだ。初めて経験するような大きな怒りなのだ。

「あなたは私を裏切ったのよ」

「おかしな言い方はよしてくれよ。オレだって相手の出方次第で、どうするかはよく決めていなかったんだ。君には終った後、ちゃんと話そうと思ってた。だからこうして来たんじゃないの」

「いいえ、いいえ、あなたがしたことは間違っているのよ」

今度は叫びではなく、低い声が出た。頭の中は叫んでいる時よりも、ずっと静かに澄んでいる。

「あなたは私を裏切ったし、私は会社を裏切っちゃったのよ」

「大げさな言い方、やめろよ」

「そう、裏切りよ。私はただのペーペーの女子社員で、これから重役になるっていうわけじゃない。だけどね、会社からはちゃんとお給料貰ってるのよ。いけすかないところもいっぱいある会社だけど、それなりにちゃんとしてくれてるの。お給料貰っている私は、絶対に会社が損するようなことをしちゃいけないの。絶対にしてはいけないのよ。それは人間としてしちゃいけないことなの。私は知らないうちに、今日それをしてしまったんだわ…」

「君がからんでるなんて、誰も知りゃしないんだ」

「私が知ってるわよ。それからあなたもね」

二人は見つめ合った。たぶん奈央子の目の力の方が強かったのだろう。溝口はすぐに目をそらした。

「いったい、どうしたいんだよ」

「すぐに出ていって。それから、私、もう二度とあなたには会わないわ」

「おい、おい、ちょっと待てよ」

男の顔が奇妙にゆがんだ。こんなはずじゃなかったぜと、そのゆるんだ唇が語っている。

「君の会社は、社会的に見てよくないことをしたんだぜ。それを世の中に知らせて、正しい判断をしてもらおうとするのがなぜいけないんだ。君のその考え方は、一社員のエゴイズムっていうもんだよ」

「それはあなたたち、マスコミの人の倫理でしょ。会社員には会社員の倫理っていうものがあるの。私はそれを持っているっていうだけのこと」

「そんなにカッカすんなよ。オレたちってうまくやってきたじゃないか。オレは君に惚れてるし、別れるつもりなんてまるっきりないよ」

「でも、私にはあるの」

奈央子はソファから立ち上がる。

「出ていってください。私はね、こういう人間なの。今までわからなかったかもしれないけど」

また電話するよ、と溝口は出て行った。奈央子はグラスの中のシャンパンを見つめる。泡がひとつ、ふたつ、思い出したように上がっていく。もうすべて終ったのだ。男とのことは。しかしこれからどうしたらいいのだろう。自分は会社を辞めるべきなのだろうか。もう頭が混乱している。いずれ考えようと、奈央子は残ったシャンパンを飲み干した。ぬるいそれはみじめな気持ちによく似合っていた。


「昨日、香苗から電話がありました。ハワイで無事挙式を済ませたって…。奈央子さんによろしくって」

「そう、それはよかったわね」

「でもあのコ、すごい勢いで辞めて、あっという間に結婚しちゃったんですよね。秘書課の人たちもあっけに取られてましたよ。仕事の引き継ぎもろくにしなかったって。でもあの場合、仕方ないですよね。ぐずぐずしてたら、あのおじさんがまた何かしそうですもんね」

「そうよね」

「ほら、うちの会社の記事出たじゃないですか。ベタ記事でたいしたことなかったけど、あれって田部さんが関係してるっていう噂があるけど本当でしょうかね」

「そこまではわからないわよね」

「まあ、田部さんも何とか財団ってところに決まってよかったですよね。それであのおっさんの気持ちも収まったんだろうって、香苗は言ってますよ」

「そうね、たぶんそうでしょうね」

「もう香苗って幸せいっぱい、っていう感じ。ねぇ、奈央子さん、世の中ああいう女がいちばん強いっていう気がしませんか。不倫して危ういところをうろうろしても、最後は口をぬぐって金持ちの医者と結婚する。私、ああいう人には一生かなわないと思いますよ」

「比呂美ちゃんがそんなこと言うなんて思わなかった」

「何か私って、損するような役まわりなんですよね」

「ダメ、ダメ、そんなこと言っちゃ。本当に損することが起こるわよ」

そうですね、気をつけなきゃ、と比呂美は言い、奈央子は静かに笑った。自分が手放したものについて、決して後悔するものかと思った。

第三章　見合い

最近奈央子は、実家へ帰るたびに不愉快になる自分に気づく。

それは極めて理不尽なものだとわかっているから、ますます始末に困るのだ。

まず親が年をとってきたのが気にくわない。親というものは、ずうっと変わらず存在していて、娘に対して小言を言う。そして最後には口喧嘩になり、相方ぷりぷりしながらそれでも食事を共にする、というのが奈央子のあって欲しい親、特に母親の姿である。

奈央子の母の厚子《あつこ》は、今年六十になる。まだまだ若い年齢であるが、この頃めっきりと愚痴っぽくなってきた。娘への関心が薄れ、小言が少なくなった分、今度は自分に関しての不満が目立って多くなった。

「腰が痛いのがずうっと治らないの。貰ったお薬も少しも効かないし……」

「だったら医者を替えればいいじゃないの」

奈央子はいらいらしながら応える。

「だってね、阪口《さかぐち》先生は昔からいろいろお世話になっているしね。先生は、そこいらのハリやマッサージへ行ってもダメだっておっしゃるのよ」

「だったら、そこいらじゃないところへ行けばいいじゃないの。青山にものすごくいいマッサージの人がいるらしいわよ」

「だけどねぇ、あんまり知らない人に診《み》てもらうのもねぇ」

「ママはさ、腰を治したいのッ、それともお医者さんにいい顔したいのッ、どっちなのよッ」

最後はつい荒い口調になってしまう。

母の厚子は、もともと活動的な女で、奈央子が大学生の頃はゴルフに凝り、日曜日ともなるとあちこちのゴルフ場に出かけていたものである。それがこの二、三年、体の不調を訴えてあまり外に出なくなった。どうも更年期をうまく乗り越えられなかったことが原因らしい。

そして体の愚痴の後は、奈央子の兄夫婦の愚痴となった。

「今年は奈津美《なつみ》の七五三じゃないの。どうするの、って聞いたら、晶子《あきこ》さんたら、さあどうしましょうって、取りつく島もないのよ」

奈津美というのは兄夫婦の五歳になる長女で、晶子さんというのは兄嫁である。学生時代からの恋愛を実らせ、兄が結婚した相手は、あるメーカーの副社長の娘である。副社長といっても、外国の支社長をずうっと渡り歩いた揚句の、名誉職という立場だったらしい。実権を持たないますぐに定年退職となった。その代わり気位の高さだけは残ったという一家だ。しかも兄嫁となった晶子は帰国子女ときている。確かにちょっとした美人であるが、絶対に友だちになれないタイプだと奈央子は思っている。商社に勤める奈央子は、帰国子女を何人も知っているし、いろいろなタイプに分かれるのも把握している。けれども晶子のような女は、かなりむずかしい方に属するだろう。親がそこの日本人社会で権力を持ちながら、子どもに対して日本人的教育や躾《しつけ》をきちんとしなかったという類《たぐい》が、いちばん扱いに困る。プライドは高いうえに、中途半端に外国人でいて日本人だからである。

母の厚子は何度も言ったものだ。

「日本人と思うから腹が立つのよ。外国人のお嫁さんだと思えばいいのよね」

孫も二人生まれ、それなりに平穏は保たれているはずであったが、五年前に奈央子が家を出てから、やはり淋しさからだろうか、厚子は不平不満をはっきりと口にするようになった。兄一家が全く家に寄りつかないというのだ。晶子の方の実家には毎週のように行っているらしいのに、こちらには電話ひとつ寄こさない。いくら外国式に、嫁姑関係がないといっても、これはあんまりではないだろうか…。

「お兄ちゃんにはお兄ちゃんの生活があるんだからさ、あんまりぐちゃぐちゃ言っても仕方ないんじゃないのォ」

これまた苛立ちながら、適当な言葉を発するうち、奈央子は次第に不安にかられていく。

「今は何とかなってるけど、十年後、二十年後って、うちはいったいどうなっているんだろう」

兄嫁には全く期待出来ない。ということは、老いた両親のめんどうは、自分がみることになるはずだ。

奈央子は辻真由美《つじまゆみ》のことを思い出した。真由美は大学時代のサークルの先輩だ。三十六歳で大手の出版社に勤めている。入社してすぐに父親を亡くし、兄と姉も独立して家を出ていった。母親との二人暮らしを十年続け、こんなに快適なものはないと思っていたという。

編集者という仕事柄、帰りはいつも遅い。しかし温かい料理は用意されているし、風呂もわいている。部屋の掃除も洗たくもしてくれている。恋人もいることはいたが、居心地のよさにこのまま結婚しなくてもいいかな、と思っていたそうだ。

けれども七十を過ぎた母親のちょっとした入院がきっかけで、真由美は気づいたという。

「結局、私って、兄や姉から母親を押しつけられていただけなのよ」

母親との同居の快適さに、ずるずると三十代半ばまでひとりできてしまった。結婚しろよ、どうするんだと他の兄弟たちは心配するふりをしていたけれども、内心はしめしめと思っていたに違いない。

「私が定年退職する頃には、母親はもう体が動かなくなっていると思う。そうしたら今までめんどうをみてもらったんだから、お前が看病しろって言われるに決まってるわ」

いい、気をつけなさいよと、彼女はいささかヤニくさい口を近づけた。

「未婚の女ぐらい、つけ入られやすい存在はないんだからね。ぐずぐずうちにいると、母のめんどうをみさせられちゃうんだからね」

私だってこれからチャンスがあれば、結婚するつもりなのよ、絶対に、と真由美は続けた。

「三十六なんて、私たちの業界からすれば小娘もいいとこよ。いったい何のために、若づくりして頑張ってると思ってんのよ」

そんな女友だちの言葉を思い出すまでもなく、母の愚痴にたまりかねて、奈央子はついに立ち上がった。

「私、もう帰るわ。パパによろしく言っといてよ」

「ちょっと、夕ごはんを食べて行くんじゃないの。久しぶりにしゃぶしゃぶでもしようと思って用意しといたわよ」

母親のつくるしゃぶしゃぶは、ゴマだれがかなり甘い。都心の有名店の味を知っている奈央子にとっては、わざわざ食べるほどのものでもないような気がする。

また食卓の向こう側に座る、定年後小さな関連会社で、名ばかりの役員をしている父親のうっとうしさときたら、もう耐えがたいほどだ。無口になった分だけ、奇妙な存在感でこちらを圧倒してくるのだった。

だから奈央子は二時間もたつとそわそわして帰りの仕度を始める。三十過ぎの未婚の娘と実家の関係というのは、どこでもこんなものではないだろうか。

奈央子は最近、ひたひたとすぐ近くまで迫ってくるものを感じている。それは親の老いであり、自分の老いでもあり、何かの崩壊の兆しである。いずれにしても、この気楽な生活にいつか終りがくるというのは確かなのだ。

ふと言葉が口をついて出た。

「私、結婚でもしちゃおうかなあ…」

その言葉は奈央子を驚かせるのに充分であった。

無意識で発したものだけに、まるで魂から言葉が絞り出されたようだ。奈央子は自分が本当に孤独だと思った。男と別れたばかりだ。そう愛していたわけでもない。体だけで繋《つな》がっている、独身女にとって便利で必要な玩具のように思っていた男だ。けれどもその男さえいないという、今の情況をどう言ったらいいのだろうか。ひとりなのだ。本当にひとりぼっちなのだ。

セックスがそう好きなわけではない。他の女と比べたわけではないけれど、この年の女としてごく普通の性欲と感性だろう。けれどもセックスする時には、手順というものがある。やさしい言葉と髪を撫でる指、服を脱がす時のちょっと乱暴な甘さ。ああしたものを自分はもう手に入れることが出来ないのだ。何ヶ月か、何年かすれば手に入れられるかもしれない。けれどもセックスというのは菓子と同じで、すぐに食べなくても常備しておかなければ心もとない。不安になる。

若く何も考えていない女たちだったら、単に遊びでゆきずりの男という菓子を手に入れることが出来るだろう。けれども三十三歳の奈央子にそんなことが出来るはずはなかった。

私鉄電車に乗りながら奈央子は考える。父と母が老い、やがて亡くなり、実家というものが消滅したら自分はいったいどこへ行くんだろう。次の場所をまだ自分は見つけていない。

その週の金曜日、留守番電話に母からの伝言が入っていた。

「ちょっと相談したいことがあるんだけど、土曜日か日曜日に寄ってくれないかしら」

相談というのは何だろうか。このあいだの人間ドックで、肝臓があまりよくないと言われたという父親の顔が頭をよぎった。いや、それほど深刻そうな声でもなかったような気がする。以前言っていた家の外壁を塗り替えたいということなのか、それとも久しぶりに海外旅行に出かけたいから、どこか代理店を紹介しろということなのだろうか。

土曜の朝、九時になるのを待って電話をかけた。

「いったい何なのよ、相談って…」

「いや、そんなにたいしたことじゃないんだけど…」

母親は言葉を濁す。

「今度うちに帰ってきた時にでもと思ったんだけどね、ナオちゃん、いったいいつになるかわからないから」

「何なのよ。ぐずぐず言ってないで、電話で話して頂戴よ」

「それがね、あなたの縁談なのよ」

へえーっと奈央子は声を上げ、そしてげらげら笑い出した。

「私に縁談。三十三歳の女に縁談ねえ。世の中には奇特な人がいるのね。ねえ、こんな話を貰ったの、何年ぶりかしらね。私もまだまだ捨てたもんじゃないかも」

「ほら、ナオちゃんのことだから、ふざけて茶化すと思って、電話で言いたくなかったのよ」

これはね、もったいないようなお話なの。こんなお話をいただくのはもう最後だと思うのよと、厚子は急に低い声になった。東大を出た経済産業省の男で、今年三十五歳になる。もちろん初婚だ。もしかすると近いうちに外務省に出向し、どこか海外の大使館勤務になるかもしれない。出来たら語学の出来るしっかりした女性を、ということで、商社に勤務する奈央子に話が持ち込まれたというのだ。

「ふうーん、東大出のエリート官僚ねえ。なんだか嘘っぽいような話よねぇ。そういう人だったら、お嬢さま大学出の、いいところのご令嬢がいっぱい手ぐすねひいて待っているんじゃないの」

「それがね、これは晶子さんのご実家からのお話なのよ」

さっきからの、奥歯にもののはさまったような言い方はそのためなのか。

「晶子さんがらみだと、ナオちゃんは嫌がるかなあと思っていろいろ考えたんだけど、お断わりするにはあんまりもったいないお話だからね」

「それで顔はどうなの、顔は」

「そう悪くないわよ。俳優のなんとかっていう人に似てるわ」

「え、俳優ですって。誰よ、誰」

「えーとね、主役やるような人じゃなくって、脇役によく出る人。ほら、フジの九時からのドラマで、刑事の上役やってた人で……」

「いい、いい、もういい。ママに芸能人の話聞いても仕方ないってわかってるから」

「とにかくちょっと帰ってきてくれないかしら。昨日ね、梨と、ナオちゃんの好きなローザのクッキーをいただいたのよ。それも渡したいからよろしくね」

電話を切った後、母親相手にはしゃいでいた自分に、奈央子はかなり腹を立てた。二十代前半の頃と、何という違いだろうか。あの頃大学を出たばかりの奈央子に、幾つかの縁談が持ち込まれた。父のサラリーマンとしての最盛期と重なるあの頃だ。若さというのは傲慢《ごうまん》さと、とんでもない屈折した心をつくり上げる。奈央子はそうした写真や経歴書が持ち込まれるたびに、たまらない屈辱感をおぼえたものだ。

「もう、こんなもの持ってきて。私のこと、バカにしないでよ」

硬めの台紙に貼られた写真を、母親に向かって投げつけたこともある。

やがて二十代後半に第二次縁談期というべき時が来て、ぽつりぽつりと話が持ち込まれた。この頃になるとかなり世慣れてきた奈央子は、照れのせいもあって偽悪に走った。青年の写真を見ては小馬鹿にしたり皮肉を言い、伯母たちを呆れさせたものだ。

今、三十三歳になった奈央子は、縁談が来たことにまず驚き、そして密かに喜んでいるのである。自分もまだ市場に加わっているという安堵感。二十三歳の時だったら、誇りを傷つけられたように感じたものが、今は全く違うものに変わっているのだ。

しかしそうはいっても、母親に対して素直になれるわけがない。三十三歳の娘が、自分に縁談が来たからといって、シッポを振ってそれに飛びつくことが出来るだろうか。

奈央子が実家に帰ったのは、それから二週間後のことだ。

「いいかげんにしなさいよ」

厚子が本気で怒った。

「晶子さんのお母さんから電話をいただいて、どうでしょうかって聞かれても、まるっきりお返事出来ないじゃないの。こっちの身にもなって頂戴」

「だって仕方がないじゃない。ここんとこ本当に忙しかったんだもん」

奈央子は不貞腐《ふてくさ》れた。そういう芝居でもしなくては、見合い写真など見られるものではない。

「これがあちらの写真と経歴書。斉藤《さいとう》さんっておっしゃるのよ」

白い封筒を出された。もう時代が変わっているのだろうか、台紙に貼ったアルバム風の見合い写真などない。三枚のスナップ写真だけだ。白いワイシャツ姿で同僚と写っている写真、ゴルフのクラブを持っている写真、そしてどこか外国で撮ったらしいスーツ姿の写真だ。平凡といえば平凡な男の顔であるが、意志の強そうなよく張った顎が印象に残る。奈央子はそうでもないが、この手の顔の男が好きな女はいるものだ。

経歴書を見る。斉藤恭一《きょういち》という、申し分のない男の人生が、そこには記されていた。横浜生まれで、進学校として知られる私立の中高一貫教育校を出て、東大の法学部に入学している。趣味にワインとあるのが気になるが、このくらいは我慢すべきなのだろう。スポーツはゴルフとあった。

家族の欄を見る。父親は東大ではなく早稲田であるが、名のとおった企業の取締役までいったらしい。この父親と晶子の父親とが親しく、そこから持ち込まれた話だという。

「晶子さんのご両親だって、うちの手前、そんなにおかしな話を持ってこれないでしょう」

厚子は声を潜めて語る。女というのは縁談について喋る時、どうして必ず声を潜めるのだろうか。厚子は言う。今どき誰だってめんどうくさいことは嫌がる。業者でもない限り、縁談など持ってこないものだ。それなのに晶子さんのうちでは、ナオちゃんのことを気にかけてくれている。これはとても有難いことなのだ。

ナオちゃんももう若いねんねのお嬢ちゃんではないのだから、私の言いたいこともわかってくれるでしょう。あなたの年になったら、すべてのことをチャンスと思わなくてはいけないのよ。

憶えていないかもしれないけど、昔、ナオちゃんは言ったわね。私は絶対に恋愛結婚するんだから構わないで頂戴って。でも今あなたがひとりなのを見ると、やはりいろんなことにご縁がなかったんだと思うの。お母さんはね、ナオちゃんをずうっと自由にさせてきたわ。好きな男の人を連れてきて、結婚したいの、って言ってくれる日を待っていたわ。

でもそんな日はなかなかやってこない。だったらね、今度のことをチャンスだって、真面目に謙虚に受け止めて欲しいの。

奈央子は写真の男をじっと見つめる。この男に抱かれても構わないかと問うてみる。見合いというのは不思議なもので、その男の実物に会う前に、

「この男と寝ることが出来るかどうか」

という質問をつきつけられるのだ。男をもう一度見る。出来そうな気がした。努力をすれば、という条件がつくけれども、少なくとも嫌悪し拒否する要素は何もなかった。

「努力すれば愛することが出来るかもしれない」

愛しているから結婚するとは限らない。こう考えると、結婚はすぐ手の届きそうなものに思えてくる。

「そんなにママがぐだぐだ言うんだったら、会ってもいいわよ」

母親の愚痴が、娘のプライドの防波堤になることもあるのだ。


テレビドラマで見合いというと、女は振り袖を着たりするが、今どきそんなものを着る女などいるはずはない。たいていはスーツかワンピースだ。

「簡略も簡略。ちょっとお茶をいただくだけだから堅苦しくないお洋服でいらしてください」

と、晶子の母から電話があった。といっても生まれて初めての見合いである。奈央子は香港で買った、紺のジル・サンダーのスーツを着た。

「随分地味ね。ピンクでも着ればいいのに」

厚子は不満そうだ。しかし白昼のホテルのラウンジで、スーツ姿の年相応の男と、ピンクのスーツで会ったりしたら、すぐに見合いとわかるだろう。それは奈央子がいちばん避けたいことであった。

食事をするのも形式張っているからということで、午後の二時、フォーシーズンズホテルのラウンジで会うことになった。

「若いお二人だけと思いましたけれども、一応は紹介する者がいませんと」

ということで、晶子の母が立ち会うことになった。外国暮らしが長いため、髪を派手に染め、大ぶりのアクセサリーをつけたこの初老の女が、奈央子はかなり苦手である。老眼鏡かサングラスかよくわからぬものをかけているさまは、いろいろスキャンダルで騒がれた元野球監督の夫人とよく似ていた。しかし彼女と違って、ものの言いようは控えめで品がある。今日は見合いの仲介ということでかなり興奮しているのだろうか、ラウンジで奈央子の姿を見るやいなや、

「こっちよ、こっち」

と大声で手をふった。同時に男が立ち上がった。奈央子を迎えるためである。

「ご紹介するわ。こちらが斉藤恭一さん。通産省にお勤めなの」

「おそれいりますが、うちは名前が変わりました」

男がいくらかからかった調子で言う。

「あ、そうだったわね。何ていったかしら」

「経済産業省です」

「いや、経産省ってわけね。言いづらいわ」

三人立ったまま、ぎこちない会話をしばらくした。

「とにかく座りましょうよ。お飲み物、何になさる」

晶子の母がメニューを拡げた。

「私は紅茶にしてね。午後を一分でも過ぎてコーヒーを飲むと、私はまるっきり眠れなくなるのよ」

晶子の母は話を止めない。奈央子は男と目が合った。かすかな微笑をうかべた。それは共犯者としての合図である。

「あなたもこんなのイヤですよね。そうですよ、見合いなんて古いですよね」

男はそう無言のメッセージを伝えようとしているようだ。写真で見るよりもずっと背が高く、写真で見るよりもずっと髪が薄かった。

「奈央子さんはね、東西商事にお勤めなのよ。優秀な方で、ものすごく仕事がお出来になるの。そうかといって、キャリアウーマンじゃ絶対にないのよ」

「東西商事さんだったら、僕の同級生が何人かいますよ。食品の方をやってる、桃沢《ももざわ》っていいます。変わった名前だからご存知ですか」

「いいえ、知りません」

そう答えたとたん後悔した。話がそこで途切れてしまうような気がした。桃沢、桃沢…。聞いたこともない。

「そうですか、変わった男だからすぐに目につくはずですよ」

男は桃沢という男のエピソードを幾つかして、奈央子と晶子の母を笑わせた。彼もおかしくてたまらないという風に顔をほころばせる。

「いい人かも…」

奈央子は心の中であの質問をしてみる。

「この男に抱かれることが出来ますか」

「出来るような気がする…」

答えたとたん男とまた目が合って、かすかに微笑みをかわした。


テレビドラマや映画で、見合いのシーンが映し出されるたび、奈央子はいつも思っていた。

「あの人たちって、いったいどんなことを話しているんだろうか」

合コンで出会う、というのとはあきらかに違うはずだ。合コンで出会う相手というのは、

「当たるも八卦、当たらぬも八卦」

というところがある。もともと軽い気持ちなのだから、二、三時間ちょっと時間を共にすればいいという感じだろうか。

しかし見合いは真面目でフォーマルになっている分、何か必死で取り繕わなくてはならないような気がする。合コンの時ほど地を出せないうえに、「見合い話が来るほど良識ある女性」という部分は一応クリアしなくてはならない。なにしろ間に、家とか知人が関与しているのだから。

それにしても見合いというのは不思議だ。いずれ結婚というセックスを伴う関係をめざしているのに、

家族が関与してくるのである。間に立った兄嫁の母は、気をきかして先に帰ったが、奈央子は母の顔がちらついて仕方なかった。

「こんなお話をいただくのは、もう最後だと思うのよ」

〝こんなお話〟というのは、〝こういう上等の男とセックスして、子どもをつくれるかもしれないお話〟ということである…。ああ、いやだ、いやだ、どうしてこんなことを突然考えるんだろう。若い女が見合い結婚を嫌悪する理由がやっとわかった。男を見つけるという行為に、少しでも親がからんでくるというのは興醒めだ。この恥ずかしさに、耐えられるかどうかというのはかなり大きな鍵になる。

しかし斉藤恭一という男は、そう嫌な相手ではなかった。どういうお仕事をしているのですか、という質問に、

「わりと早くから、ＩＴ関係の担当をしていたんです」

という答えが返ってきた。奈央子の会社のＩＴ事業部の何人かもよく知っている仲だという。といっても、部長クラスではない。取締役クラスの人間たちだ。さすが官僚というのは力がある。経済産業省のキャリアとなると、三十代前半の課長補佐で大企業の重役とさしで話が出来、課長となると社長と話が出来ると聞いたことがある。けれども斉藤はそうした奈央子の思いを察してか、さりげなく話題を変えた。

「その前は開発援助の仕事をやってました。僕みたいな年齢は、いちばん使いやすいんでそりゃあこき使われるんです」

しょっちゅうハノイに出張に行っているうちに、ベトナム料理が好物になり、今ではヌクマムのにお

いにたまらなくそそられるという。

「あら、西麻布においしくって、すごくリーズナブルなベトナム料理店が出来たんですよ。今度一緒に行きましょうよ」

言ってしまってハッとした。これはただの相手ではない。見合いで会っている男なのだ。おいしい店の話題が出た時、今度一緒に行きましょうよ、というのは、都会に住む三十代の女の社交辞令であるが、見合いの相手に対してはルール違反ではなかったか。しかるべき手続きをとって、再会が決定されるのではなかったか。

けれども斉藤もにっこりと笑って言った。

「ぜひ連れていってくださいよ。こんな仕事をしていると、流行《はや》りの店なんか全然わかりません」

「あら、そうですか。私の知っているお店で、わりと遊んでいる財務省の人を何人か見てますけど」

「年齢によって違いますよ。僕より下の連中になると、学生時代からいろんなところに出入りしていておしゃれですよ。これでも役人か、っていうぐらいカッコいいグループもいますね。僕たちおじさんとは、まるで世代が違うっていう感じです」

「おじさんだなんて…」

奈央子は笑う。その後すぐ、

「そうか、そういう人たちはお見合いなんてしないんだァ」

という軽口を叩きそうになりぐっとこらえた。こういう本音を語り合うには、まだ斉藤という男を知っていなかったからである。

この後、国会へ向かうという斉藤とホテルの前で別れた。

「国会へ行って何をするんですか」

「赤じゅうたんの上を駆けずりまわるんです。質問に対する答えを用意しなきゃいけないんです」

「ふうーん、お国のために頑張ってくださいね」

「いや…」

斉藤は一瞬はにかんだような表情になり、そしてひと息に言った。

「国のためじゃありません。総理のためです」

「えー、総理のため!?　本気で言ってるんですか」

「ええ、あの人は僕たち役人の希望なんです。上の連中はどうだかわからないけど、僕たちクラスの役人は、本当にあの人のために命を賭けてもいいと思ってるぐらいなんです」

奈央子は驚いた。官僚というのが、これほど青くさいことを考えているとは思ってもみなかったからだ。うちの会社で、社長のために命を賭けよう、なんて思っている男がいるだろうか。まずひとりもいないだろう。新年や創立記念日の時だけに見る、初老の男のことをふと思い出した。たいした業績をあげているわけでもないのに財界活動には熱心で、時々経済誌で対談をしている。

「デフレ時代の日本企業とは」

などというタイトルの記事を一度も読んだことはないけれども、どんなことを言っているかだいたいわかる。セレモニーの時のスピーチを、長く引き延ばしたものだろう。

それにひきかえ、斉藤のひと言はどうだ。

「あの人のために命を賭けてもいいと思っているぐらいなんです」

地下鉄の中で、買物に出た青山通りで、奈央子は何度もその言葉を思い出した。そして妙に興奮している自分に気づいた。

イヤだ、これじゃ、権力ある男と結婚して、自分も勘違いしているアホ女と変わりないじゃないの。けれども、胸のあたりの奇妙な熱さは消えないのである。帰る途中のスーパーで生ハムを買った。そしてサラダをつくりテーブルの上に並べる。冷蔵庫の中の、入れっぱなしにしておいたハーフの白ワインを取り出し栓を抜く。その時、突如起こった甘ったるい予感に奈央子はうろたえる。

もしかすると、こんな気ままな生活をするのも、もう少しかもしれない。

けれどもそんなに照れたり、狼狽《ろうばい》したりすることもないはずだ。見合いをした、というのは結婚に向けて大きく前進をしたということなのである。王手をかけた、といってもいい。今まで知り合った男と、ちょっとした駆け引きをし、ごくたまにではあるがセックスをしたりした。そしてこちらからふったり、あるいは男から連絡が途絶えるという屈辱的なめにも遭ったりした。しかし見合いというのは、王道を歩いていくということである。なめらかに舗装されたアスファルト道路といってもいい。そのなめらかさや、用意されたものが嫌だという女は多いけれども、奈央子はもう歩き始めたのである。そこにいくまで腹の立つことや、プライドの傷つくことは幾つもあったけれども、とにかく自分は歩き始めたのである。そういう自分に対して、何らかの褒賞はあってしかるべきであろう。こんな風にひとり、楽しい予感に浮かれたとしても、何の悪いことがあるだろう。

その時、携帯が鳴った。母からであった。母の厚子はよっぽどのことがない限り、部屋の電話にかけてくる。

「今、晶子さんのお母さんから電話があったのよ」

声がはずんでいた。

「斉藤さんの方から電話があって、本当に素敵なお嬢さんで、ぜひおつき合いさせてくださいって…」

「あ、そう」

奈央子はつまらなさそうに答えたが、胸の奥が大きくぶるっと震えた。運命がすごい早さで変わろうとする時、肉体はこんな風に反応するのだろうか。未だかつて経験したことのないような大きな震えであった。

あの男を愛せるかどうかはわからない。が、嫌じゃなかった。そして相手の男はあきらかに自分に好意を持ったようだ。このふたつさえあれば、人生はとんでもないスピードで進むのではないだろうか。

「ねえ、ナオちゃん、あなた、ちゃんとやって頂戴よ」

けれども奈央子の浮き立つ気分は、厚子のせつなげな声に中断される。

「ちゃんと、って、どういう意味かしら」

「わかってるでしょう。こんなにいいお話はめったにないのよ。ナオちゃんの年で、働いている女の人を嫌がる男の人は多いの。特にエリートっていわれる男の人はそうよ。それなのに…、えーと、あちらは…」

興奮しているのか、本当に忘れているのか母は娘と見合いしたばかりの男の名が出てこない。

「ナオちゃんでもおつき合いしてもいいっておっしゃってくださってるのよ」

「私、そんな言われ方したくないわよ。そんなに有難がって、おつき合いしたくないわ」

「ほら、ナオちゃんって、いつもそうやって斜に構えたり、露悪的になるでしょう。お母さんは本当に心配しているの」

今にも泣き出さんばかりだ。王手がかかった、と強く思っているのは、おそらく奈央子よりも母の方だろう。

「あちらはきちんとした方なのよ。お母さん、ナオちゃんがふつうの素直なナオちゃんを出してくれたら、きっとうまくいくお話だと信じているのよ。だから、くれぐれも気をつけて頂戴。ねぇ、お願いだから、来週は帰ってきて、お母さんとゆっくりとお話をして欲しいの」

忙しいからよくわからないわよ、と奈央子は乱暴に電話を切った。飲みかけのワインを飲む。ハーフのボトルは思いのほか早く空になってしまった。それと同時に奈央子は再び甘やかなもので満たされる。

へぇー、見合いって、こんなにトントン拍子に行くものなんだ。

斉藤に会う前、母を通じて晶子の母からこんな風に言われた。会ってみての結論はその日のうちに出すこと。よく返事をぐずぐずと延ばす人がいるけれども、そういうのは大変なマナー違反である。地方によっていろいろな習慣があるらしいけれども、東京のきちんとした見合いは、その日の夜のうちに、これからおつき合いしたいか、したくないか、ということを言うのが常識だ。双方おつき合いをしたいということになったら、もう次からは二人で自由にやって欲しい。見合いをした次の週からデイトをすることになる。そしてふつう交際を始めて三ヶ月でみんな婚約を決める。

「えー、そんなに早いの」

と奈央子が驚いたところ、

「見合いをして、そんなにだらだらおつき合いしても仕方ないでしょう」

と母は言ったものだ。ということは、このままうまくいけば、今日は婚約に向けての三ヶ月の一日めということになる。

奈央子は母が聞いたら、激怒しそうなことをつぶやいた。

——なんだァ、結婚なんてチョロイじゃん——


見合いの後の、記念すべき初めてのデイトは、奈央子の提案した、ベトナム料理店ということになった。見合いの時は紺色のジル・サンダーのスーツという服装であったが、二回めとなるとこれまた気を遣う。前の時とは違う自分を演出し、前回よりもさらなる好印象を獲得しなくてはならない。これは恋愛も同じだ。

奈央子はベージュのニットに、白いパンツを組み合わせた。本当ならば革パンツといきたいところであるが、相手は堅い職業の男である。革のパンツやスカートに対して、偏見を持っている男は多いものだ。その代わり細いヒールの靴で華やかさを出してみた。靴を履いたまま全身を映せる玄関の鏡で、奈央子は細かくチェックを入れる。髪のブロウもうまくいっている。見合いの時と違い、美容院へ行かずに自分でやったのが、自然でいい感じである。メイクも自信があった。今回は昼間の自然光ではなく、夜の光である。何度か行った店であるから、決して無粋な蛍光灯ではないことを知っている。そうなったら奈央子のような年代の女は、あかりを味方につけることが出来る。リップグロスを重ね、光沢を出し、アイラインをいつもよりも濃いめにした。それよりも、何よりも、今日奈央子がいちばんプレゼンテーションしたいものは、ニットのラインである。時々ブラジャーに細工して、やたら胸を大きく尖《とが》らせる女がいるけれども、奈央子はああいう下品なことをしたくなかった。

ニットがつくる胸の魅力というのは、あくまでも自然でやわらかいものだと奈央子は思っている。だから目のやり場に困るほど胸の大きな女は、ニットを着るべきではないのだ。男と向き合った時、ちらっと視線を走らせてもらうような大きさと形を奈央子は心がけていたし、自分はそれにぴったりだと思う。

——だけど、初めてのデイトで、いきなりアレっていうことはないと思うな——

この一週間というもの、奈央子は幾つかのリサーチをした。まわりで面白おかしく見合いの失敗談を語る女は何人かいたが、成功談を語ることの出来る女はほとんどいない、ということを奈央子は知って愕然としたものだ。しかし一年先輩に、内科医と見合い結婚をした女がいたことを思い出した。由紀《ゆき》は、誰でも知っているお嬢さま学校の卒業生という、もともと見合い向きの女である。夜の九時過ぎに電話したところ、後ろで二人の子どもが走りまわっているのが聞こえ、幸せな生活をしのばせた。相手が経済産業省のエリートということを伏せ、奈央子はあれこれ質問する。

「ねぇ、由紀さんはもちろん、結婚する前にちゃんとご主人とそういうことをしましたよねぇ」

「あたり前じゃないの。いちばん大切なことじゃないの」

ころころと声をたてて笑う。勤めていた頃から可愛い朗らかな女であった。確か学生時代からつき合っていた恋人がいたのであるが、パッとしない大学を出ているということで、あっさりと見合いした医者に乗り替えたというのは、仲間うちでは有名な話だ。けれどもそれは一つのサクセスストーリーのように語られている。由紀は運がいいうえに、聡明で決断力のある女性ということになっているが、話をすればするほどそれはよくわかる。

「ねぇ、ねぇ、そのチャンスって、いったい何度めぐらいにやってくるわけ。ちょっとお酒飲んで、誘われたからそういう風にっていうパターンは、やっぱりまずいわよねぇ…。見合いなんだもの」

「うーん、やっぱり子どもの手前、ここではっきりと教えられないわねぇ」

くすくすとひとしきり笑った後に言った。

「なるようになるもんよ。今どきさ、見合いだからって真面目になる男の人なんていないんじゃないの。三回ぐらい会ったら後はふつうの恋愛と同じよ。ナオちゃんぐらいの人が、そんなに悩むことはないってば」

それよりもと由紀は言う。

「もっといろんなことをチェックしなきゃダメよ。体の相性も大切だけど、お金の相性っていうのもすっごく大切なんだから。私なんか、うちのパパの前に何人かとお見合いしてるけど、ケチな男って多いわよォ。それも金持ちほどひどいから。一回、オーナー企業の息子と見合いしてつき合ったらね、コーヒー代まで割り勘で、即ノーサンキューにしたわよ」

「私ね、間に入ったおばさんから、これからは相手とすべて割り勘にしなさいって言われたわ。途中でどちらかがノーって言った場合、後腐れがなくていいんですって」

「でもね、そうはいっても、男と女が、ロマンティックな夢に向かって歩いているわけよ。いくらそういうことになってるからって、いい年した男が、女におごってくれないなんて最低だと思うわよ。いい、ナオちゃん、もし相手の男が、きっちり割り勘になんかしたら考えた方がいいわよ」

というわけでその夜の食事は、さまざまな思惑から大層緊張した。まずは会話から、男っ気を無くすというのはかなりむずかしい作業である。

話がたまたま北海道のことになった。斉藤の学生時代の親友が、道庁に出向していて、よくトウモロコシや鮭を送ってくれるそうだ。

「これからの北海道っていいでしょうね。私五年前に雪まつりを見に行ったことがあるけど、あれだけの彫刻を見たら、やっぱり感激したわ」

言った後で、今の言葉から男の影がちらつくだろうかと気になる。当時の恋人と二人きりの旅行であった。が、同時に、まさか斉藤も三十三歳の自分が処女だと思っているわけでもないだろうにと居直る気も出てきているのは事実なのだ。全く冷静に考えれば考えるほど、見合いでこの年の女と結婚しようと思う斉藤の気持ちがよくわからない。顔もまあまあだし、彼ほどの学歴と肩書きを持っていれば、若くて可愛い女はいくらでも手に入るだろう。世の中には、選ばれたひと握りの男と結婚させるために、純粋培養で育てられる娘がいるものだ。いずれ海外に出るために、しっかりした語学の出来るお嬢さんを、ということで自分に話がきたというのだが、それでも二十代で探すのが自然ではなかろうかと、男に猜疑心《さいぎしん》がわいてくるのは、奈央子が少々酔ってきたからに違いない。

斉藤もかなり酒が強く、二人でビールを三本と料理に合わせたスパイシーな赤ワインを一本空けた。それでも足りなくて、グラスワインを何杯か頼んだぐらいである。

「次は熱燗《あつかん》で和食といきましょうか」

斉藤がさりげなく次の誘いをかけてきた。

「居酒屋にケの生えたようなところなら任せてくださいよ。ひとり五千円ぐらいで、結構飲めて食べられるところを探すの、僕たち役人はうまいですよ」

「そうですか、楽しみだわ」

奈央子は心を込めて言う。自分の発する言葉にこれほど気を遣い、誠実になろうとしているのは初めてといってもいい。恋愛の初期なら、自分はもっと自然でいられたのではないだろうか。見合いの男だからだ。男は最初から、自分を結婚相手というフレームで見ている。その視線の意図の深さに、奈央子ははめをはずすことが出来ないのである。

そして食事が終った。二人で一万四千二百円であった。七千円に百円玉を添えて取り出そうとすると、斉藤はあわてて手を振った。

「やめてくださいよ。いくら貧乏役人だからって、このくらいは僕にも払えますよ」

「でも、それじゃあ…」

「いいから、いいから。僕に恥をかかせないで。こんなに楽しくて安い店で、割り勘なんて悲しいですよ」

二十点追加、と奈央子は心の中で思った。由紀の言うとおり、見合いのルールだからといって女に半分払わせる男がいたら、それはあまりにも悲し過ぎる。自分だってとてもみじめになる。

二人で店の外に出た。

「もう一軒どこかへ行きたいんですけれども」

斉藤は声に酔いが全く出ない。低く明瞭な声だ。討論したり、多くの人を説得してきた男の声である。

「実は明日、九時の飛行機で海外出張へ行かなきゃならないもんで、これで失礼します」

「へえー、どちらへ行くんですか」

「カルカッタです」

国際会議に出席するのだと言う。

「それじゃ、今日はとても楽しかった」

斉藤は突然奈央子の手をとる。握ってくるのかと思ったらそうではなかった。握手をするためである。まるで政治家のように、あるいは知り合ったばかりの白人の男がするように、斉藤は握手をしたのである。手を握られるのと、握手とではまるで違う。男にそんなことをされた記憶はあまりなく、奈央子はとまどってしまった。この後、斉藤は地下鉄の駅に向かい、奈央子は彼が拾ってくれたタクシーに乗った。シートに身を沈めると、どっと疲労感がきた。楽しいといえばそれなりに楽しいが、ひと仕事終えた、という気持ちになるのも本当だ。

切っておいた携帯をチェックしてみる。留守電に黒沢の声が入っていた。

「ナオコさん、土曜の夜はどんな風に過ごしていますか。僕は西麻布のいきつけの店でひとりで飲んでいます。もしもナオコさんの一次会が終って、二次会をしたくなったら、僕にＴＥＬしてください」

運転手さん、停めてと奈央子は大きな声を出していた。

「ちょっと急用を思い出したので、ここで停めてください」

どうしてそんな気持ちになったのかわからない。握手だけで終った男への欲求不満。自分を演じることへの疲れだろうか。見合いの男と会っていることのプレッシャーはかなり大きく、もしかすると、このまま自分の運命が変わってしまうかもしれないという不安は、思いのほか奈央子の心を不安定にしているらしい。

何のためらいもなく、黒沢の番号を押していた。

「あ、ナオコさん、今どこにいるんですか」

「西麻布の交差点を、ちょっと渋谷の方へ行ったところ」

「やだなあ、僕のいるすぐそばじゃないですか。すっごい偶然」

黒沢は女のような嬌声をあげた。

「僕がすぐ迎えにいきますから、そこから動かないでくださいよ。いいですか、絶対ですよ」

そして六分後、背の高い黒沢が小走りにこちらへ向かってやってくるのが見えた時、奈央子は不覚にも涙をこぼした。涙はいくらでも出てきて止まらなかった。酔うと時たまこんなことがある。

見合いをして、もしかすると結婚するかもしれない私。その相手の男は、手も握らず、どこかの県議会議員のように握手をして帰っていった。自分はもう男から愛されないのだろうか。その代わり「可」という形で、もうじき結婚がやってきそうだ。自分はそんなに魅力のない女だったんだろうか。何か悪いことをしたんだろうか。

それにひきかえこの男は、自分に会うために走ってやってきた。自分のことを愛しているというのとは違うけれども、握手して帰る男よりもずっといい。

そして何だかよくわからないまま、すすり泣きながら、奈央子はその夜黒沢と近くのファッションホテルへ入っていた。

――奈央子さん、お元気ですか。

このあいだのベトナム料理はおいしかったですね。僕はあのベトナム料理の本場といおうか、ハノイに来ています。ご存知だと思いますけれど、今、日本の若い女性の間でベトナムは大人気なんですね。来るたびに日本の若い女性が増えているような気がします。

日本へ帰ったら、ぜひ和食の店にご一緒しましょう。斉藤恭一――

このメールを目にした時、奈央子の胸に温かいものが拡がっていった。それは気恥ずかしいほど豊かに奈央子を満たしていく。

見合いした相手、斉藤に好意を持ったものの、帰り際の握手に奈央子は複雑な気分になったものだ。見合いをして初めてのデイトである。何も押し倒して激しいキスをして欲しいと言っているわけではない。けれども、

「それじゃ、また」

と彼が右手を差し出した時、空疎な淋しい気分になった。ああ、これは恋愛ではないのだなあという思いである。ずうっと子どもの頃から、自分は大恋愛をして結婚するものだと信じていた。たいていの男と女は、そういう風に結ばれるからだ。奈央子だってこの年まで恋をしなかったわけではない。つい

最近まで、腐れ縁ともいえる男がいた。それなのに自分はすべてのことにつまずいてしまった。そして最終的には、見合いで知り合った男と交際を始めようとしている。このまま順調にいけば、あと半年で奈央子はその男と結ばれることであろう。そして困ったことに、そうした結婚を拒否しようとする意志が奈央子には全くないのだ。それよりも相手のことをかなり気に入っているといってもいい。だからこそ奈央子は口惜しいのである。見合いといっても、自分だけはロマンティックで劇的なことが起こると思っていた。それなのに、デイトで握手なんて、典型的な「見合いのおつき合い」ではないだろうか。

そんな時、黒沢から誘いがあった。彼は奈央子を愛しているわけではないという。けれどもとても魅かれて、奈央子とのセックスは楽しくて仕方ないのだとぬけぬけと言う。そういうことと愛することとどう違うのかと思うのであるが、聞くのは自分がみじめになりそうだからやめた。そして奈央子は、そんな黒沢に口説《くど》かれるまま、ホテルへ入ってしまったのである。それも一回だけではない。今週もつい、彼と出かけてしまった。

「これも浮気とか、不倫っていうんだろうか」

まさかと打ち消す。まだ斉藤と婚約をしたわけでもないのだ。他の男とホテルへ行ったからといって、咎《とが》められることは何もない…と言えないところが今の奈央子だ。一応の常識がある三十三歳の女として、奈央子は今、自分が身を慎むべきだということは知っている。結婚に向かってのオファーをしたからには、それなりの態度をとるべきなのだ。奈央子は特別モラリストとか、潔癖というわけではなかったけれども、やはり相手に対して誠実さを見せるべきだと思っている。それなのにどうして自分は、若い男とやすやすと寝たりしたのだろうか。

自分の心理を百パーセントではないが奈央子は分析することが出来る。見合いした男との間に、欠けている部分、陰の部分を今自分は急いで埋めようとしているのである。そうやって、不安や怒りをなだめようとしているに違いない。

そう、斉藤恭一のことを、自分は怒り、かすかに憎んでいるのである。彼は自分の運命を大きく変えようとしている。すごい力でだ。それが愛というのならわかる。けれども斉藤は見合いというシステムによって、自分をどこかへ連れ去ろうとしている。他の男と寝ることは、彼に対する復讐というものだ。斉藤は奈央子に何ひとつ悪いことはしていないのであるが、この復讐をしないことには、どうにも心のバランスを取れない。

けれどもベトナムの彼からのメールを目にすると、奈央子は少なからず反省をした。まるで夫の留守中、不倫をした妻のような気分になってきたのである。こうして奈央子は、相手の知らないところで、復讐、不倫、反省というめまぐるしい日をおくっていたのだ。

奈央子は心を込めて返信を打ち出す。

――メールありがとうございました。東京は冷たい雨が降ったり、気持ちよい晴天になったりと、めまぐるしくお天気が変わっています。

ベトナムはいかがですか。私は四年前、会社の同僚四人で旅行したことがあります。食べ物がおいしく、ホーチミンの方はちょっとフランスのにおいがあってとても気に入りました。といっても、その後忙しくて一度も行っていないのですが。

お帰りになったらご連絡ください。おいしい日本料理楽しみにしています。野田奈央子――

ややそっけないメールになったのではないか、いやもっと短い方がさりげなくていいかもしれないと、あれこれ迷う。

「その後忙しくて一度も行っていないのですが」

という箇所の後には、最初、

「今度はゆっくりとリゾート地の方へ行ってみたいものです」

という文章がついていた。それを削ったのは、まるでハネムーンを期待しているようにとられたらどうしようかという思いがあったからである。同僚四人というところに、女だけという意味も持たせた。メールにこれほど気を遣ったのは初めてだ。送信をクリックして、奈央子は深いため息を漏らした。安堵と同時に、甘くやるせない感情、本当に懐かしいものが、奈央子の心を揺らす。遠い国にいる男にメールを送った。その男はもしかすると、自分の夫になるかもしれない男なのだ…。

その時部屋の電話が鳴った。奈央子はとっさに斉藤だと思った。今、彼のことを思いながらメールを打ったのだ。本人から電話があったとしても何の不思議もない。

「もし、もし…」

けれども受話器の向こうから聞こえてきたのは、女の声であった。

「あの、野田さんのおたくですね」

「はい、そうですけど」

未知の女の声に、奈央子は一瞬身構えた。こういう電話はたいていセールスに決まっている。

「失礼ですけど、東西商事にお勤めの野田さんですよね」

「そうですけど、それがどうかしたんでしょうか」

奈央子は苛立った声を出した。

「あの、こんなことを申し上げるのは、本当に失礼だと思うんですけど……」

女はそこでしばらく沈黙した。言うか言うまいか迷っている、というよりも、口に出す勇気を蓄えているような沈黙であった。

「野田さんはおととい、若い男の方とホテルへ行きましたね。六本木のわりと人通りのあるところのホテルですけど」

「何ですって」

奈央子はしんから驚いた。黒沢とホテルへ行ったのは確かであるが、どうしてこの女が知っているのだろうか。自分はもしかすると尾行をされていたのだろうか。

「あなた、いったい誰なんですか」

恐怖にかられて奈央子は叫んだ。

「いったい何のために、こんな脅しの電話をかけるの」

そう言いながらも、奈央子の指はすばやく留守番電話の「録音」のボタンを押していた。もし警察沙汰になった時のために、こういうことは絶対に必要だ。

「脅しの電話じゃありません。ただ野田さんが、どうしてあの男の人とホテルへいらしたか知りたいだけなんです」

　奈央子は注意深く女の声に耳を澄ませる。そう若い女の声ではない。三十代といったところだろうか。録音ボタンを押して余裕が出たせいだろうか、女の声がそう嫌なものではないことがわかる。ちゃんとした教養と品を持っている女の声だ。そうした女がどうしてこんな電話をかけてくるのか。

「教えていただきたいんですけど、あの男の人は野田さんの恋人なんですか。おつき合いしていらっしゃるんですか」

「どうして私が、あなたにそんなことを教えてあげなきゃいけないんですか」

「そりゃ、そうですけど…」

「あなた、もしかしたら」

　奈央子は言った。

「斉藤さんのお知り合いじゃないの。ねえ、そうでしょう。経産省にお勤めの斉藤さんの知り合いなんでしょう」

「いえ、私はそんな、違います」

　電話が切れた。その狼狽ぶりが今のことを証明していた。猛烈な怒りがわいてきた。斉藤には女がいたのである。もちろん三十半ばの男には、それなりのことがあっただろう。けれども見合いをして、交際をスタートさせたからには、身辺を綺麗にしておくのはあたり前のことだ。見合い相手に電話をして脅かすような女がいるということは、うまく別れられなかったということではないか。そんな男に、見合いする資格などないのだ…とここで、奈央子は自分のことに思いあたる。見合いして、その男とつき合っている間に、別の男とラブホテルへ行った自分はいったいどう言ったらいいのであろうか。こちらにも大きな非があるのだ。しかも信じられないことに、その現場を女は見ていたというのである。

本当にそんなことがあるのだろうかと、薄気味悪さに一瞬吐き気がする。自分の後をその女が尾行していたというのか。奈央子は最後に黒沢と会った日のことを思い出した。二人で麻布の中華料理店へ行き、上海蟹を食べた。紹興酒もしこたま飲んで、支払いは黒沢がしたのである。

「いいわよ、割り勘にしようよ」

奈央子が言うと、彼は首を横に振った。

「いいんです。僕にご馳走させてください。だって今夜はどうしてもナオコさんを食べちゃうつもりですから」

ぬけぬけとこんなことを言う若い男が面白く楽しく、思わず笑ってしまったのは、おそらくかなり酔っていたからであろう。

この頃奈央子は、黒沢と寝ることが好きになっている。ついこのあいだまでつき合っていた男とそういうことをする時、いつも薄らさびしさを抱えていた。本当は愛の言葉にくるまれるようにして、男に抱かれたいと思っていたからだろう。お互いに割り切った大人として、セックスだけを楽しもうとしていたのであるが、終った後、奈央子の心に澱《おり》のようなものがたまっていた。それは今考えると、あの男と奈央子とが対等だったからだ。

けれども黒沢の場合は違う。彼はあくまでも、風変わりな年下の男なのである。オモチャとまでは言わないけれども、さまざまなものの代用品の役割を果たしてくれる。彼は奈央子のことを「愛している」

とは決して言わない。それは嘘になると自分でも承知しているのだ。その代わり、賞賛をふんだんに与えてくれる。こんな綺麗な体の女の人、見たことはないですよ。肌がすべすべしてたまらないですよ…。本当にナオコさんって素敵ですよね。こんな風なことが出来るなんて、まるで夢みたいですよ…。

すべてが本当のことだと思っているわけではないけれども、男の言葉はやさしく甘く、裸の身にしみてくるようである。生まれたままの姿でいるからこそ、こんな風にやさしい言葉は女に必要なものなのだ。

けれどもそんな奈央子の心は、他の誰にもわかってもらえないと思う。いくら説明しても駄目だろう。たぶん電話の女は、奈央子が、他の男とホテルへ行く現場を見て快哉《かいさい》を叫んだに違いない。ふしだらな女の証拠をつかんだとほくそ笑んだはずだ。そしてたぶん、斉藤に告げることだろう。

「ま、これで終りになるわけか」

思いもかけない展開であった。斉藤に女がいた、ということだけでも腹が立つのに、その女に他の男との情事の証拠を見られたわけである。破談になるのは仕方ないとしても、斉藤は仲人を通して母にこのことを言うだろうか。あーあ、めんどうくさいことにならなければいいなと、奈央子は声に出して言ってみる。

そしてまた電話が鳴った。きっとあの女だろうと直感を持ったが、やはりそうであった。

「もし、もし、あの…」

「さっきの人でしょう。あなたね、しつこいわよ。こんな時間、人のうちに何度も電話かけてこないで頂戴」

奈央子は怒鳴った。

「あなたの正体はわかってるわよ。斉藤さんの恋人なんでしょう。あのね、こんな脅ししなくたって、斉藤さんとはお別れしますよ。ちょっとつき合っただけで、脅迫されるなんてまっぴらですものね」

「ちょっと待ってください」

女は小さな悲鳴をあげた。その声の高さでやっぱり若くない女だと奈央子は確信を持つ。

「野田さんはこの電話のことを、斉藤さんにおっしゃるんでしょうか」

「ええ、言いますよ。私が男とホテルへ行ったことも言わなきゃいけないけど仕方ないわね。こんな薄気味悪い電話に、ずうっと悩まされるよりもずっとマシですもん」

「それじゃ困るんです、どうか私のことを斉藤さんに言わないでください」

「困るって言われても、知らない人から、脅しの電話もらった私の方がずっと困ってますよ」

「それは私がいけないんです。おわびします。さっきの電話はなかったことにしてください。そして斉藤さんとおつき合いしてください。お願いします」

おかしなことになったと思った。電話の女は、あわてて取り消しを図っているのである。いったい何が目的なのだろうか。わかっているのは、女がそう若くはなく、そして少々気が弱そうだ、ということである。

「私がいけないんです。ついつまらない電話をかけました。どうかさっきのことを忘れてください」

「忘れてくださいって言われても、そんなことが出来るわけないでしょう」

「でも困るんです。私、本当に後悔してるんです。お願いします、私を助けると思ってさっきのことを忘れてください！」

ひょっとしたらこの女は泣いているのかもしれないと思ったとたん、奈央子は自分でも驚くようなことを口走っていた。

「私、あなたの言うことがまるっきりわからないの。あなたが見えないのも気持ち悪い。ちゃんと二人で会いましょうよ」

「えっ」

「もうめんどうくさいの。会って、ちゃんとこのことを説明してよ」

「でも……」

「遅かれ早かれ、あなたの身元はすぐにわかりますよ。このままじゃ、私、斉藤さんにすべてを話さなきゃいけなくなるわ。それがイヤだったら、ちゃんと私に顔を見せなさいよ」

「わかりました。おめにかかります」

女は意を決したように言った。

「時間と場所をおっしゃってください。私、どこへでもまいります」

「それじゃ、えーと、その前に、あなたの名前は」

「水沢加世《みずさわかよ》と申します」

美人っぽい名前だなあと奈央子は、一瞬つまらぬことを思った。

その女が表参道のカフェに現れた時、すぐに水沢加世だとわかった。名前には力がある。奈央子の今までの経験で、美人らしい名前を持っている女は、やはり美人なのである。瑠璃子《るりこ》や蘭子《らんこ》といった名前で、不器量な女を見たことがない。いや、その女が持っている美の力が、名前に輝きを与えているのかもしれなかった。

加世はベージュのスーツといういでたちであったが、中途半端な上着丈がやや野暮ったかった。が、その野暮ったさが、彼女の古風な美しさをひきたてていた。あまりおしゃれでない方がきわだつ美人がいるものだが、加世もそのひとりである。

が、もしかすると加世はかなり巧妙にそのことを演出しているのかもしれない。彼女は奈央子を見つけると会釈《えしゃく》し、軽く微笑んだ。

「男が好きそうな女」

ととっさに思った。少し垂れ気味な大きな目が、いかにも男心を誘いそうである。薄い唇も、最近の大きくぽってりとした唇を演出する女たちの中では新鮮だろう。

「初めまして、水沢です」

「こんにちは、野田です」

土曜日のカフェは八割がた埋まっていて、そのほとんどがカップルである。その中で初対面の女と座っているというのは、かなり居心地が悪い。

「あの、先日はあのような電話をかけて、本当に申しわけありませんでした。さぞかしご気分を悪くされたでしょう」

加世は三十代半ばというところだろうか。肌が綺麗だから、一見とても若く見えるが、顎のあたりのゆるみから、自分と同じぐらいかやや上だろうと奈央子は見当をつけた。よって、やや敬語めいた言葉を使う。

「そりゃあそうですよ。誰だってあんな電話がかかってくれば、びっくりするし、気分だって悪くなりますよ。ちゃんと説明してください。私、そのために来たんですからね」

加世はゆっくりと喋り始めた。速度は遅いが、要点はしっかりと伝える。長く働いている女だろう。

斉藤とは四年ほどのつき合いである。けれども結婚するつもりはなかったし、彼からもそう言われていた。そして最近、彼から見合いをして、とてもいいお嬢さんなのでつき合うつもりだと告げられた。

その時点で二人は別れた。

「誤解なさらないでいただきたいんですけど、斉藤さんはその点、とてもきちんとした方です」

けれども女の方は割り切れなかった。自分でも情けないほど狼狽し、その見合い相手の女のことばかり考えるようになった。斉藤から東西商事に勤めている野田という女性だと聞き出し、つてを頼って情報を仕入れた。

「私の短大時代の友人のご主人が、東西商事にお勤めです。社員名簿を見てもらって、野田さんの住所を知りました。本当に私、どうかしていたんですよ」

その友人の夫とは、家族ぐるみでつき合う仲だったので、会社近くの喫茶店に呼び出した。奈央子の顔を遠くから見たいと打ち明けると、同期の女子社員を紹介してくれた。奈央子と一緒の写真でも借りようと思っていたところ、本当に偶然であるが、彼女が突然店の外を指さした。

「ほら、あそこを歩いているのが野田さんよ」

ちょうど退社時間で、何人かの東西商事の社員が通用門から出てくるところだった。奈央子はとても目立つオレンジ色のジャケットを着ていて、それにひかれるように後を尾《つ》けた。

「そうしたら、男の人と食事をして…」

「ホテルへ入ったってわけですね」

「そうです。私、ものすごく嫌な気分になって腹が立ちました。そりゃあそうでしょう、私が気がおかしくなるぐらい嫉妬し、羨しくてたまらなかった女の人に、別に恋人がいたんですからね」

「あの人は恋人でも何でもありませんよ。理解してもらえないと思うけど、別に好き合ってつき合っているわけじゃありませんから」

「でも私はびっくりしました」

加世は奈央子に強い視線をあてる。たじろぐような強さで、奈央子は加世がただの気の弱い女ではないと認識を改めた。

「私、どうしても許せないと思って、あんな電話をかけてしまったんです。カッとしていたんです。本当にすいません。でも、このことを忘れてください。どうか斉藤さんとおつき合いして、結婚してください。私、そのことをお願いしにきたんです」

「ちょっと待ってよ」

なんだかよくわからない。この女は奈央子の味方になろうとしているのだろうか。しかしどこの世界に、自分の恋人と結婚してくださいと頼み込む女がいるだろう。偽善的なといえばいえるのだが、加世からはそれとは違うひたむきなものが伝わってくる。

「ちょっとお聞きしたいんですけど」

「はい」

「水沢さんはどうして斉藤さんと結婚しなかったんですか。四年もつき合っていたんでしょう。あなた、あの人のことをすごく好きみたいだし」

「実は私、子どもがいます。若い時に結婚して七歳になる子どもがいるんです」

奈央子は一瞬言葉に詰まった。加世の持つ人生の重さのようなものに圧倒されたのである。

「あちらの両親が許してくれるはずもないですし、私もやっぱりそれはいけないと思います。斉藤さんはエリートって言われる人ですから、私とのことが障害になったりすると困ります。子どもが昨年小学校に入る時、父親が必要なんじゃないだろうか、っていうことで話し合ったんですけど、やっぱり無理だっていう結論になったんです。それでも私、あの人のことが忘れられなくって……」

「ちょっと待ってよ」

奈央子はわけのわからぬ衝動に揺り動かされる。

「そんなのおかしいわよ。子どもがいるからって、そんなに自分を卑下するなんて。たかが官僚でしょう。東大でしょう。そんなに遠慮することはないのよ。あなたの考え方っておかしいわよ」

奈央子はいつのまにか、他人のために憤っていたのである。

目の前にいるのは、縁もゆかりもない、今日会ったばかりの女である。しかも見合い相手の恋人だったのだから、奈央子にとってはライバルといえる。その女と、見合いの相手、斉藤とが別れなければならなくなった経過を聞いて、奈央子は腹を立てているのである。

加世という女は、どうか斉藤と幸せになってくれと言っているし、考えようによってはことは有利に運んでいるのだ。けれども奈央子は、今、目の前にある不快感を解決せずにはいられない。

「ねえ、それってすごくおかしいことだと思いませんか。バツイチの子連れ、っていうことで別れるなんて、私は斉藤さんの人間性を疑いますね」

そうなのだ、不快さの原因がやっとわかった。見合いをして、結婚してもいいかなあと思い始めた男。官僚らしくない、温かく自由な心を持っていると思っていたのに、実は世間体を気にする、ありきたりのエリートだったのか。

「私のまわりでも、子どもを連れて再婚している人は何人もいますよ。そういうことにこだわって、長年つき合っていた人と別れるなんて、私はちょっと悲しくなるわ」

「でもね、野田さん、世間ってそういうもんじゃないでしょうか」

加世は静かに微笑んだ。

「野田さんだって、私が七歳の子どもがいるって言った時、えっ、っていう顔をなさったでしょう。世間ってそういうもんだと思いますよ。ましてや、斉藤さんのおうちはとても厳しいプライドの高いおうちですからね」

「えっ、そうなんですか」

「嫌だわ。見合いをしたのに、そういうことをお調べにならなかったんですか」

加世は笑った。

「お母さまの方のお祖父さまは、どこかの知事をしていらしたというおうちです。お母さまも日本女子大の卒業生で、英語がペラペラという方。とてもじゃないけど、子連れの女なんか許してもらえるはずはありません」

「おお、やだ」

思わず口に出して言ってしまった。奈央子のいちばん嫌いなタイプの家族ではないだろうか。「大変なの、大変なの」を連発して、嫁いだ家がどれほどハイソサエティか吹聴する女がよくいるけれども、それは奈央子の軽蔑する遠い世界の話だと思っていた。しかし知らず知らずのうちに、そうした家は、奈央子のすぐ近くまで迫っていたらしい。

「だから私は、斉藤さんと結婚なさる、きちんとしたいいところのお嬢さんっていうのが羨しかった。本当に羨しかったんです……」

「別にきちんとしているわけじゃありませんよ」

今日の奈央子は、おかしな具合に露悪的になっているのである。

「とっくに三十過ぎていますし、あなたに見られたように、見合いしていながら別の男とホテルへ行くような女ですよ」

「ええ、そのことはやっぱり許せないです」

加世はまっすぐに奈央子を見た。人からこれほど非難の籠った視線で見られるのは最近ないと思った。

「あの人と結婚する人は、最高にいい人であって欲しいと思ってました。つらいけど、ああよかったと思いながら、お別れするつもりでした。それがあんなところを見たから、おかしな電話をかけてしまいました。本当に卑しいことをしました。許してください」

ああ、この女の人は本当に斉藤のことを愛しているのだなと奈央子は思った。東大を出ているからとか、エリートだからというのではない。斉藤という男の本質を愛しているのだ。そして口惜しいけれど、奈央子はとてもそこまでいかない。いわば奈央子は斉藤のパッケージを見て、そう悪くない、と値踏みしているだけなのだ。そういう点において、結婚相手を自慢する女たちとなんら変わりないと奈央子は小さなため息をついた。

しかし、これ以上何をすればいいのだろう。奈央子の憤りも少しずつ小さなものになる。考えてみると、これは実に奇妙なものであった。この憤りと反比例して、奈央子は幸せに近づくことが出来るのである。そもそも自分と結婚するかもしれない男が、他の女と結婚出来ないことに憤慨するのが奇妙な話なのだ。怪電話の正体も明らかになったことでもあるし、その前に奈央子は大きな失点を犯している。加世という女は、どうやら自分のことを黙っていてくれさえすれば、奈央子がホテルへ行ったことも口外しないようである。

「もっとお利口になるのよ」

奈央子の中でささやく声がする。

「この女は、斉藤ときっぱり別れたって言っているじゃないの。だからこの女のことはもう二度と考えることはないのよ。あんたが考えなきゃいけないのは、どうやってこの女に秘密を守らせるかっていうこと。でも大丈夫。この女もおかしな脅迫電話をかけてきたんだからどっちもどっちなのよ。ここはこの女のことをいっさい忘れることね。そうしなきゃ前に進めないのよ」

奈央子は顔を上げた。後は自分でも驚くほど言葉がすらすらと出た。

「私、まだ斉藤さんと結婚するかどうかはわかりません。まだとても迷って揺れている最中なんです。だからつい発作的に、男の人とああいうことをしてしまったんです、わかってくださいますよね」

加世は何も答えなかった。

「とにかく、あなたの電話のことも絶対黙っていますし、あの若い男の人とは二度とあんな風に会わないつもりです。それで、こういう不愉快なこと、お互いになしにしませんか。ここでこんな風に会ったことは、もう忘れましょうよ。それがいちばんいい方法だと思うわ」

そうですねと加世は小さな声で言った。うまくいったと奈央子は安堵した。安堵はしたが、自分はそのことについて全く喜んでいないということがわかった。


斉藤がよく行くという日本料理店は、六本木の交差点をしばらく奥に歩いたところにあった。六本木というのは不思議なところで、最先端の店があるビルを曲がると、墓場が長々と続いていたりする。まるで舞台装置ではないかと思うほど突然にだ。行きどまりの路地も多い。斉藤が案内してくれた店は、その路地の奥まったところ、仕舞屋が三軒ほど続いた先の小さな雑居ビルの一階であった。

「僕がしょっちゅう行くようなところですから、高級なところではありませんよ」

と念を押されたとおり、カウンターとテーブルが三つの小さな店であった。けれどもカウンターのケースには、新鮮な魚がびっしりと並べられ、いかにもうまそうな店だ。渡されたメニューにも、日本酒の名前がぎっしりと書かれていた。

「奈央子さんは日本酒がお好きですか、それともまずビールといきますか」

野田さんが、ベトナム出張以来、いつのまにか奈央子さんになっている。

「日本酒もいいけれど、最初はやっぱり冷えたビールがいいですね」

「そうですね。僕もそうしましょう。ここの主人は、最初から日本酒を飲んでると機嫌がいいんですけどね、二人でまずビールをがんがんいきましょう」

その声が聞こえたのだろう、カウンターの向こうにいる白衣の男がにやりと笑った。

「だって斉藤さん、ビールを飲み始めると、結局そればっかりになっちゃうじゃないの。オレがさ、ちょっとこれ飲んでみてよって、とっておきの一杯勧めてもさ、もうビール腹だからいいなんて言われて、がっかりしちゃうよ。はい、今日はこれ」

おかみさんに言いつけて、二人のテーブルに二合瓶を置いた。「花亀」とある。

「ビールもいいけど、すぐにこれを飲んでくださいよ。今日のおつくりの赤貝にすごく合うから」

「だったら、ビールは最初の一本だけにして、これにしましょうか」

「そうですね」

このあいだベトナム料理を食べた時よりも、斉藤はさらに健啖ぶりを見せた。

「ここの料理は、四国の高松のものなんですよ。何を食べてもうまいし、最後に食べるうどんはこたえられませんよ」

刺身の盛り合わせ、揚げたてのがんもどき、小柱の天ぷら、めばるの煮つけ、といったものが次々と運ばれてきた。主人が勧めたとおり、日本酒はどの皿の料理にも合い、二人であっという間に、二合瓶が三本並んだ。

一緒に食べてこれほど楽しい男だと思わなかったと、奈央子は心の中で、斉藤の得点を加算している。十点プラス、五点マイナス、二十点プラス、見合いというのは、心の中でこうして点を数えていくものなのだろう。けれども、いったい何点になったら、お互いに決意をするものなのだろうか。

奈央子は目の前の男を見る。顎が張った、平凡といえば平凡な顔立ちであるけれども、締まった口元に知性と穏やかさが漂っていた。十五点追加…。この男を激しく愛した女がいたことを知り、点数は少し甘くなっていくから不思議だ。

「奈央子さん、次は土佐のお酒といきませんか。これは最近珍しい甘口ですけどね、甘口っていっても豊かな甘口ですよ。ちょっとこれ、いってみましょうよ」

「いいですねぇ…」

二人でまた盃を重ねた。斉藤がこれほど酒がいけるとは思ってみなかった。が、だらしなくなるわけでもなく、からんでくるわけでもない。ひと言でいうと「いい酒」ということだろう。

三十点追加…。いいぞ、いいぞと奈央子は心の中でつぶやく。この調子で、この男のことをどんどん好きになっていくことが出来たらどれほどいいだろう、そう、あの女から奪い取ってみせるのだ、絶対に自分のものにしてみせるのだ、という心持ちまでに持っていけたら、すべてが解決するのだ。

最後のうどんまでしっかりと食べ、店を出た時、奈央子の足どりはちょうどいい加減に、楽しく頼りなげになってきた。女が、酔ってみたいな、と思う時にやってきてくれる甘い酔い。投げやりな、期待する気持ちで充たされる時。こんな夜は絶対にキスをして欲しいと思う。キスもせずに別れるなんて、許さないと思ったとたん、角を曲がった暗がりのところで抱きすくめられた。

初めての男の唇は、ひんやりとしてとても冷たかった。しばらくして、もう一度唇を重ねてくる。この時は舌を入れてきたので、奈央子はおやおやと思う。

「ちょっとミエはろうとしているのかしらん…」

しかも斉藤は、耳たぶに唇を寄せ、こうささやいたのである。

「奈央子さん、ホテル行きましょうよ、ホテル。ね、いいでしょう」

どうしようかなあと、奈央子は歌うように言った。

「私、斉藤さんと知り合ったばかりだし、私たち、お見合い交際中でしょう、こんなことして、いいのかなあ…」

おそらく酔っていなかったら、自分でも恥ずかしくて聞いていられなかっただろう、たどたどしい甘えた声が出た。奈央子は少女のように、首をかしげてみせたりもする。

「どうしようかなあ…」

「いいじゃない、行こうよ」

男はきっぱりと言った。

「どうせ、僕たちは結婚するんだしさ」

その後は、ふわふわと別の空気の中を歩いていくような感じだった。しばらく歩きタクシーに乗った。そして着いたところは赤坂のシティホテルだ。ラブホテルなどではなく、きちんとした一流ホテルを選んだところに斉藤の律儀さが表れていると思った。

二人で並んでチェックインし、フロントを突っ切る。いつもだったらこんな時、奈央子はあたりを気にすることだろう。もし知り合いに会ったりしたらどうしようかと、身をすくめたに違いない。ところが今は、むしろ誇らしげな気持ちになっている。

「これ、私の結婚する男なのよ。もうじき夫になる男なのよ」

いいぞ、いいぞと、奈央子は嬉しさのあまり涙が出そうになった。幸福というのは、結局勢いなんだ。ずっと前、誰かが言っていたがやっと意味がわかった。たとえ酒の勢いでもいいのだ。どっとどこかへ流れ込む。そしてことを起こして、結婚へ向かって進む。たとえ斉藤に女がいても何のことがあろうか、奈央子とて人のことを言えない。ちゃんと魅力を持つ男と女が、恋をして異性とセックスしていたなんてあたり前の話じゃないか…。ああ、なんて楽しい気分なんだろう…。いつも、いや、ほんの時たまだけれども、お酒を飲んで男と寝たことがある。その後、後悔という苦いものがつきまとったけれども、明日、自分はどれほど晴れやかな気分で朝を迎えることだろう。

「寝る」ことが確かな前進になる。こんなことは初めてだ。

部屋に着いた。男がドアを開ける。奈央子はこの瞬間が大好きだ。たとえ都心のホテルだったとしても、二人で手を取り合って隠れ家にたどりついたという感じがする。

紺色を基調にしたソファやベッドカバーに、奈央子は見憶えがある。二十代の若かった頃、男とこのホテルを何度か使ったことがある。ホテルがオープンしたばかりで、ここで情事の時を持つのが、ちょっとした流行になっていたのを思い出す。そして斉藤は、あの時の男と全く同じことを言った。

「先にシャワーを浴びてきたら…」

どうやら男というのは、堅い職業に就いていようと、東大を出ていようと、照れ隠しにまずこの言葉を口にするらしい。

ジャケットだけ脱いで、奈央子はバスルームに入る。かなりゆったりとつくってあるバスルームだ。けれども昔に比べ、ブラシやシャンプーといったアメニティが貧弱になっていることに気づいた。が、これも時代の流れというものだろう。

ゆっくりと服を脱ぎながら、鏡に見入る。こういう事態を考えないでもなかったから、凝ったレースのランジェリーを身につけた、三十三歳の女がいる。蛍光灯の下、白っぽい顔をしているけれども、そう悪くない女だろう。脂も浮いていないし、マスカラも取れてはいない。三十分後、男に抱かれたとしても、そうみっともないことはないだろう。

バスルームというのは、酔いをいっきにさます不思議な空間だ。奈央子は鏡の中の自分とぐずぐずと見つめ合っている。どうしてこんな気持ちになったのかわからない。突然、斉藤に抱かれるのが億劫《おっくう》になってきたのである。

「本当にこれでいいわけ？」

ずうっとこの中に籠っていたいような気がしてきた。うまくいえない。動物的な勘のようなものであろうか。斉藤とセックスをしても、あまり楽しくないような気がしてきたのである。

「いいじゃん、いいじゃん、楽しくなくても、一回しちゃえばそれで済むことなんだから」

それほど潔癖な人生を歩んできたわけでもない。黒沢とのこともそうだけれども、酔った勢いでホテルへ行ってしまったこともある。けれども今回に限って、これほどためらってしまうのはどうしてなんだろうか。奈央子の中の声が、しきりにささやく。

「どうしてそんなにぐずぐずしてるのよ。さっとシャワーを浴びて、そのドアを押せばいいのよ。そうしたらあんたには、エリートの妻っていうなかなかの未来が待ってるのよ」

そうだ、だからこそ怖いのだと思った。今まで、このバスルームのドアを押して待っていたものは、ひとときの快楽であった。もしかしたら恋につながるかもしれないけれども、さしあたってはちょっとした冒険だった。けれども今は違う。シャワーキャップを取り、バスローブを着てドアを押したら、ベッドの上にいる男を選ばなくてはならない。何かの儀礼のような、何かの約束のようなセックスが待っている……。

奈央子はその時、便座の横の電話の通話中ランプが、光っているのを見つけた。斉藤がどこかにかけているのだ。高層ホテルの中だから携帯がうまくつながらないのだろう。仕事の電話だろうか。まさか、こんな遅い時間そんなはずはない。加世に電話しているに違いないと奈央子は確信を持つ。

斉藤もまた、迷っているのだ……。

彼もバスルームから出てくる女を待ちながら、自分の人生についてあれこれ考えているのだ。シャワーキャップをはずし、バスローブをまとった女がドアを押して出てきたら、彼もまた選ばなくてはならない。引き返すことは許されないのだ。そして最後の最後に彼は本当に愛する女の声を聞きたいと思ったのだろう。

奈央子は脱いだブラウスのボタンをかける。スカートをはき、ストッキングに手をかけた。そして心は決まった。脚は少々湿っていたから、ナイロンのストッキングははきづらかったが、強引に足を押し込んだ。もし斉藤の電話の相手が加世でなくても、自分は同じことをしただろう。

ドアを押して出た。服を着てだ。もう電話をかけ終ったらしく、斉藤はベッドに腰かけテレビを見ていた。上着をとっていたのを見て、奈央子はほんの少し嫌な気分になる。ブラウスとスカート姿の奈央子を見て、斉藤はあれっというような表情をした。

「どうかしたの」

「いえ、あの、そのね」

うまく答えられないが仕方ない。バスルームまで行って、帰るのは初めての経験なのだから。

「なんだか、こういうことをしちゃ、いけないような気がしてきたの」

「ほう」

斉藤は大げさに目を丸くしてみせた。おそらくプライドを深く傷つけられたのだろう。あたり前だ。

「どうしてなのかな。その理由を教えて欲しいな」

「それはね、それは、私たちは愛し合っていないからよ」

男の目が激しくしばたかれた。混乱しているのだろう。しばらく沈黙があり、彼は静かに語り始める。

「確かに今、僕たちは熱愛している、っていうわけじゃない。だけどお互いに好意を持って、そのプロセスを歩もうとしているんじゃないだろうか。僕のこの答えじゃいけないかな」

「いけないわ」

奈央子は言った。

「だって、あなたは本当にあなたのことを愛してくれる女の人がいるじゃありませんか。私はわかったの。私はとても、その女の人みたいにあなたのことを愛せないって」

「えっ、それってどういうこと」

斉藤はいきなり知のヴェールを脱ぎ、素の自分を見せてきた。間違いない。今の電話の相手は加世だったのだ。

「あなたのことを本当に愛している女の人がいる。そしてあなたはその女の人のことが忘れられない。それなのに、私を選ぼうなんていうのは、やっぱり違ってると思うのよ」

「ちょっと待ってくれよ」

男は言った。

「確かに僕はつき合っている女性がいた。だけど君とつき合ってからちゃんと別れた。男だから、そのくらいのことは仕方ないだろう。そんな過去のことまで責められると、僕は本当に困ってしまうよ」

「過去のことじゃない。斉藤さんの心の中には、まだその女の人がいるのよ。でもね、わかって欲しいんだけど、私はそのことを責めているんじゃないの。ただわかっただけなの。私はその女の人みたいに、あなたのことを愛せないって。この先、何年かけてもそう出来ないだろうって」

クローゼットを開け、上着を手にとった。

「なんかさ、こういう風にホテル来ること自体、私たち、すっごく無理してるような気がしない？」

同意を求めたつもりだったが、やはりそれは無理であった。

ホテルの前からタクシーに乗った。髪が少し湿っているのがわかった。それだけがただひとつ、リアリティがあることだった。

「ま、仕方ないか」

そう口に出さないと、深く後悔しそうな自分が嫌だった。また大きなものを取り逃してしまったと思うが、こうしかならない自分を奈央子はよく知っている。

「私って、本当に見合い向きじゃなかったかも」

もしもし、ナオちゃん。よかったわ、うちにいてくれて。

さっきね、晶子さんのお母さんから電話があったの。あなたと見合いした斉藤さん、今、女の人と暮らし始めたんですってね。それが離婚していて、小学生の子どももいるっていうから驚くじゃないの。かなり長いつき合いだったらしいわね。

もちろん、斉藤さんのおうちは許すわけなくって、絶対に入籍はさせないって頑張っているんですって。

でも、斉藤さんもとんでもない人ね。そんな子連れの女と切るに切れなかったなんてね。ちゃんとしたおうちのお役人している人でも、女の人のことになるとからきしダメなのね。

それでね、お母さん、ちょっとナオちゃんに悪いことしたかなあと思って。あのお話がダメになった時、泣いたり、ガミガミ怒ったりしたでしょう。

でも、あのお話、断わって正解だったわね、とんでもない人だったんですものね。

でも本当に、ナオちゃんどうする気なの？　来年あなた、三十四歳になるのよ。もう縁談なんて二度と来ないと思うのよ。

お母さんね、ナオちゃんのこと考えると、本当に夜も眠れなくなるのよ。ねえ、どうしてナオちゃんって、いつも貧乏くじをひいてしまうのよ。あなたって、本当についていないのよね。

こんな風に運が悪いっていうのも、なんかよくないものがついているんじゃないかしらね。あのね、お母さんの知り合いで、神社で占いしてもらっている人がいるの。そこでお祓いをしてもらったら、三十八歳の息子さんが結婚したんですって。ねえ、一度行ってみない…え、どうしたのよ、もし、もし、ナオちゃんたら…。

第四章　厄年

奈央子の会社では、冬のボーナスが大幅カットになった。

これは当然のことながら多くの社員に動揺をもたらした。この不況下にあって、商社も例外ではなかったが、奈央子の勤める会社は財閥系で銀行もついている。

「うちが潰れる時は日本が潰れる時だからね」

というのが、酔った時の口癖の社員もいたぐらいだ。けれども東西商事の株価もこのところ下降線をたどっていた。もう現代の日本に、商社というシステムはそぐわないのではなかろうかと識者は言う。東西商事も、おそらく来年は業績の悪い部門を幾つか切り捨てるはずだ。もしかすると、他の商社との業務提携もあるかもしれない。

といっても、そういうことは会社のえらい人が考えてくれることだ。一般職の奈央子にしてみれば、そう深刻に考えることはなかった。もちろん、

「私とは関係ない」

などとお気楽に言うつもりはないけれど、管理職でもない自分が、くよくよ考えても仕方ない、というのがいちばん正確であろう。暮れからお正月にかけて、奈央子は会社の若い女の子たちと一緒に、ハワイへゴルフに出かけた。どうしてこんなに安く旅行出来るのだろう、という驚く値段のツアーを、そのうちのひとりが見つけてくれたのである。

といっても、そう安くは上がらない。フリープランということだったので、夕食はついていないツアーだ。若い女の子たちを誘って食事に行き、結局は奈央子がおごることになる。

「旅行先ですからナオコさん、割り勘にしましょうよ」

「いいってば、いいってば。こういう時ぐらいご馳走させてよ」

などと言って、ポリネシア料理などを食べに行くと、結構な金額になった。昨年だったらボーナスもいつもどおり出て、自分はこれほど吝嗇《りんしょく》にならなかっただろうと奈央子は思う。実は「いいってば」を連発しながら、奈央子は遣ったクレジットカードの額を計算しているのである。

「仕方ないよなあ、本当にこれから先のこと、考えなくっちゃいけないもんなぁ…」

もうじき三十四歳になる。まだまだ若いと思う時もあるし、とんでもない年寄りと思える時もある。母の厚子に言わせると、三十四歳の独身の女など、

「もうまっとうな道を歩けない」

と決まったも同然だそうだ。官僚との縁談が破談になった時に、つくづく言われた。

「これからは、もう再婚のお話しかないはずよ」

「あら、再婚だっていいじゃないの」

とっさに奈央子は言い返したものだ。

「今の再婚は、子どもさえいなきゃ昔の初婚と同じじゃないの。全然悪いことないわよ。まるっきりOKよ」

「ナオちゃんたら…」

厚子の顔が、今にも泣きそうにゆがんだ。

「どうしてあなたって、いつもそういうふざけた言い方をするの」

「別にふざけているつもりはないけど…」

「男だって、女だって、まっさらにこしたことはないでしょう。離婚している男の人なんか、欠陥がいっぱいある人ですよ。結婚生活を全う出来ないっていうことは、たぶんに問題がある人なんです。なにもわざわざ、そんな人を選んで一緒になることはないでしょう」

そんな母の言葉を、古くさいと鼻でせせら嗤《わら》ったけれども、やはりバツイチと結婚するというのは薄ら寒いものがつきまとう。エリートや金持ちと結婚したとしても、所詮はバツイチじゃないの、というやっかみ混じりの声を聞くはずである。

出来たら、三十代の未婚の男を手に入れたいものだと思うが、それもまたむずかしい。四十近くまで独身というのは、かなり変わり者か気むずかしい男だろう。

まあ、そんなことはどうでもよかった。肝心なのは、自分が本当に結婚出来るかどうかということだと、奈央子はうつらうつらしながら考える。

若い時は、結婚などとても簡単なことだと考えていた。プロポーズしてくれる男が、ぼちぼち出始めた頃である。自分はいずれ、ああいう中からひとり選べばいいのだ。もしその中の、誰をも愛することが出来なかったら？

「その時は」

二十代はじめの奈央子は思った。

「エイヤッて心を決めて、そのうちの誰かを好きになれるように努力すればいいんだから。結婚なんて、適当に過ごしておけば、そんなに好きじゃない男とでも、一緒に暮らすことなんかわけないんだから」

そんな考えは、なんという傲慢なものだったのだろうか。今、奈央子ははっきりわかる、結婚というのは、やはり好きな男としなくてはいけないものなのだ。たとえ別れるとしても、最初は好きな男としなくてはいけないのだ。

けれども、その好きな男というのは、いったいどこにいるのだろうか。

奈央子は今、自分が結婚のことばかり考えていることに気づく。少し前までこうではなかった。仕事は奈央子の心の中の、かなり大きな部分を占めていたはずだ。結婚に対して傲慢な心を持っていた頃、仕事に対してはもっと謙虚だった。英語の専門用語がきちんとわかるようになりたいと、夜間のレッスンを受けたのもこの頃だ。朝日のほかに日経を自分でとり、必要な記事は切り抜いた。

そんな自分は、もう遠いものとなっている。決して仕事をなめているわけではないけれども、どうやら会社というものは、自分のそんな努力を必要としていないということがわかってきた。

男女同権を口にするタイプでもない。それを声高に叫ぶほど、自分は努力してきたわけでもなければ、つらいめに遭ったわけでもない。そんなことより、女の野心というものが、百パーセント仕事の方に向かない、ということを知ったのが悲しいのだ。

仕事と結婚とを、どういう風に両立させていくか、などというのは、今の奈央子にとって、遠い遠い課題であった。そんなことより自分は、幸せになりたいのだ。昔はこの幸せというものが、幅があり、大きさがあった。けれども今、幸せは「結婚」というふた文字にせばめられている。自分でも情けなくなるぐらいに、日々、それに価値を見出す自分がいるのだ。

「全く、年はとりたくないよなぁ…」

まどろみの入り口のあたりをいったり来たりしながら、奈央子はつぶやく。もっと自分を知的で、個性的な女だと思っていたけれども、三十代半ば近くになって考えることといったら、結局は「結婚」だったのか…。そんなありきたりの女になっていたのか。

「あの、失礼ですけど…」

女の声でふと顔を上げた。タオル地のビーチウエアを着た女が立っていた。

「東西商事にお勤めの、野田奈央子さんでいらっしゃいますか」

「ええ、そうですけど…」

外国でこんな風にフルネイムで呼ばれるのは、かなりとまどうことだ。奈央子は少し不機嫌な声で答えた。

「あの、私、昔東西商事に勤めていた、鈴木絵里子《すずきえりこ》と申しますけど、憶えていらっしゃいますでしょうか」

「スズキさん…」

平凡な名前だった。商社に勤める女の子たちのうちの何割かは、入社の初々しさが消えぬ三年前後で結婚退社してしまう。そうした笑いさざめいていた若い女たちのひとりを思い出すのは、至難のわざだった。

「あの私、食品二部に勤めてまして、何度か野田さんとお酒を飲んだことがあります。一度は、確か千石原のゴルフコンペにご一緒したこともあるんですけど」

「あぁ、あの鈴木さんね」

思い出した。ものすごく飛ばすと評判の女の子であった。確か女子大のゴルフ部にいたはずだ。

「でもすぐに、会社辞めちゃったのよね」

「そうなんです、主人が急に外国転勤になりまして、ばたばたと話が決まってしまったんです。今、主人と子どもの三人で、このホテルに泊まっているんですけど、昨日ロビイでお見かけして…。その時は声をかけそびれてしまったんですけど、今、ここでお見かけしたんで、つい嬉しくなって声をかけてしまいました」

おや、おやと奈央子は笑い出したくなってくる。ちょうど結婚について、あれこれ考えている最中、幸福な結婚の見本のような女が現れたというわけか。おそらく大恋愛で結ばれただろう夫と可愛い子ども、ハワイで休暇を過ごすような裕福な身の上。そんなものを見せつけられるこちらはたまったものではない。

「ロビイで、他の女性の方々もいらっしゃったけど、あの方たちも東西の方ですか」

「そう、会社の後輩よ」

確か、絵里子は自分より三期ほど後輩だったと思い出し、奈央子はそんな言い方をした。

「そうですか。やっぱり東西の女の人たちはカッコいいですよね。身につけているものもおしゃれでいいものだし、私、最初はスチュワーデスの人たちかと思いました」

絵里子はへんにへりくだった言い方をする。

「あの、みなさん、今夜は何かご予定がおありなんでしょうか」

「別にないけど……」

「よろしかったら、お夕食にお招きしたいんですけど。私、仕事を辞めてから、ずっとおさんどんしてましたので、東西の方たちを見たら懐かしくって、懐かしくって。ぜひご一緒したいんですけど」

「そんなわけにもいかないでしょう。そちらはご家族水いらずでいらしてるんですから」

「いいえ、そんなことないんです。子どもと夫を相手の休暇に、もううんざりしていたところなんです。子どもはホテルのベビールームに預けるか、シッターさんに来てもらいますから、ぜひお食事をご一緒させてください」

「でもね、他の三人に聞かないとわからないわ」

「そうですよね。じゃ、こちらの部屋番号にお電話いただけますか」

ビニール製のトートバッグの中から、赤いエルメスの手帳を取り出し、一枚を破いた。大きく部屋番号を書く。

「もし都合がつかなくても、必ずお電話くださいね」

部屋に帰り、買物から戻ったばかりの仲間に尋ねたところ、みんな億劫がった。

「その人、何年前に辞めたんですか」

「えーと、七年前じゃないかな」

「それじゃ、顔見ればわかると思うけど、やっぱりめんどうくさいな」

「私たち、出来れば今夜は、ホテルのエステへ行こうなんて話してたんですよ。その後、お化粧してまたどこかへ行くなんてちょっとパスしたいなァ」

「わかった。みんなそういうことなら、私もやめておくわ」

絵里子が破った紙片をとり出す。ルーム・トゥ・ルームの番号を押した。

「もし、もし」

男の声がした。

「あの、鈴木絵里子さんのお部屋でしょうか」

「あ、鈴木じゃなくて、ここは沢木《さわき》ですよ。もう彼女は結婚してますからね」

「本当にそうですね」

なぜか奈央子は笑ってしまった。男の口調に全くといっていいほど嫌味なものがなかったからだ。電話口の向こうで男も笑っている。

「失礼しました。それじゃ、沢木絵里子さんをお願いします」

「彼女は今、ちょっと出かけているんですけど、失礼ですが、そちらは野田さんですよね」

「はい、そうですけど」

「さっき女房が大喜びで帰ってきたんですよ。会社に勤めていた時、憧れていた先輩に偶然会ったって。今夜、食事をするんだって……」

「それがですね、ちょっと都合が悪くなりまして」

「そんなこと言わないでくださいよ。彼女、ものすごく張り切っていて、さっきベビールームに電話していました。夜景がものすごく綺麗な多国籍料理の店があるんです。彼女はあなたを、ぜひそこにお連れしたいって言ってるんです。他の方のご都合がつかなくても、野田さんだけでもいらしていただけませんか」

結局、奈央子は食事をすることを約束してしまった。

六時半にロビイで待ち合わせをした。五分前に降りていくと、水色のコットンのワンピースを着た絵里子が、既にソファに座っていた。奈央子を見ると、嬉し気に立ち上がった。傍に紺色の麻ジャケットを着た男が座っていた。彼も妻につられるような形で立ち上がった。とても背の高い男であった。さんざんゴルフをしたのだろう、よく陽に灼《や》けている。絵里子よりもかなり年上のようだ。髪に白いものが見えるが、それが彼に落ち着きと知性を与えていた。たいていの男が派手なポロシャツを着ているこんなリゾート地で、そんな印象を与える男はめったにいないものだ。

「すいません。私ひとりがご一緒します。他の若いコたちは、これからエステへ行くんですって……」

「いや、嬉しいですよ。僕たちもその方がゆっくりお話出来ますから」

「私、本当に嬉しくって、嬉しくって。さっき、窓際のいい席をどうしても予約しようと思って、かなり苦労しちゃった。結局は主人に代わってもらいましたけどね」

　ホテルからタクシーに乗った。車の中でも絵里子はたえず喋り続ける。

「ねえ、大塚《おおつか》部長、お元気ですか」

「あの方は、少し前に、東西流通へ移ったわ。専務になるの、間違いなしって言われていたのに、えらい人たちの考える人事って、本当にわからないわ」

「まあ、あの大塚さんが、子会社へ行くなんて…。あの方、本当にいい人で、私なんか新人の頃から、とてもよく可愛がってもらってました。あの方、商社のトップ陣へ行くには、少しいい人過ぎたのかもしれませんね」

「まあ、いい人でもトップへ行く人はいるけれど、大塚さんって運のない方でしたね」

「そうなんです」

　絵里子は力を込めて言う。

「あの韓国プロジェクトの件にしても、手柄はみんな上の人に持っていかれたんですもの、本当に口惜しかったと思うわ」

「でも、ご本人はあんまり気にしていないんじゃないかな」

　奈央子は、夫婦の勧めてくれた甘いカクテルをちゅっと飲む。

「近しい人から聞いたんだけど、この頃は顔色もよくて本当に楽しそうですって。学生時代からの夢だったドイツ留学を、停年後は果たしたいっていろいろ勉強しているって。私、この頃思うんだけれども、競争に勝ち残っていくことだけが価値のあることじゃないような気がして。うまく言えないけど、人生なんか、トータルで見ていけばそれでいいんじゃないかって。いや、あら、私、少し酔ったのかしら。久しぶりに会った人に、こんな話しちゃって」

奈央子は、窓に目をやる。このレストランは、長い山道をくねくねと登ってきたのだが、その途中かがり火が幾つも焚《た》かれていた。月光の下で、赤い炎をあげているかがり火は、この世のものとは思えないほど美しく、旅先の酔った目には悲しくさえある。

今、人生などと軽々しく口にしたけれども、生きるというのはなんだろう。夫も子どもも手に入れ、充ち足りた日々をおくる女もいれば、仕事も恋も中途半端なまま、ぼんやりと生きている女もいる。悪い病気にでもならない限り、絵里子と自分とは、同じ頃まで生き、同じ頃に死ぬだろう。今のままだったら、それまでに味わいつくすものの量は、まるで違うような気がする。

「いや、もっと話してくださいよ」

沢木が微笑みかけた。やはり四十は過ぎているようだ。笑うと目のあたりに細かい皺が寄る。魅力的な中年男になる兆しのような皺。こういう男を夫に持つ絵里子の幸福を思うと、少し胸が騒ぐ。

全く世の中の女たちというのは、どうしてこういう夫をらくらくと手にしているのであろう。みんな自然に、呼吸するように、多くのものを得て、大きく豊かになっていくような気がする。

三十三歳にして、自由に気軽にハワイにゴルフに来ている自分は、幸せなのだろうか、それとも不幸なのだろうか。けれども胸にうかぶいろんな言葉を、目の前にいる夫婦にぶつけたりはしない。ほとんどゆきずりの、幸福そうなこの二人に向かってどうして内面を吐露しなくてはならないのだろうか。そんなことはしない、絶対に。

「ねえ、野田さんは、僕たちのことを、ハワイに遊びに来ている、なんてお気楽な家族、って思っているでしょう」

胸の中を見透かされたようで、奈央子は返事に詰まる。

「旅先の口の軽さで申し上げますけど、今度の旅行は、言ってみれば僕たち家族の再生の旅なんです」

「サイセイ、ですって？」

「そう。もうちょっとで、私たちバラバラになるところだったから」

絵里子が深く頷いた。何か自分に言いきかせようとするようだった。

「あのね、私、ずっと精神科の治療を受けていたんです。一時期は、もう立ち直れないかと思った…」

「彼女は見かけによらず、とても神経質なところがありますからね」

沢木が、お前はこれ以上余計なことを言わなくていい、とばかりに、すばやく言葉をひきとる。

「僕が企業留学する時、彼女も会社を辞めてついてきてくれたんです。商社に勤めていたぐらいだから、海外暮らしに向いているだろうと思ったらとんでもない。向こうの日本人社会の中で、それこそにっちもさっちもいかなくなったんですよ」

「狭い日本人のグループの中で、ひとつ歯車が狂い出したら、もうダメだった。たまたまある大企業の支社長夫人が、私の出た女子大の先輩だったんです。最初はとても可愛がってくれていたんですが、私が主従関係のようなものについていけなくって…」

「子どもを産んだ後、ちょっとバランスを崩したこともあったんでしょう。妻だけひと足早く日本に帰しました」

「そうしたら、今度は育児ノイローゼで一時期は泣き声を聞くのも耐えられなくなって…」

「いいよ、そんなことまで言わなくっても。そのうちに僕が会社を辞めたりしたんで、事態はさらに悪くなりました」

「でも、こうして旅行に来ているぐらいだから、事態はすっかりよくなったんでしょう」

夫婦の掛け合いを聞いているうちに、すっかり息苦しくなった奈央子は叫んだ。

「それはみんな、過去のことになったんでしょう」

「ええ、とってもいいお医者さんにめぐり会ったおかげで、いい方向に向かってきました。このハワイ旅行も、昨年だったらきっと来れなかったと思うわ。まだ私の精神状態は、危なっかしい時でしたから」

「野田さん、すいません」

沢木が不意に頭を下げた。

「こんな話を、初対面のあなたにするなんて非常識でした。ご気分を悪くされたら申しわけない」

「いいえ、沢木さんとは初対面でも、奥さんとは何回も会ってます。会社の先輩・後輩の仲ですから、何でもおっしゃってください。私に喋って、気がすっきりするようでしたらいくらでも」

そう口にしながら、なんという綺麗ごとを言っているのだろうと奈央子は思った。休暇中の旅先で、夫婦のトラブルの話を聞かされるのが、どうして楽しいことがあるだろう。自分はいつもこういうめに遭う。もはや宿命と言えるぐらいにだ。

多くの人から悩みを打ち明けられ、時には解決を求められる。そして奈央子も決して打ち捨てることが出来ない。聞いた時から、何とかしなければという気持ちになるのは確かなのだ。

これを美徳のように人は言うけれども、本当だろうか。単につけ込まれているだけじゃないかと奈央子は考える時がある。

たぶん人は、ひと目で見抜くのだろう。それは奈央子が、非常に口の堅い人間だ、ということをだ。これは今の世の中、非常に珍しいことである。

誰かに教えられたわけでもない。特にこれというポリシーを持っているわけでもない。ただ奈央子は、秘密よと言って打ち明けてくれたことを、ごく習慣的に人に言ったりしない。秘密だったことが、本人の口からやたら語られるという裏切りに遭ったことは何度もあるけれども、やはり奈央子は、人から聞いた重大ごとを、決して他人に漏らしたりはしないだろう。そしてそういう態度は、やはり自然に相手に伝わるようであった。

「図々しいお願いですが、ここで会ったのも何かの縁と思って、これからも私共とおつき合い願えませんか」

「私、東西に勤めている時から、奈央子さんのこと、ずうっと尊敬してました。仕事は出来るし、みんなからは慕われてたし…」

そんなことを言う絵里子の表情が、先ほどから違っていることに気づく。

プールサイドで会った時は、都会によくいる、綺麗でしゃれたエリートの妻という感じであった。髪も肌もよく手入れされている商社のＯＧには、この種の女がとても多い。

けれども、今の絵里子の顔には、どこか過剰なものがあった。うまくいえないが、尋常ではないもの特有の熱っぽさだ。

「そうですね。また東京でお会いしましょう」

そうは答えたものの、また会うのはかなり気が重い。

「ねえ、私、メールを送るわ。さっそくすぐに東京へ帰ったら。ねえ、奈央子さん、メールのアドレス、教えてください。それから携帯の番号も」

はい、そうねと言いながら、結局のところ自分は気が弱いだけなのだと、奈央子はしみじみ思った。


最近奈央子のまわりで、急に流行り出したものがある。それは厄除《やくよ》けのお参りだ。最初に聞いた時、奈央子は思わず声を立てて笑ったものである。

「よしてよ。江戸時代じゃあるまいし、今どき厄除けだなんて」

けれども大学の同級生である美穂《みほ》は、真剣な表情でこう言う。

「あら、みんな行ってるのよ。やっぱり三十四で、映画会社のPRしてるコ知ってるけど、前厄、本厄、後厄と、全部有志募って行ったって。仕事柄、かなりいけてるコだけど、こういうことは古風にきっちりやるんだって」

「あのさー、いい年した女が、そんな迷信信じてどうすんのよ」

「迷信じゃないったら」

美穂は真剣を通り越して、怒りを含んだ表情になった。

「このあいだ本読んでたら、厄っていうのは科学的にもちゃんと証明出来ることだって書いてあったわよ。ほら、男の厄は四十二歳でしょう。その頃は社会的責任も重くなるし、いろんな病気にもなりやすいわよね。トラブルがいっせいに起こったって不思議じゃないわよ」

「それじゃ、女の厄は…」

「かぞえで十九歳。その後は三十三歳」

美穂は即座に答えた。

「これもよくわかるじゃないの。昔だったら、十九っていえばさ、新婚か子どもを産むってとこじゃない。夫婦の何かよくないことが起こりやすい時なのね。初めてのお産っていうのは、いろいろ大変らしいしさ。三十三はさ、昔でいえば中年まっただ中、子どものこととか、家の中のこととか、悩み多き時よね」

「やめてよ、中年だなんて」

「昔はそうだったんだから仕方ないじゃないの。その頃の三十三の悩みっていうのは、母や妻としての悩みだったんだろうなあ。今みたいに女としての悩みじゃなかったはずよ。ま、私たちっていうのはさあ、女としての悩みだからいろいろ困っちゃうのよね」

そういう美穂は銀行に勤めた後、今は人材派遣会社に登録している。彼女によると、銀行でいい男を選び出し、四年以内に結婚するつもりだったのにどういうわけかうまくいかなかった。今でも、「キツネにつままれたような気分」

になるそうだ。おまけに三十過ぎたとたん、派遣先もめっきり減って、以前のように歓迎されなくなっているという。

「なんでこんなめに、この私がって、ずっとキツネにつまれっぱなしよ」

と奈央子を笑わせる。美穂は大柄な美人で、学生時代は男の子たちに人気があった。奈央子は歴代の恋人を何人か知っている。親を騙してそのうちのひとりと、ロスへ遊びに行ったこともあるはずだ。あんした栄光の時代を知っている身としては、なるほど今の美穂の状況は、キツネが関係しているような気がする。

「ね、ね、ナオもそう思うでしょう。やっぱりお祓いしてもらった方がいいと思うでしょう」

まるで少女のような目で、すがってくるのがおかしい。

「ねえ、私たちのこの運の無さっていおうか、ついてない日々っていうのはさ、やっぱり何かに祟《たた》られているような気がして仕方ないのよ」

それほど私は不幸な日々をおくっているわけじゃないわと奈央子は言いかけたが、何とはなしに美穂に押しきられた。こういう時、すばやく共同体に加わるというのは、女としてのルールである。そして出来るだけ早く、二人の厄除けに行くことに決まった。

「でも私、もうじき三十四だよ。もうそろそろ三十三は無事に終るんだからいいんじゃないかな」

「ダメよ、ダメよ。後厄がきっちり終るまで安心できないものよ」

美穂はこういうことにやたら詳しい。

「行くからには、やっぱり川崎大師とか、テレビで宣伝してる佐野厄除大師っていったブランドのところにしようね」

電話をしたついでに、母の厚子にこのことを話したところ、とてもいいことだと誉められた。

「お母さんもね、今年初詣でに行ったついでに、ナオちゃんの厄除けのお札を貰ってこようと思ったんだけど、きっと嫌がるだろうと思って…」

「あたり前よ」

笑い話として聞いてくれると思ったのに、これではしゃれにならないと、奈央子はちょっと不愉快な気分になる。

ともかく今度の土曜日、美穂と二人で川崎大師に出かけることにした。電話がかかってきたのは木曜の夜である。

「もし、もし、奈央子さんですか」

奇妙な馴れ馴れしさがある女の声だったが、奈央子は見当がつかない。

「私、ハワイでおめにかかった沢木絵里子ですけれど…」

とたんにかすかなうっとうしさが、苦い唾のようにこみ上げてくる。夜の十時。化粧を落として本を読もうとするところだった。ひとり暮らしの女にとって、黄金のような時間である。こういう時に親しい友ならともかく、あまり気の進まない相手と長電話をする趣味はなかった。

「ああ、沢木さんですね」

奈央子は冷たく聞こえない程度に、距離を置いた喋り方をした。

「ハワイではご馳走になりました。本当に楽しかったです。お礼状も差し上げないで失礼しました」

教えられた絵里子のメールアドレスに、お礼のメールを送ろうと思ったのだが、めんどうくさいことが始まる予感がしたのでやめておいたのだ。こちらのメールアドレスも教えることは教えたが、いつも会社に置いてあるなどと誤魔化し、とりあえず自宅の電話番号を伝えたのである。

「いいえ、とんでもない。私こそ奈央子さんにつき合ってもらって、とっても嬉しかったです」

「ご主人、お元気ですか」

「ええ、元気にしています」

通りいっぺんの挨拶が終った後、しばらく沈黙があった。

「あの、奈央子さん、とってもお忙しいとは思うんですけど、私と会っていただけないでしょうか。白金にすっごくおいしいイタリアンがあるんですよ。ワインもいろいろ揃ってます。私、このあいだも行って、ぜひ奈央子さんをお誘いしたいなあって思ったんです」

「そうね。そのうちにぜひ行きましょう」

奈央子はやんわりと拒否したつもりであるが、絵里子はそのようにはとらなかったようだ。

「いつだったら都合がいいんですか。ねえ、今週中に空いている日はありませんか」

性急にことを決めようとする。

「もう今週は、とても無理だわ。今日なんか、珍しく何にもなくて早めに帰ってこれたのよ」

すぐ目の前に、読みかけのミステリーの新刊がある。丁寧に淹《い》れたミルクティーをゆっくりと飲みながら、続きを読もうと楽しみにしていた。ああ、早くこの電話を切ってくれないだろうか。

「じゃ、土曜日か日曜日はどうですか。もしお夕飯が無理ならば、ランチならいかがでしょう」

「そうねぇ……」

奈央子は考える。今、頑強に断わることは簡単だけれども、そうするとまた何度も誘いの電話がかかってくるはずだ。一回ぐらいランチを共にして、シラけない程度につまらない食事をしておけば、それで絵里子の気も済むのではないだろうか。

「ランチだったらね…」

「じゃ、土曜日はどうですか」

「土曜日はもう先約があるのよ。ちょっと出かけなくちゃならないの」

少々冷たくあしらったのではないかという思いで、奈央子はついうっかりと喋ってしまう。

「実はね、川崎大師にお参りしに行ってくるの。私、三十三の後厄だから」

「えっ、そんなところへいらっしゃるんですか」

「そう、この年までずるずるいるのは、何か悪いものが取りついているんじゃないかって友だちが言うの。それで二人で行くことになったの」

「いいなあ、私も行きたい」

「いいことなんかないわよ。淋しい女二人のお参りよ。沢木さんには関係ない話だけどね」

「いいえ、そんなことありません。私は三十二になりますから、かぞえで本厄っていうことになります」

よくわからぬ。厄というのはかぞえでやるものなのだろうか。現代ならば、満でやるという人もいる。

「ですから、私も一緒に行っていいでしょうか」

「いいえ、それはちょっとね」

あの美穂と、しんねりとこちらにからみついてくるような絵里子とがうまくいくはずはなかった。美穂のことだから、露骨に意地悪を仕掛けてくるに違いない。

「ちょっと同い年の友だちと前から約束をしているんで…」

「お邪魔にならないようにしますから。私もこういう機会じゃないと、川崎大師なんか行けませんから。よかったら車出しますので、運転手代わりに使ってください」

「でもね、二人で電車で行く約束しているから……」

「じゃ、その後のお食事でもいかがですか」

「ごめんなさい。悪いけど近くの鴨鍋料理の店に行くことになってるの。前から彼女がいろいろ計画してくれていたことなんで……」

結局日曜日のランチを一緒にすることにした。

絵里子が指定してきたのは、プラチナ通りにあるイタリア料理店である。最近出来た小さな店で、魚介類がおいしいと絵里子は言った。

専業主婦でも、最近はOLが太刀打ち出来ないほど店の情報を持っている女が増えている。もちろん夫の収入がいい、という条件がつくけれども、働いている女よりも時間と金を持っているのだから仕方がない。またこういう主婦をこぞってマスコミが取り上げるから、三十過ぎの働く女が労働意欲を失うのだと奈央子は思う。

約束の時間に行くと、奥まったテーブルに絵里子が座っていた。いかにも休日らしく、白のニットのアンサンブルを着ていたが、高価なものだということはひと目でわかった。それとダイヤのチェーンとピアス。沢木は外資のコンサルタント会社に勤めていると聞いたが、おそらくすごい年収なのだろう。リストラや減給に苦しむ、日本のサラリーマンとは無縁の場所にいる夫婦なのだ。

「こういう時、お子さんはどうしてるの」

「ベビーシッターさんに来てもらっています」

時間給二千円と聞いて、奈央子は驚いた。

「えー、じゃ、五時間居てもらうと一万円」

「それに交通費と食事代がつきます」

「だったら、ふつうの女の人になんかとってもベビーシッターは無理よね」

「そういう人にはもっと安いシッター会社もありますし、ベビールームもありますよ。うちはたまにのことなんで、高いけど優秀な人が揃っている会社にお願いしているんですけどもね」

奈央子は憂うつになってくる。いずれ自分も結婚し、母になるつもりでいる。けれども髪をふり乱して育児、などということはまっぴらだ。年をとっている分、余裕を持って子育てをするのが理想だ。たまには人に預けて、ゆっくりと自分の時間を持つというのが、奈央子の漠然と描いた未来図であったが、こんなにも金がかかるものなのか。結婚後パートで働く女は多いが時給二千円貰える女が、いったい何人いるのだろうか。

とにかくランチが始まった。絵里子はもう何度も来ているらしく、てきぱきとメニューを決めている。

「このアイナメのポワレは絶対にお勧めだわ。それとパスタは、カラスミがもう抜群なんですよ」

せっかくだからワインも飲みましょうよと白を一本頼んだ。そう親しくない相手といっても、昼下がりに女二人ワインを飲みながらの食事は、贅沢で甘やかな気分を連れてくる。

「私、奈央子さんにいろいろ聞いてもらいたいことがあったんですよ」

奈央子は身構える。女からの相談ごとは慣れているけれど、彼女の口から吐き出されるものは濃厚でむせるような気分になってくるのだ。

「あのね、私、今好きな人がいるんです」

「ふうーん」

不倫話は珍しくないけれども、奈央子のまわりでよく発生する、妻子持ちの男と独身の女という組み合わせではなく、この場合は人妻の不倫話だ。こういうのは、未婚の女よりも同情の余地がないような気がする。きちんと食事をとっている人間の、もっとうまいものを食べたいという意地汚さを見せつけられているようだ。奈央子のまわりの独身の女たちはもっと切実で純粋である。

「この頃、その人のことばっかり考えていて、もうどうにかなってしまいそう。主人や子どもには悪いと思うんですけれども、その人に会うことだけが生き甲斐の自分がいるんです」

奈央子はハワイで会った沢木を思い出した。感じがよく知的な男である。なによりも、エキセントリックになりがちな妻を庇《かば》う様子に奈央子は心を打たれた。客観的に見ても、かなりレベルが高い。ああいう夫を手に入れておきながら、他の男を好きになるというのは、やはりルール違反だと独身の奈央子は思う。

「その男の人は、沢木さんと結婚しようとか、これからの人生を共にしたい、と思っているのかしら」

絵里子は最初から奈央子さん、奈央子さんを連発しているが、奈央子は沢木さんで通している。けれどもこうしたニュアンスは、相手には全く伝わっていないようだ。

「いえ、そんなことはありません。ただ、私のことを好き、好きって言ってくれているだけ」

「だったらいつか終りがくる関係よね。沢木さんだって、ご主人やお子さんを捨てる気なんかまるっきりないでしょう。今の生活を変える気も全然ないんだったら、どうしようもないじゃないの」

「でも、とっても苦しいんです」

絵里子はワイングラスをテーブルに置いた。きちんと置きそびれて、一瞬グラスは小さく揺れる。手入れされた肌と、上手にアイラインが入った目元。誰が見ても綺麗で上品な奥さんで通るだろう。

（もうこれで充分じゃないの）

奈央子は思う。

（過去にいろいろあったらしいけど、今はもう充分に満ち足りて幸せなんじゃないの。自分の恋愛ごっこのために、私の貴重な時間を奪わないで欲しいわ）

そうなのだ。世の中の人間というのは、どうしてこれほど気軽に、人に悩みを打ち明けるのだろうか。相談するということは、毒素を口から吐き出し、それを相手に吸い込ませることである。それを解毒するために、相談された人間は心も体も消耗していく。どうしてみんな、そのことがわからないのだろうか。

「そんなに苦しいんだったら、ご主人に打ち明けてみたらどう」

奈央子は乱暴な言い方をした。

「あのご主人だったら理解もあるでしょうし、何よりもあなたを大切にしているもの。私、思うんだけど、沢木さんは今の生活にちょっと飽きて、ひと波乱起こしたいだけのような気がするわ。だったらご主人に話してみたらどうかしらね」

「とっくに話しました」

「えっ」

「このあいだハワイで、私が精神的につらい時があったことをお話ししましたね。彼とはその時に知り合って、とても私は救われたんです。ですから彼のことはとても感謝していて、いったんはお別れしたんですけれども、この頃、またどうしても会いたくなって…」

「そうなの」

あの沢木の印象もぐっと悪くなった。変わった夫婦が変わったことをしているだけではないか。スワッピングをしたり、女房に男をあてがって喜んでいる変態の夫のことが時々雑誌に出ているが、沢木と絵里子というのは、こういう類の夫婦ではないだろうか。こういうことに自分を巻き込まないで欲しい、と奈央子は憤然とした気持ちになった。

「私、もう失礼するわ」

まだコーヒーが飲みかけだが構うことはない。左側にあった伝票をつかんだ。

「あ、ここは私がお誘いしたんですから、私が…」

「いいえ、いいのよ」

おごってもらうのはまっぴらだった。大股でレジのところへ行く。一万二千五百円。ワインを飲んだために、とてもランチとはいえないような値段になってしまった。口惜しい。金持ちマダムにとってはどうということもない金額だろうが、ＯＬの身としてはかなり痛い出費となった。

昨日のように美穂と二人、さんざん飲んで楽しい思いをしたならともかく、まるで義務のようなランチに、こんな値段はあんまりだ。

奈央子は、レストランのドアを後ろも見ずに閉めた。

電話が鳴っている。真夜中の電話というのはそれだけで不吉で、こちらの胸をひとつかみにする。時計を見た。一時二十四分であった。

「もしもし、奈央子さん、こんな遅い時間にごめんなさいね」

この声は既にしっかりとインプットされている。おととい会ったばかりの沢木絵里子の声だ。

「困るわ、こんな時間」

奈央子ははっきりと怒りを込めた声を出した。

「あなただって勤めていた経験があるからわかるでしょう。会社員にとってこんな時間に電話かけてこられるのがどんなに非常識かって……」

「ごめんなさい。でも私、本当に困っているんですよ」

受話器の向こうの声は細く小さい。もしその中に少しでも異常なものがあったら、奈央子はすぐに電話を切るつもりでいる。

「あの、今日、彼に会ったんです。もうお別れしましょうって言ったんですけど、彼はどうしても別れないって言うんです」

「だったらおつき合いをしたらいいじゃないの。あなただって、彼のことがすごく好きなんでしょう。ご主人も認めているみたいだし、だったら三人でうまくやってけばいいことよね」

「でも私、主人と約束したんですよ。あのハワイへ行く前です。もう生活をしっかり立て直す。彼とは会わない。いい母親として、心を入れ替えてちゃんとやっていくって…。それなのに、今も私が彼と会っていることがわかれば、いったいどうなると思いますか」

奈央子はいつのまにかパジャマの上に、カーディガンをひっかけている。こんな身勝手な最低な女と思いながら、いつのまにか身を入れて聞き始めている自分が情けない。

「彼は、私に言うんです。もし今、別れるようなことを言い出したら、今も会っていることを主人に言うって。そして困ったことに、私、そんな彼のことをやっぱり好きなんです…」

「わかったわ、わかったわ」

奈央子は受話器の向こうの相手に向かい、とりなすように、うん、うんと何度も頷いている。

「とにかく、今急にことを起こさない方がいいわよ。静かに、ご主人に気づかれないように相手の男の人と会いなさいよ。しばらくはそれでやっていくしかないでしょう」

「そうでしょうか。それにね、彼って最近私に、将来のことをほのめかすんですよ。僕もこのままでいい、なんては思っていないって。これってどういうことだと思いますか」

「うーん」

こうした謎解きは奈央子の得意なのであるが、今はうまく頭がまわらぬ。しかし何とか喜びそうな答えを言って、絵里子を黙らせるしかないだろう。

「それはやっぱり、相手があなたのことを、本気に切実に考えているっていうことじゃないかしら」

「そうでしょうか」

「そうよ。それしか考えられないわ。とにかく、今は静かに相手に行動を起こさせないように。それだけを考えてね」

やっと電話を切った。

しかし絵里子からの電話は、二日後にかかってきた。今度は夜の九時という、まあ許せる時間帯だ。奈央子は洗った髪をタオルドライしながら、TVのチャンネルをちょうどフジに合わせたところだった。今や奈央子のまわりで久々にブレイク中のドラマは、一回見逃すとストーリーについていけなくなる。ビデオに録ってもいいのだが、なぜかドラマはリアルタイムで見た方がずっと面白い。

長いCMが終わり、出演者のクレジットが流れ始めた時にその電話は鳴った。

「あの、ごめんなさい。またよろしいかしら」

「何かしら。ちょっとだけならいいけど」

「彼とまた会ったんですけれども、どうやらそのことを夫に勘づかれたみたいなんです」

「どうして、勘づかれたってわかるの」

「ベビーシッターさんを夜の九時までお願いしてたんですけど、結局家に帰ったのが十一時過ぎで、主人が帰ってました。そしてこんな時間まで何をしていたんだって、すごく怒られたんです」

「そりゃあ、お子さんがいる人が、夜の十一時まで出かけていたら、ご主人は怒るんじゃないかしら」

「でも普通じゃない怒り方なんですよ。あれはきっと私と彼のことに気づいているんです。どうしたらいいでしょうか。離婚、なんてことになったら、私はとてもじゃないけれども、子どもをひとりで育てられませんもの」

奈央子はうんざりしていた。いや、うんざりというよりも、神経が拒絶反応を起こしているといってもいい。絵里子の丁寧でやさし気な声を、これ以上聞く忍耐を持てそうもなかった。

「あーいけない、こんな時間」

奈央子はわざと大きな声を出す。

「仕事で国際電話がかかってくるの。悪いけど切るわね」

来週にでも夫の沢木に会ってみようと、奈央子は決心していた。どう考えても彼の妻はどこかおかしい。このことを話さなくてはいけないと思いながら、奈央子は自分が何か大きな言いわけをつくっているような気がした。


沢木が指定してきたのは、高輪にあるホテルのラウンジだった。都心のホテルはよく使うけれども、ここに来たのは初めてだ。古風な、といってもいい建物で、ロビイもラウンジも広々としていて天井が高い。ガラスごしに、春が終ろうとしている緑が見えた。

これで経営がやっていけるのだろうかと心配になるほど、まばらな客だ。コーヒーを飲んでいる老人がひとりと、水商売には見えない着物姿の女が三人、楽し気に笑いさざめいている。といっても、ゆったりとテーブルを配置しているので、耳ざわりなことはなかった。

外からの薄闇がしのびよってきて、白い制服を着たウエイターが、ひとつひとつのテーブルにキャンドルを置いていく。まるで重要な儀式のようにだ。

奈央子は時計を見る。約束の七時五分前。なぜかわからぬが、沢木は時間きっかりにやってくるような気がした。

そしてそれは予想どおりだった。以前香港で買った奈央子のカルティエの腕時計が、ぴったりと七時を示した時、レジの前に紺色のスーツ姿の沢木が姿を現した。

こういう場所、たとえばホテルのラウンジ、フレンチレストランといったフォーマルな場で、みすぼらしく見える男がいるものだが、沢木はそんなことはなかった。海外勤務が長かったこと、外資系コンサルタント会社に勤めていること、エリートであること、などといった男としてのポイントの高さが、その姿勢のいい長身からごく自然に伝わってくる。「男を値踏みする」ということは、こういうことなのだなと奈央子は思った。

そしてこういう夫を持ちながら「好きな人がいる」とぬけぬけと口にする絵里子を、あらためて憎いと思った。いとわしく思うとか、わずらわしい、などという感情ではなく、これはやっぱり「憎い」なのだ。

この世の中には、人生を実にうまく使いこなしている女がいる。聞こえのいい大学を出て何年か楽しいＯＬ生活を過ごした後は、収入も見栄えもいい男と結婚をする。この時別に悩んだりはしない。仕事を続けるかどうか、などということは最初から全く視野に入れていない。髪をふり乱して、仕事と家庭を両立させることより、もっと楽しく有意義な生活が待っていると信じているからである。そしてそれはそのとおりだ。

夫と二人でゴルフや旅行に出かける。習いごとをする。インテリアやガーデニングに凝る。そして子どもが生まれたならば、今度は母であることを存分に味わう。子どもを有名校に入れた後の、母親同士の社交生活も華やいだ日常をもたらすはずだ。

こういうことを言うと、世の中には、
「この不景気で、そんな女たちはどんどん減ってきている。そんなにうまくいくはずがないじゃないか」
と言う人がかなりいる。けれども一度、白金や広尾といったところを歩いてみればいい。それはそれは愛らしい格好をさせた子どもの手をひく、綺麗な女たちの姿を何人も見かけるはずだ。上品な栗色にカラーリングして、きちんとブロウした髪、手入れのいきとどいた肌と爪、さりげないけれどもたっぷりと金のかかった服を着た女たちだ。

賃金カットだ、リストラだ、などという話は、一部の運の悪い人間のことだと、彼女たちは思っている。自分たちはそんな場所に住んではいない。ちょっとしたことで転がってしまうような不確かなところに自分たちが立っているはずはないではないか……。

こうしたタイプの女が、商社にはたくさんいた。そして絵里子もそのひとりだったはずだ。いや、今でもそうだろう。充分に幸せで、充分に満ち足りているはずではないか。それなのにどうして、わざと不幸なふりをして、さらに過ちを犯そうとするのであろうか。それは自分の人生だけでなく、他の人生をも覗き込もうとする欲の深さがあるからではないかと奈央子は思う。だから「憎しみ」という言葉が出てくるのだ。

「お待たせしました」

沢木が座った瞬間、手首から白いカフスが見えた。計算されつくしたほどよい長さ。奈央子はスーツの色で紺がいちばん好きだ。この色を着た時は、変わり衿や派手なネクタイはやめて、出来るだけオーソドックスに着こなして欲しいと思う。野暮なくらいの白いシャツを着て、タイも普通のものにする。

その代わり、スーツは生地と仕立てのよいものでなくてはならない。

沢木はいいスーツを着ていた。白いシャツに黄色がかったタイ、という組み合わせもしゃれていた。紺色のスーツがこれほど似合う男を、夫にしている絵里子の幸福をつくづく思う。

「こんなところまでお呼び出ししてすいません。本来ならば、僕が野田さんのお近くに行かなくてはいけないのですが、後で会社に戻らなくてはならないもんですから」

「いいえ、いいえ、とんでもない。こちらこそ、突然お電話したりして、申しわけありませんでした」

この後しばらく沈黙が流れた。二人の間にオレンジ色のキャンドルが揺れていた。こんな灯りを前に、お酒ではなくコーヒーを飲んでいる。それも他の女のことについて話し合うためだ。ああ、自分はどうしていつもこんな役まわりを与えられるんだろうかと奈央子は思った。

「あの、野田さんがお電話くださった理由、だいたいのことはわかるつもりです」

沢木が言った。低い声だった。

「たぶん絵里子が、あなたにご迷惑をおかけしているんじゃないでしょうか」

「はい、そうです」

はっきり言わなくてはいけないと、誰かが奈央子の背をしきりと押している。

「三日前も、真夜中っていってもいいような時間に電話がありました。どうしても自分の悩みを聞いて欲しいっておっしゃるんです」

「悩みって、他に好きな男が出来た、ということですね」

さすがに返事は出来ない。絵里子は夫も知っていることだ、と言っていたけれども、妻が不倫のことを相談していると聞いて、楽しい気分になる夫がいるだろうか。

「好きな男が出来て、好きで、好きでどうしようもない、つらいんだって言ったんじゃないですか」

奈央子はうつむく代わりに沢木を見た。男の目が苦痛のために、細くなっているのがわかる。ここまで夫を苦しめるなんて絶対にいけないことだ。

「これは強がりで言っているわけじゃありませんが、彼女は嘘をついていると思うんです」

「なんですって」

「たぶん野田さんの気をひきたいんでしょう。同情っていう形で、自分のことを思ってもらいたいんです」

「だって、そのために、こんな嘘をつかなきゃいけないものでしょうか」

「彼女が、精神のバランスを崩したことがあるっていうのはご存知ですよね。その兆候が表れたのが、アメリカにいた時です。ビジネススクールで知り合った日本人、まあ、Aさんとしておきましょう、彼の気をひくために、妻はいろんな嘘を考えついたんです。たとえば僕に女がいるとか、僕が暴力をふるう、っていったことです。ですけどもね、これでAさんが妻を好きになってくれたりしたら、話はまだ簡単だったんですけれども、そうじゃなかった。彼は留学生仲間で恋人がいたんです。そうしたら今度は僕に、Aさんのことが好きで好きでたまらない、って言い出したんです」

「信じられないわ」

奈央子は叫んだ。

「奥さんって、ちょっとエキセントリックなところはあるけれども、そんなことをするような人には見えないわ」

「いや、彼女があれほど外国生活が苦手とは考えてもみませんでした。僕と結婚したのも、僕がアメリカへ行くことを決めたからっていうところもあります。彼女も、僕と同じ学校の大学院へ通うのが夢だったようで、勉強していたぐらいです。けれどもとても留学は無理でした。それならそれで、英語をきちんと習う、っていう手もあったんですけれども、妻はそれを拒否した。そうして彼女は、ブランド品買いとおしゃべりに精を出す、典型的な駐在員夫人になっていきました…」

奈央子は絵里子の、整った顔立ちやセンスのいい服を思い出す。駐在員夫人と聞いて、多くの人々が描くイメージにぴったりの女だ。存分にそれを楽しむタイプに見える。

「ですけど、彼女はそこでもうまくいきませんでした。ハワイで自分で喋っていたと思いますが、その中のひとりとうまくいかなくなったんです。海外では人間関係がぎくしゃくすると、もう生活にかかわるような事態になってしまいます。特に女性はね。僕が彼女の話を、もっとちゃんと聞いてやればよかったんでしょうけれども、あの頃の僕にはそんな余裕がありませんでした」

その続きも聞いた。駐在員夫人仲間とのトラブルに疲れた絵里子は、ひと足先に日本へ帰るのだ。そして今度は育児ノイローゼが始まる…。

「私から見れば」

奈央子は言った。

「奥さんって、敗者になるようなタイプに見えないんですよ。いい夫を確保して、子どもをいい学校に入れ、まわりの人ともうまくやって、自分も人生を楽しむ。そういうことをらくらくとこなす女の人に見えましたけど」

「彼女の無器用さや、あんなナイーブさが、いったいどこからやってくるのか、僕にもよくわからないんです。決して問題のある家庭じゃありません。どうしてあんなに臆病になったり、劣等感を持ったりするのか、正直言って本当によくわからないんですよ」

沢木はしばらく目を落とした。目の下の弛みが、小さな陰影をつくり出したが、決して嫌な感じではない。奈央子は、キャンドルの灯りというものが、女だけでなく男の顔をも魅力的にすることを知った。

ふと沢木は目を上げる。じっと観察していた奈央子を咎める視線かと思ったがそうではなかった。何かを決心した表情だ。声のトーンまで変わっている。

「いや、失礼しました。本当によくわからない、なんて野田さんに言って、僕はいったい何を考えているんでしょう」

申しわけないと頭を下げた。

「これは僕たち夫婦の問題で、僕がちゃんと解決しなくっちゃいけないことなんです。本当に野田さんにはご迷惑かけました。許してください」

「いえ、私は別に謝って欲しいわけじゃありません。このままじゃ、ちょっとまずいんじゃないかなあと思って、こうしてお話ししてるだけなんです。あの、こんなに立ち入ったことをお聞きするのは気がひけるんですけど、奥さま、今も病院に通っていらっしゃるんでしょうか」

沢木はええと頷いた。

「もう月に一回ぐらいですけれども、主治医のところへ通っているはずです」

「だったらその方にご相談なさるのがいちばんですよね。ご夫婦の問題といっても、もう沢木さんだけでは解決出来ないことなんじゃないでしょうか」

「そうするつもりですが、野田さんにもお願いがあります。今度家内から電話があったとしても、きちんと断わっていただけますか。そうしないと、家内の心はどんどん野田さんに向かっていって、自分でも整理出来ないところへ行ってしまうと思うんですよ」

「わかりました。今度奥さんから電話があっても、すげなくすることにしますし、お誘いにものりません。でも、沢木さん、私というはけ口がなくなったら、奥さん、どうなっていくんでしょうか。私はそのことが心配なんですけれども」

「出来るだけの努力をします。野田さんにもうそんなご心配はさせません」

沢木は奈央子の目を見る。男らしいやさしさに充ちた目だった。通りすがりの女にもこんなことが出来るのだから、沢木は妻をどれほど情の籠った目で見つめるのだろうか。

しみじみと夫婦というものが羨しくなった。全くのあかの他人が、いつのまにか肉親になっていくのだ。妻の恥は夫の恥となり、妻の悲しみは夫の悲しみとなる。そして夫はどうにかして妻を庇おうとするのだ。夫を持つ妻というものを、いや、沢木のような夫を持つ絵里子をしみじみ羨しいと思った。

二人は一緒にホテルの玄関を出た。あたりはもう夜の闇であった。都心とは思えない樹々が若葉の茂る枝を伸ばし、まるで夜空のようにあたりをおおっていた。

「僕はこれから会社へ戻ります。本当ならお食事にお誘いしなきゃいけないのに、お茶だけですいません」

「いいえ、そんなご心配はなさらないで。私、このホテルへ来たのは初めてだけれども、落ち着いてとてもいいところですね。改築もされずに、よくこんなところが残っていましたね」

「ここはフランス料理がとてもうまいですよ。知る人ぞ知る隠れた名店です。オーソドックスな料理を出してくれます。一度ご馳走したいな」

「そうですね。いずれそのうちに」

二人とも約束はしなかった。病んだ妻のことで相談をしているのに、軽々しく食事の約束など出来るわけはない。

タクシー乗り場で二人は別れた。彼はエントランスを歩いていく。タクシーに乗り、行先を告げた後、奈央子は振り返る。窓ごしに沢木の後ろ姿が見えた。うつむいて見えるのは、自分の思い過ごしだろうか。自分の言葉が、もしかすると彼を傷つけ、悩みを与えたのではないだろうか。奈央子は不安になり、さらに目を凝らした。けれどもタクシーの運転手は急発進させ、沢木の後ろ姿はいっきに遠ざかり見えなくなった。


「もし、もし、奈央子さんかしら」

絵里子から電話があったのは、次の日の午後十時だった。まるで時計を見て、見はからったようにぴったりと十時に電話が鳴った。

「ねえ、近いうちに会ってくださらないかしら。彼のことで、どうしても相談したいことがあるんです」

元気かしら、でもなく、時候の挨拶もなく、いきなり自分本位の言葉をぶつけてきた絵里子に、奈央子は不気味なものを感じた。

「彼がね、いよいよ主人に会うっていうんです。私たちのことを全部ぶちまけるっていうんですけど、私、どうしていいのかわからないんです。ね、奈央子さん、少しでいいから時間をください。ね、ね、奈央子さんの空いている時間にどこへでも行くわ。だから相談にのって頂戴。お願いします」

「ねえ、沢木さん、もうご主人にお話になってもいいんじゃないかしら」

決してつっぱねた印象を与えないように、奈央子は注意深く言葉を選ぶ。

「私、思ったんだけれども、もう私なんかじゃ解決出来ないところに来ていると思うの。もうご主人は、沢木さんの恋人の存在を知っているんでしょう。だったら、もうそんなにびくびくすることはないんじゃないの。私、一度おめにかかっただけだけど、ご主人って沢木さんのことを本当に愛しているし、思いやりのある方だと思うの。ねえ、ご主人にちゃんと話して、二人でじっくり考えたらどうかしら。他人の私が生半可なことを言うより、それがずっと解決の道になると思うのよ」

「主人に何がわかるもんですか」

吐き捨てるような声がした。

「えっ」

「奈央子さん、主人に騙されないで頂戴。あの人、外見はやさしくて、私のことを思っているようですけどとんでもないわ。私がそもそもアメリカでうまくいかなかったのは、主人の浮気のせいよ。あの人、同じ研究室にいたカナダ人の女とつき合うようになったの。日本人の間で話題になったぐらい、ベタベタしたものだったの。ねえ、奈央子さん、あの時の私がどのくらい傷ついたかわかるかしら。海外の生活って、頼るのは主人だけなのよ。その主人が私を裏切っていたんです」

これは絵里子の嘘なのだろうか。恋人がいるなどというのは、絵里子の妄想だと沢木は言った。アメリカ時代、夫の留学生仲間を好きになり、その男を追いまわすようなことをしたらしい。その絵里子がさらに嘘を重ねているのだろうか。それとも…。奈央子は、嫌な想像に思わず身震いした。絵里子の言っていることは本当で、実際の沢木は浮気をしたうえに、妻を陥れるような男なのだろうか。

「とにかく」

奈央子は小さく叫んだ。身にまとわりついてくるぬるりとしたものを払いのけたいような思いになってくる。

「とにかく、もう私に電話をしないで。あなたたち夫婦のことは、もう私には関係ないわ。私は忙しいし、他人のことに構っているような時間はないの。どっちが浮気したっていいけれども、関係ない私のところへ、もう電話をするのはやめて頂戴」

もう絵里子の反応を聞かずに、そのまま電話を切った。もうかかってくることはないだろう。薄気味悪いものをふり払おうと、奈央子は風呂場へ行き、バスタブに湯を充たした。ファッション雑誌を手に中へ入り、ゆっくりとつかった。髪を洗い、タオルドライし、ボディジェルを塗る。体のものとは別にふくらはぎ専用のものを念入りにすり込む。ペディキュアを修正し、ついでに耳の掃除をする…。たっぷり手間がかかる、女にとって必要な身づくろいの時間。手際よく、こういうことをひとつひとつこなしていくうちに、ようやく心を日常の時間に戻すことが出来た。

(もうあの夫婦と、かかわり合いになるのはごめんだわ)

奈央子は湿った綿棒を見ながらつぶやく。

(あのダンナ、ちょっといい男だったからつい同情しちゃったけど、どっちもどっちの変わった夫婦なんじゃないの。もう二度と会うのはごめんだわ)

電話が鳴った。十一時半だ。こんな時間にかけてくるのは、よほど親しい女友だちだ。はいと、はずんだ気持ちで受話器をとった。

「もしもし、奈央子さん…」

絵里子の声だ。背後に車の音がひっきりなしに聞こえる。

「さっきの電話で奈央子さんを怒らせたみたい。私、どうしていいのかわからなかったんで、謝ろうと思って家を出てきたんです…」

「ちょっと、今、あなたどこにいるのよ」

「奈央子さんの家のすぐ近くです。南山公園っていうところ。大きな道路の横からかけてます…」

すぐ目の前の公園だ。

「お嬢ちゃんはどうしたのッ」

まさか六つになる娘を連れてきたわけではあるまい。

「大丈夫です。娘はちゃんと眠ってますから。あの子、いったん眠ると朝まで起きませんから…」

「そんな場合じゃないでしょう。ご主人は、沢木さんはどうしているの」

「主人はまだ帰ってきません」

バスローブの背中から、じわじわと寒気がこみ上げてくる。この女はやはりおかしい。いくら悩みごとがあるからといっても、一家の主婦が、眠っている子どもを置いて家を出てくるものだろうか。

「私、奈央子さんに謝りたくって、ついタクシーに乗ってしまったんです。気がついたらここに来てしまったんです。奈央子さん、今も私のこと、怒っているんでしょうか」

「怒ってないわ。怒っていないったら」

とにかくこの場を収拾しなくてはならなかった。絵里子を絶対にこの部屋に入れるつもりはなかったし、一分でも早く娘のところに帰さなくてはならない。けれども、ここで絵里子をつき放せば、今度は奈央子のマンションの玄関からインターフォンを鳴らすだろう。

「とにかく私、そこに行くわ。今、お風呂に入ったばっかりだから、ちょっと時間はかかるけれどもそこにいて頂戴」

奈央子はいったん電話を切った後、ハンドバッグを取り出した。あせって別のものばかりつかむ。ようやくアドレス帳を探しあてた。何かあったら連絡くださいと、沢木は携帯の番号を教えてくれていた。

「もしもし、沢木さんですか。私、野田です」

「あ、沢木です。何かあったんでしょうか」

相手もただならぬ気配を感じ取ったのだろう。最初からとがった声を出している。

「奥さんが、すぐうちの前の公園に来ているんです。どうしても相談したいことがあるって」

「何ですって」

「今、沢木さんはどこにいるんですか」

「ちょっと銀座で人と飲んで、うちに向かっているタクシーの中です。今、松見坂のあたりを走ってます」

「そこからだったら、うちはすぐだわ。お願いします、南山交差点のところの公園っていえば、運転手さんはわかるはずです」

「わかりました。そこに家内がいるんですね。野田さんにはご迷惑をおかけしました。今からすぐそこに向かいますから」

電話を切った後、奈央子はへなへなとその場へ座り込んだ。

「なんでこうなるのよ、なんでこうなるのよー」

とつぶやいていた。ちょっと親切にしてやったばかりに、どうしてこれほど怖い、いやなめに遭わなくてはいけないのだろうか。夜中にわけのわからぬ女から電話がかかり、すぐ近くに来ているという。絵里子のやっていることは、同性のストーカーではないか。全く自分は、どうしてこう他人からつけ入られるのだろうか。ちょっとお節介なばかりに、思わぬトラブルが次から次へと降りかかってくるのだ。

そしてまた電話が鳴り、奈央子はとび上がった。絵里子からだろう。なかなか公園へやってこないので苛立っているのだ。出る気はなかった。けれども電話は執拗に鳴り続ける。

時間稼ぎをするつもりで、覚悟を決めた。

「もし、もし、野田さんですか」

沢木の声であった。

「今、家内と一緒に家に向かっています。今夜のことは本当に申しわけありませんでした。いずれおわびに上がりますので、今夜はこれで」

近くに、私、イヤよ、という絵里子の声を聞いた。かすかに媚《こび》を含んだ声であった。

「私、イヤよ、か…」

ふざけんなと奈央子は思い、恐怖が去った今、嫉妬が自分をおおっていることに気づいた。


――昨夜は本当に申しわけありませんでした。全くおわびの言葉もありません。あの後、妻と一緒に家へ帰り、かなり長い時間話し合いました。

妻は、

『野田さんを怒らせてしまった。もうどんなことをしても許してもらおうと思って、野田さんのところへ行った。私はどうしたらいいいんだろうか』

とずっと言っておりました。とにかくしばらくはあなたに連絡しないことを妻に約束させました。しばらくは僕も早く家に帰るようにします。こんなことで解決出来るかどうかわかりませんが、とにかく数々のご迷惑をおわびします。本当に申しわけございませんでした。沢木翔一《しょういち》――


オフィスのパソコンを開いたら、沢木からのメールが入っていた。仕事のふりをして、すばやく返事をうった。


――昨夜のことは、それほどご心配なさらないでください。

けれどもやはり驚きました。非常に差し出がましいこととわかっていますが、奥さまはやはりお医者さまのきちんとした治療を受けた方がいいと思います。おそらくご主人が忙しくてお淋しいのでしょうが早くお元気になるといいですね――

我ながら白々しい文章だ。送ってから奈央子は小さなため息をついた。

「ああ～」

もし本音でメールをうってもいいと言われたら、奈央子は次のような文章をつくっただろう。

――もぉー、いいかげんにしてくださいよ。夫婦のもめごとは、夫婦で解決してください。わたしゃ、ハワイで一回ごはんをご馳走になっただけなんですよ。それなのに、どうしてこんなめに遭わなきゃいけないんですか。

妻の精神がちょっとねじれてしまった、ですって。それを言や、何だって許されると思ったら大間違いなんですってば。そんな風にしたあなたが悪い。だけどさ、もっと言わせてもらえば、女の選び方が間違ってたんじゃないのォ。

うちの会社にはいっぱいいましたよ、そういう女。ちょっといい女子大出て、商社に勤めてるっていうことだけで、自分は特別だと思っている女。それだけでちゃんと約束された人生が待っているって信じている女。

言っちゃ悪いけど、あなたの奥さんって、典型的なそういうタイプの女だったんですよね。甘ちゃんで、そのくせプライドは高いの。だから困難に打ち勝つことが出来ないのよ。そんな風な女を妻に選んどいて、今さら被害者面をしないで欲しいわねッ――

奈央子は頭の中でつくり上げた幻のメールを読み返し、そしてまた小さなため息をついた。

自分は確かにいらついている。そしてその根本にあるものは、ああした夫を手にしている妻に対する嫉妬なのである。

「野田さん、どうしたんですか。朝からため息なんかついちゃって」

後輩の加藤博美《かとうひろみ》が、いつのまにか後ろに立っていた。博美は奈央子より三歳年下で、そろそろベテランと表現される年齢にさしかかっている。

社内のエリートを見つけて、早々に寿退社、というコースをたどらなかった商社の女子社員というのは、日々たくましさと奇妙な明るさを身につけていく。諧謔《かいぎゃく》にとんだ大人、いい意味でマイペースの女になっていくのであるが、博美はその典型だろう。彼女は何年も前からサルサとフランス菓子を習っていて、どちらかにどっぷりはまるのを待っているという。はまったら会社をすっぱりやめて留学、というコースをたどりたいのであるが、

「年のせいで、昔みたいにはまらないの。はまる、っていうのは、実は若さのなせるわざだったのね」

と笑わせる。

給料は上がることはないけれども、下がることもない。世間体のいい会社からは、ふつうのOLの水準より、かなり高額の給与を貰っている。結婚相手はいないけれども、まあ恋人と呼べるような男がいる。三十を過ぎたばかりの余裕のあるOLの貫禄というのは、何といったらいいだろう。これが四十過ぎになると、別のみじめさが出てくるのであるが、博美ぐらいの脂ののり始めたOLとなると、あたりに光をまき散らしている感じである。

ひとりになれば、奈央子と同じようなさまざまな悩みや迷いがあるに違いないが、会社における博美は、男性社員からも一目も二目も置かれている存在だ。

「年寄りくさいのはわかっているんだけどね、もー、世の中ってため息の出ちゃうことばっかりよねぇ」

相手が気のおけない博美なので、奈央子はそんな言い方をした。

「何か、本で読んだんですけど、ため息をひとつするたびに、三十秒だか四十秒、寿命が縮むそうですよ」

「ふうーん、やっぱりねぇ。ため息っていうのはストレスがたまってて、口から漏れているようなもんだからねぇ」

「奈央子さん、寿命をもっと縮めそうで悪いんですけども、あれ、もう済んでますか」

「あーあ、あれねぇ…」

「本当に男の人ってずるいですよねぇ。自分は絶対に悪役になりたくないんですから。イヤなことは全部こっちに押しつけて」

「仕様がないわよ。私や博美ちゃんって、ちょうどそういう年まわりなんだから」

昨日の午後遅く、奈央子と博美は課長に呼ばれた。彼は憤まんやるかたない、といった表情で、二人の前にどさりと綴じられたコピーを置いた。それは会議に使われたものであるが、きちんとノンブルを数えなかったらしく、二ヶ所ページが抜けていた。上司にそれを指摘され、課長は大層恥をかいたと言うのだ。

「やっぱり君たちみたいな人が、ハケンさんもきっちり教育してもらわなきゃ」

という彼の言葉に二人は、またかとうんざりした気分になる。

不況が長びく中、東西商事は四年前から女性の一般職の採用を中止した。今までの女性アシスタント制を廃し、総合職でない女性も専門的な仕事に従事する、という方針も混乱の元になったのだが、それ以上に奈央子たちを悩ませているのが派遣社員の存在である。

会社は女性の一般職を失くす代わりに、すべてを派遣社員とすることにしたのだ。それまでも派遣社員は何人もいた。そして、彼女たちのことを「ハケンさん」とか「ハケンの子」などと呼び、自分たちよりも見下すような視線で見ていたのは事実だった。派遣社員は若い女性ばかりで、中にはあきらかに商社マンを狙ってやってきたのだろうと思われる女が何人かいた。現に男性社員と派遣社員との結婚はこのところたて続けにあり、恋愛中のカップルなど数え切れないという説もあるぐらいだ。

「ハケンさん」たちは、決して女性社員とはランチを一緒にとらない。各階の「ハケンさん」たちと待ち合わせて、どこかのお店へと行く。奈央子たちと彼女たちとの間には、目には見えない、しっかりと太いロープが張りめぐらされているかのようであった。

が、彼女たちがマイノリティであった頃は、こういう状態も許された。けれども今や、彼女たちは最大勢力になりつつある。もうじきこの会社からは、化石のようなおばさん社員以外は、女の正社員などひとりもいなくなっていくのである。

そして新たな軋轢《あつれき》が幾つも生まれつつあった。どうして会社のえらい人たちというのは、女性社員の心のありようを配慮してくれないのであろうかと奈央子は思う。女たちの人間関係のトラブルなど、とるに足らないことだと考えているに違いない。

「ハケンさんたちと、どうつき合っていいのかわからない」

と奈央子の仲間の多くは言う。今までのように、つかず離れずというわけにはいかないのだ。大切な仕事のパートナーとして、きちんとした関係を結ばなくてはならないのであるが、そういうことはずっと曖昧《あいまい》なままになっている。そして女たちの間をさらに複雑にしているのが、男性社員のやり方だ。彼らは古株の奈央子たちに親しみを持ち、信頼を寄せてくるのはいいのだが、自分たちの言いづらいことを押しつけてくる。「ハケンさん」に小言を言いたくないために、奈央子たちに頼んできた今回などそのいい例だ。

コピー取りは課長自らが頼んだのだから、直接叱るのが妥当であろう。けれども相手が「ハケンさん」となると、やたら遠慮してしまうのだ。

「仕方ないかもね」

奈央子は今度はつぶやいた。

「課長たちの頭の中で、派遣の人はいつまでもアルバイトなんだもの。いってみれば、お客さんの感覚なのよね」

午後、昼休みのすぐ後、会社中がざわついている最中、奈央子は、

「早乙女《さおとめ》さん」

とさりげなく声をかけた。早乙女可奈《かな》は二十五歳の派遣社員である。ここに勤め始めて七ヶ月であるが、以前は大手のアパレルメーカーに勤めていたらしい。そのせいか着ているものがあかぬけている。美人、という形容詞がつくところまでいかないが、肌が綺麗なうえに上手な薄化粧なので清潔な感じだ。「ハケンさん」の中でも目立つ方であるが、仕事の面では問題がある。

「早乙女さん、ちょっといい」

奈央子は座ったままで話しかけた。こういう時、外に呼び出したりするのはかえって逆効果だ。あくまでも仕事の一環として、デスクの傍でさりげなく話した方がいい。

「これを見て欲しいの」

間違って綴じられた資料を渡した。可奈はそれをめくり始める。ピンク色のマニキュアは、まるでプロのような巧みな塗り方だ。こんなことに心を砕くひまがあるのならば、こんなミスは犯さないで欲しいと、奈央子は男の上司の気持ちで思った。

「ね、ちょっと問題ありでしょう」

「はい、すいません」

可奈はうつむいた。口惜し気に唇を噛んでいるのは、おそらく自分に対する恥ずかしさのためだろう、そう思いたい。

「この時、ものすごく忙しくって、時間は迫ってくるしで、大急ぎでやっちゃったんです。それでこんなことになっちゃったんですねぇ」

最後の〝ねぇ〟が、他人のことを言うようだと奈央子は気にかかる。

「あのね、前から思ってたんだけど、早乙女さんって、こういう単純なことをやるとミスが多いよね。契約書のチェックなんてきちんとやってくれているのに。もしかすると早乙女さん、こういう仕事、つまんないことだと思っているんじゃないの」

「いいえ、そんなことはありません」

可奈はちらっと目を上げる。反発しているようには見えないが、そうかといって納得しているようにも見えない。

「あのね、ちょっと先輩面して言わせてもらうと、うちの仕事って、コピー取りや電話をとる、みたいな単純で小さな仕事が積み重なって、大きな仕事につながっていくの。どこの会社でもそうかもしれないけど、小さいことはいいかげんでいい、なんていうことはないの」

「すいません。これからは気をつけます。でも、いいですか」

綺麗にアイラインを入れた目がキラッと光った。

「野田さんって、どういう権限を持って私にこういうことをおっしゃるんですか」

「えっ」

「こういうことって、私に直接仕事を頼んできた人が言うことじゃないですか。いつも思ってたんですけど、野田さんっていったい何の権利があって、私にこういう言い方をするんでしょうか」

奈央子は言葉に詰まった。それは確かにそのとおりだが、自分は「権利」などという言葉を使われるほど、高圧的な言い方をしただろうか。言葉を選びに選んだつもりだ。同性をいびる趣味のある者ならともかく、こういう時、女は嫌な役目を何とかこなそうと、心を尽くしているのだ。

「権利なんてないのよ、もちろん」

奈央子は可能な限り穏やかに微笑んだ。

「ただ私は、仕事を一緒にやっていく者として、ちょっとアドバイスしているつもりなの。私の方がいくらか先輩だから、嫌だろうけどちょっとの間耳を貸してよ」

「そうでしょうけど、私、野田さんがいつも男の人の代理で、何か言ってくるのがイヤなんですよね。

派遣の人間には、代理でいいんじゃないかっていう感じで」

「それはね、早乙女さんの偏見よ」

と言いつつ、なるほど鋭いところをついてくるなと思った。

「私もね、若い頃はよく先輩から注意されたものよ。うちの男の人って、伝統的に女にあんまり嫌なことを言いたくない、っていうところがあるみたいね。それで私みたいなオバさんが言うことになるんだけど、ま、こういうお局も職場にはひとりや二人は必要でしょう、ねッ」

初めて可奈が笑った。

「それじゃこれから、コピー取りも頑張ってやってくださいね」

そう言いながら、ああ、イヤだ、イヤだと奈央子は思った。オバさんだって。どうして自分をここまで道化にして、若い子に気を遣わなくてはいけないのだろうか。

女が女を叱る、というのは、なんと損な役まわりなんだろう。これを押しつけられたとたん、女はいっきに年をとるような気がする。とてもじゃないが、ため息どころではない。一回同性を叱るごとに、一時間ぐらい寿命が縮まるような気がする。

そして思った。

「自分はここに、あと何年いるんだろうか」


一通の封書が届いた。最近手紙というとダイレクトメールばかりなので、肉筆で書かれた手紙というと、それだけでひどく目立つ。裏を見ると「沢木絵里子」とあった。住所が愛知県豊橋市となっている。

不思議だと思っているうち、手が勝手に動きためらいなく封を切っていた。

――奈央子さん、お元気ですか。

きっとお仕事にプライベートにお忙しい日々をすごしていらっしゃることと思います。

先日は本当にすいませんでした。私、本当にあの時どうかしていたんですね。

奈央子さんに嫌われてしまう、どうしよう、って思ったとたん、もう何もかも他のことはよくなってしまったんです。

それまでのトラブルもすべてそうでした。相手に嫌われたくないと思うあまり、かえってぎくしゃくとおかしなことになってしまうのです。主人からも、

『どうしてほどよい距離の、人間関係をつくれないんだ』

っていつも叱られてしまいます。主人ともいろいろ話した結果、しばらく実家へ帰ることにしました。

私はもともと東京育ちなのですが、父が定年後自分の故郷に家を建てたのです。豊橋は都会ですが、ところどころ歴史を感じさせてくれる、しっとりとしたいい街です。食べ物もとてもおいしく、私も娘ものんびりと楽しい気分になっています。

今度は奈央子さんに、ちゃんと笑顔でお会い出来ることと思います。それではまた、さようなら――

少々迷った揚句、奈央子は沢木の自宅の電話番号を押した。

「はい、沢木です」

会って話している時よりも、ややぶっきら棒な声がした。

「もしもし、私、野田です」

「あ、どうも久しぶりです」

声の様子に深い驚きがあり、自分が電話をすることはそれほど突拍子もないことかと、奈央子は少々不貞腐れる。

「さっき家に帰ったら、奥さんからの手紙が届いていました」

「なんかおかしなことが書いてあったんでしょうか」

「いいえ、そんなことはありません。ちゃんとした文章で、このあいだのおわびが書いてありました。今度はちゃんと笑顔で会いましょうって」

「それはよかったです……」

深い安堵のような沈黙があった。

「奥さん、今、豊橋っていうところにいらっしゃるんですね」

「ええ、彼女の母が来てくれましてね、なかば強引に連れていってくれたんです。でもそれがよかったみたいで、あちらへ行ってから、電話の声の調子も変わりました」

「それは本当によかったですね。でも、やがては帰ってらっしゃらないとね。やっぱり家族は離ればなれになるわけにはいきませんものね」

そのとたん、四日前に浴びせられた言葉が甦《よみがえ》る。

「野田さんっていったい何の権利があって、私にこういう言い方をするんでしょうか」

本当にそうだ。自分は少し他人に立ち入り過ぎると奈央子は思った。沢木は答える。

「ええ、そのつもりです。こんなことをいつまでも続けていては娘が可哀想ですからね」

そうだ、自分は何も心配する必要はない。夫という名のこの男が、すべて解決してくれるだろう。

「あの、それで野田さん、今週中に空いている日はありますか」

「何か…」

「ほら、このあいだお約束したじゃありませんか。あのホテルのフランス料理は、オーソドックスでなかなかいけるって。今度のおわびに一度ご馳走させていただけますか」

「でも奥さんのお留守に、そういうことをするのって、ちょっと気がひけます」

「イヤだなあ、密会するわけじゃなし」

沢木が笑い、本当にそうだと奈央子は思った。二人でクスクス笑い合うと、気持ちがぐっと軽くなった。

「妻の留守中、居酒屋かそうでなかったらコンビニ弁当です。たまにはうまいものを食いたいのでつき合ってくださいよ」

「それじゃ、ご相伴させていただきます」

そして金曜日の七時、このあいだの場所ということになった。

密会ではないと笑い合ったが、緑に囲まれたこの古風なホテルのたたずまいは、奈央子に甘やかな思いをもたらす。好きな男がいて、ここで会う約束だったらどんなにいいだろう。高い天井、人気のないロビイ、まるで秘密の恋人たちのためにあるようなホテルだ。ここで人の夫と食事をする自分は、なんと間が抜けているのだろうか。

しかし今夜の沢木もなかなか素敵であった。前回会った時と同じように紺のスーツを着ていたが、生地はずっと軽やかなものに変わっていた。

「ワインは二人で一本飲めますよね」

「ええ、ワインは底なし、って言われてるぐらいです」

「頼もしいな。それじゃ、白と赤、二本いきますか」

「それはちょっと…。あんまり飲むと、お料理が入らなくなりますからやめておきます」

やがてワインの栓が抜かれ、二人は乾杯した。

「野田さんのご活躍を祈って」

「沢木さんの家族が、一日も早く元どおりになりますように」

この時、沢木の顔が悲し気になり、どうして自分はこういう時につまらぬことを言うのだろうかと奈央子は反省した。

やがてオードブルが運ばれてきた。奈央子は野菜のテリーヌ、沢木はサーモンのサラダだ。沢木は最近多い食道楽というのではないらしい。食べ物についてあれこれ講釈を口にしない。ただワインはよく口にした。

「わりと飲むんですね」

「この頃、お酒なしでは寝られません。といってもちょっとナイトキャップをやるぐらいですけどもね」

「それって、やっぱり奥さんのことがあるからかしら」

やはり今夜の自分は少し変だ。さっきから意地悪なことばかり言っている。酔いが早くまわってきたせいに違いない。

汚さがイヤなのだ。すると男たちはきっとこう言うだろう。

「だって妻と結婚してから君が現れたんだから、仕方ないじゃないか」

けれどもそういうことを言えば、すべてが許されるのかと奈央子は言ってみたくなるのである。

モノゴトにはすべて順序というものがある。

たとえば欲しかったスーツが、バーゲンで二割引きになる。ああ待っていた甲斐があったと大喜びで買う。ところが次に店に行くと、同じ商品が見切り品になり半額になっていた。しかし時間は元に戻すわけにはいかないのだ。あるいは、会社から内定をもらう。研修の日どりまで教えてもらい、新人たちが集まり飲み会もする。が、その後で本当に入りたかった会社から採用の通知が来る。こういう時、最初の会社を蹴ることが出来るのは、かなり勇気があるというか、世の中のしがらみや人のつながりをまるで気にしない人だ。

順序というのは、運、不運のことではないかと奈央子は思うことがある。料理をオーダーした後で、目の前を美味しそうな皿が通り過ぎたとしても、ほとんどの場合、

「やっぱりあれと取り替えて」

とは言えないのである。オーダーしてすぐのことならともかく、人間は諦めなくてはいけないのだ。

「結婚していても恋愛をしたい」

という人たちは、かなり諦めの悪い人たちに違いない。そうして信じられないことに、こうした男の諦めの悪さを「愛情」と勘違いしている女たちの何と多いことだろうか。

幸い奈央子のまわりには、

「奥さんと別れて、私と結婚して頂戴」

などと男に迫るような、愚かな女はひとりもいない。それぐらいみっともないことはないと思っている、誇り高い女たちがほとんどだ。けれども彼女たちのドライといおうか、達観しているところも奈央子には不気味である。

「まああっちも、奥さんや子どもを捨てられるはずはないの。それがわかったうえでつき合えばいいんじゃないかしら。こっちもこっちの生活があるし」

そういう女たちを見ていると、

「どうしてそんなに物わかりがいいのオー」

と奈央子は怒鳴りたくなってくる。相手はローンや教育費がかさむサラリーマンだから、旅行や食事代はこちらが出してやる、などと得意気に言う友人を見ていると、奈央子は苛立ってくるのだ。

「どうしてそんな損なことをするの。そこまでしてつき合いたい相手なの」

そうすると彼女たちは、せせら笑うように奈央子にこう言うのだ。

「あのね、あなたは本当に人を愛したことがないのよ。だから『損する』なんていう言葉が出てくるのよ」

本当にそうだろうか。若い女なら少々損をしても「人生経験」ということで済まされる。けれども三十代の女たちにそんな暇はない。ひたすら「幸せ」というゴールに向かって、ラストスパートをかけなくてはならない年代だ。今さらどうしてそんなマゾヒスティックな喜びにひたらなくてはいけないのだろうか。

そうした自分を、奈央子はとても健全だと思い満足していた。だから自分は絶対に不倫などというものをしない。しないけれども、沢木とのことをどう考えたらいいのだろうか。食事をした帰り、ついそんな風になって彼とキスをしてしまった。しかも困ったことに、そのキスの記憶は、奈央子の中で日に日に大きくなっていくようなのである。

キスぐらいどうっていうことはないじゃないの。そう思うのは簡単だ。キスはセックスへの入り口、という人がいるけれども、その場のたわむれ、ということだって多い。酔ったついでに、ふとそんな気分でキスをしたことも何度かある。けれどもそういうキスは、次の日の朝にはほとんど忘れてしまう。

だが沢木とのキスは、何度も何度も奈央子の中で繰り返されるのだ。ビデオの「再生」をかけるように、奈央子は少しでも時間を見つけては、あの時の沢木の唇の感触、自分の肩がつかまれた時のかすかな痛みを思い出しているのである。

「まさかあんなことをするとは思わなかった」

そもそも二人は、加害者被害者という立場ではなかったか。自分の妻の不始末をわびるために、沢木は奈央子に会っていたのではなかったか。

彼は確かに謝罪した。謝罪はしたけれどもその帰りに、奈央子と唇を重ねたのである。

「まさかあんなことをするとは思わなかった」

そうなのだ。自分の胸がこれほどときめくのは、意外さのせいなのだと奈央子は思う。いかにもキスしそうな若い男が、いかにもしそうな夜に肩を抱いたのではない。ちゃんとした大人の男、ぴしっとスーツを着た他人の夫が、いきなり奈央子にキスをしたのだ。この常ならぬことが、これほど奈央子に甘やかな気持ちをもたらしたのだ。

といっても、奈央子に不倫する気持ちなどまるでない。しかも相手は、自分にストーカーまがいのことをした女の夫なのだ。

「キスだけでやめておこう」

奈央子は、もう何度も自分の中で出した結論を口にする。

「キスだけでやめておけば、どうということもないじゃないの」

もし沢木からまたデイトの誘いがあったら、応じることは応じよう。その帰りにキスをされたとしたら、それはその時のことだ。別に拒んだりはしない。なぜならば奈央子は、キスで終りにするつもりだからだ。セックスの序章のキスではなく、そこで終了にするキスである。そして奈央子はふと思う。一回のキスについて、これほど思い悩むのはいったい何年ぶりだろうか。まるで高校生になったような気分だ。全くどうしたんだろう。けれども奈央子の意志は固い。

絶対に、絶対にキスで終りにしよう。


ところが奈央子がさまざまなシチュエーションを思い浮かべ、そこから結論を導き出したというのに、肝心の沢木からは何の連絡もないのだ。やっとメールがきたのは、あの食事の夜から数えて半月後のことであった。

——ごぶさたしています。しばらくニューヨークに出張に行っていました。ところで麻布十番においしい和食の店があります。そこにおつきあい願えませんか——

海外からでもメールはいくらでも送れるはずだ。それなのに半月も知らん顔をしているのはどういうつもりなのだろう。しかしそうした奈央子の不満のつぶやきは、照れ隠しのようなものだったかもしれない。メールを読んだ三十秒後に、奈央子はパソコンのキイを叩いていた。

――ニューヨークに出張だったんですって。こんな時期に大変でしたね。私は月末の火水以外はだいたい空いております。お食事楽しみにしています――

そして約束の日が来た。麻布十番にはこれといって待ち合わせをする場所がない。現地集合ということでいいかと、沢木から地図が送られてきた。麻布十番温泉の近くであった。早めに仕事を切り上げ、奈央子は少し歩いてみることにする。

麻布十番は以前は交通の便が悪いところで、そのために昔の商店街の面影が残されていた。ところが地下鉄大江戸線が開通し、人が急に増えた。人気の鯛焼き屋や豆菓子屋など、なかなか買えないほどの人気だという。麻布十番街に着くと二十分前で、奈央子もあたりを歩いてみることにした。

平日の夕方ということもあり、観光客は少ない。奈央子は商店街を歩きながら、一軒の店のウインドウに目をやった。古美術の店である。そう高いものではなく、手頃な値段の有田や九谷が並んでいる。

三十代の女だったらたいていそうであるように、奈央子も食器が大好きだ。ボーナスのたびに少しずつ買い足していったブルーフルーテッドのセットもあるし、それぞれ違ったブランドのコーヒー茶碗も六客持っている。

三十歳を過ぎてからは、和食器にも心ひかれるようになった。和食器は洋食器よりもセンスがずっと必要な気がする。洋食器ならば気に入った高価なシリーズを揃えていけば、それだけでさまになる。けれども和食器の場合は、前提となる知識と美意識を持っていなくてはならない。同じ白磁の皿といっても、白に幾つもの色がある。どうせ高いものは買えないのであるが、使うからには趣味のいいものをと思うから、奈央子はついあれこれ調べてしまう。和食器の特集が載った雑誌が出れば買うし、わざわざではないが、デパートの催事場で何か展示会をやっていればのぞくこともある。美しい和の食器は、きちんとしたひとり暮らしをしている女の、心の証のようなものだと奈央子は思う。たとえひとりの夕食でも、景品で貰った皿には盛らない。たとえ女友だちが来たとしても、季節のものをそれにかなった皿に盛るということが大切なことなのだ。今度、彼女たちが来たときに、あの皿に季節の果物をのせたらどうだろう……。

その時、肩に人の手を感じた。振り向くと沢木が立っていた。

「やだわ……」

奈央子は赤くなる。女がひとりショーウインドウの前に立っているのを見られるのは、たまらなく恥ずかしいものだ。いちばん無防備な姿だからかもしれない。

「ちょっと時間が余ったもんだから……」

「僕もそうですよ。嬉しくて、つい早く来てしまった」

沢木の言葉によって、奈央子の動悸がどくどくと動き出した。本当にどうしたことだろう。たった一回キスをしただけだというのに、奈央子は男の言葉でこれほど揺り動かされている。

「私、いつもみたいに六本木からタクシーかな、と思って時間計算していたら、地下鉄のおかげでとても早く着いてしまったんです」

奈央子は態勢を立て直そうとして、かなり言い訳めいた口調になる。

「店はすぐそこです。早めに行ってビールでも飲みましょうか」

「そうですね」

二人は歩き始めた。男に肩を叩かれて振り向いた時から、街は急に闇が深くなったようだ。商店街の店先に、ライトがつけられた。

店は奈央子の思っていたとおり、こぢんまりとしたところであった。開店して日が浅いらしく、カウンターの白木も木の香がにおってくるようである。

「お久しぶり」

「お久しぶりです」

二人はビールで乾杯した。今夜の沢木はグレイのスーツだ。背の高い沢木は紺が似合うと思っていたが、グレイもきまっていた。ネクタイは紺の幾何学模様である。

二人は最近のニューヨークの株価について、コンサルタント会社の社員と、商社のOLらしい会話をしばらく続けた。やがて鯛のおつくりがカウンターごしに差し出された。

「鯛は春っていいますけどね、今の鯛もまあ、食べてくださいよ」

それならば日本酒をということになり、主人の勧める大分の甘口の酒を頼んだ。

「おいしいわ」

「おいしいですね」

にっこりと笑い合い、もう一度乾杯をした。杯を重ねた頃、今度は鯛のかぶと煮が出てきた。これは奈央子の大好物である。まず目玉のゼラチン質をしゃぶり、その後ゆっくりと箸を進めていく。

酔いもまわっていたし、美味しそうな皿への思いが強く、もう傍らの沢木の視線はほとんど意識しなくなっている。

「本当に美味しそうに食べるなあ……」

彼の声で顔を上げた。沢木がじっとこちらを見ている。

「お魚をこんな風に、大切そうにいとおしそうに食べる人を初めて見ましたよ」

「本当だ」

カウンターの向こう側の主人が、どれどれとのぞき込んで言った。沢木は三回めで決して常連ではないというけれども、人懐っこい主人らしく、さっきから何かと話しかけてくる。

「最近のお嬢さんで、こんなにお魚を上手に食べる人は珍しいですよ」

「イヤだわ。食い意地が張っているだけですよ」

「いやあ、この頃の若い人は、魚なんか喰いちらかすばっかりで、つくっている方もがっかりしちゃいます。このお嬢さんの食べっぷりは実にいいですねえ」

奈央子の胸の中に温かいものがこみ上げる。今まで仕事のことを誉められたことは何度もある。しっかりしている、頼りになるという賞賛も何度も受けた。けれども今、魚の食べ方を誉められた方がはるかに嬉しい。「お嬢さん」と呼ばれ、二人の男がニコニコしながら、自分が箸を進めるのを見守っている。これがどうしてこんなに嬉しいんだろうか。

最後にくず切りが出て食事が終った。店を出たとたん、二人は当然のように腕をからめる。麻布十番の夜は早く、ほとんどの店がシャッターを下ろしていた。

「奈央子さん」

姓ではなく、沢木は名前を呼んだ。

「東京タワーを見に行きませんか」

「えっ、東京タワー」

「ちょっと歩けばすぐに見えますよ。散歩がてらちょっと見に行きましょう」

「ええ」

新一の橋の交差点を右に折れるとすぐに、ビルの上からタワーの上半身が姿を現した。夜空を赤く巨大な四角錐がつき刺すようだ。

「綺麗だわ…。私、東京タワーなんてわざわざ見に行くもんじゃないと思っていたけれども、こうして見ると本当に綺麗」

「夏休みや正月に、親父にせがんでよく東京タワーを見に連れてきてもらいました。大人になってもやっぱりここが好きで、夜景で東京タワーが見えるところへつい行っちゃいますよね」

「そうだわ、愛宕《あたご》グリーンヒルズのバーへ行きましょうか」

奈央子はバッグから、携帯を取り出す。

「今、あそこのバーから見える東京タワーがいちばん綺麗だわ。人気の店だから、なかなか席を取りづらいけど、今の時間だったらもしかするとＯＫかもしれないわ」

「やめましょうよ。そんなところからタワーを見ることもない」

沢木の手がやさしく奈央子の手を制した。せかせかとすぐに仕切ろうとする、自分の習い性がとたんに恥ずかしくなった。

二人は芝公園に向かい、高速道路に沿って歩いている。東京タワーはますます輝き、ますます巨大になった。

奈央子は今夜のために、会社で靴を履き替えている。マノロのきゃしゃなピンヒールは、これほど歩くのには適していなかった。いささかぎこちなくなったのだろう。

「大丈夫ですか」

奈央子の肘に添えられた沢木の力が強くなった。

「大丈夫です。平気よ」

「奈央子さんは、お魚を食べるのはうまいけど、歩くのはあんまり上手じゃない」

「ひどいわ」

道路を渡るとそこはかなり広い公園になっている。そこからはもう東京タワーは見えない。あまりにも近くなったからだ。東京の真中にある、無意味といっていいほど広い林。

カップルが二組、ベンチに座っている。けれども闇と木の陰は、まだいくらでもあった。沢木は組んでいた腕を、奈央子の腰にまわす。そして上半身ごと自分の方にひき寄せた。このあいだよりずっと長いキスだった。いったん二人の顔が離れ、見つめ合った。もっとキスをしてもいいかと沢木の目が問いかけ、もちろんよと奈央子は頷いた。

そして長い長いキス。近くで何十台という車が走っていく音がする。けれども不思議な静寂があった。

キスをしている二人、半径五十センチの間にだけ存在している、あの静寂だ。

「困ったことになりました」

沢木はつぶやく。

「ニューヨークでも、僕はずっとあなたのことを考えていたんです。でもどう考えたって、僕にそんな権利はありませんよね」

「権利」という言葉は唐突なようであったが、沢木の口から出ると、このうえなく誠実なもののように思えた。

「ご存知のとおり、僕には妻も子どももいます。そしてその妻は、あなたにとんでもない迷惑をかけている。いわば二重にも三重にもこんがらがった関係です。こんな風に会うこと自体もおかしいのに、僕はあなたに会わずにはいられないんですよ」

「でも…」

こういう時、奈央子は男を責めるクセがあるが仕方ない。照れてしまってどうしようもないのである。

「ずうっと電話一本くれなかったじゃないですか。メールぐらいくれてもいいと思うけど」

「それは決まってるじゃないですか」

怒るような口調になった。

「あなたのことを諦められないか、一生懸命自分と戦っていたんですよ。そうしてすぐに負けました。あのどうということもないメールを打つために、何時間考えたと思うんですか」

そして二人はまた抱き合ってキスをする。ここまでくると、たいていの場合奈央子は甘い投げやりな気分になる。

「もう、このままホテルへ行ってもいいかもね…」

しかし今、奈央子の中で異質なものが動き出そうとしていた。ロマンティックなものとは無縁な硬いもの。それは「決意」であった。

「あのね」

奈央子は沢木の腕の中で言う。

「そんなに悩まないで。私たち、ルールを決めましょう」

「ルール…」

「これ以上は絶対に進まないって。私、不倫はしたくないんです」

返事の代わりに、男の荒くなった息の音がした。彼はあきらかに困惑しているのである。キスをしたばかりの女から「ルール」という言葉を持ち出されたからだ。

そして奈央子は自分に少し感動していた。今、確かに自分は何かにうち勝ったのである。


奈央子は決心する。

「馬鹿なことはするまい」

馬鹿なことというのは、危険なことや、みすみす損になるのがわかっているのに、そちらの方へ飛び込んでいくことである。考えてみれば、世の中で起きているトラブルの大半は、この類の馬鹿なことから起こっているではないか。

前々から奈央子は、ストーカーに悩まされる女というのがよくわからない。ある程度男を見る目を備えていれば、相手を見抜くことが出来たはずではないか。どうして病的な資質を持つ男と、つき合ったりするのだろうか。

若い時だったら、こうした危険さと紙一重のところで苦しむのもいいかもしれない。破れかぶれの快楽に身を任すのもいいだろう。けれども、三十を過ぎた女が、理性をすっかり捨ててしまうのはあまりにもみっともない。そういうことに時間をとられ、悩んでいる余裕はないのだ。

「だから絶対に馬鹿なことはするまい」

もし沢木と深い仲になったりしたら、その先のトラブルは見えている。妻の絵里子は普通の精神状態ではないのだ。おそらく大変な騒ぎになることだろう。おそらく世間の人々も、自分のことを非難するに違いない。

「そんなことをしてまで、手に入れたい相手だろうか」

大きくノンと言った後で、心がほんの少しざわざわと揺れる。ここまできっぱりと言いきれるのは、沢木とまだキスだけの仲だからということがわかっている。もしいくべきところまでいったら、これほど割り切った考えが出来るものだろうか…。

「だから私は、絶対にそういう馬鹿なことはしない」と、考えが自分でも呆れるほど堂々めぐりをしていくのだ。

そんなある日、久しぶりに黒沢とデイトをすることになった。待ち合わせたのは、青山に新しく出来たイタリアンレストランである。オープンと同時に、やたら雑誌に紹介されたので今では予約の取りづらいことで有名な店になった。実際、その夜も本当に満席であった。

「ここ、よく取れたわね。大変だったんでしょう」

奈央子がささやくと、

「二週間前の予約受け付けの日に、さっそく電話したからね」

ねぎのカッペリーニを口に運びながら黒沢は答える。

「たいていの店は、早め早めに予約しておけばどうってことないよ」

おそらく黒沢は、別の誰かと来るはずだったんだろうと奈央子は思った。けれどもそのことで彼を咎めるような気持ちはまるでない。酔ったなりゆきで、一緒にベッドに入った黒沢であるが、その後も奇妙な関係は続いている。間に二ヶ月、三ヶ月あったりするのだが、気がむいた時に二人で食事をし、もっと気がむけば奈央子の部屋にやってくることがある。愛しているとか、好き、という言葉はないけれども、そこそこロマンティックな雰囲気はありセックスをする。

若い黒沢は体力にまかせて、なかなか気持ちよいことをしてくれ、奈央子はかなり満足するのが常だ。そしてどんなに遅くなっても黒沢は泊まっていかない。ちゃんとタクシーで帰っていく。

男を帰し、ドアの鍵をきちんと閉めた後で、奈央子は男のぬくもりがまだ残っているベッドに再びもぐり込む。たとえ愛しているわけでなくても、若い男の体臭はこうばしくてよい。恋人同士というわけでなくても、何回かセックスをすれば、手順や重要なポイントというものはわかってきていて、それは奈央子に快楽をもたらす。そして奈央子はそのことにかなり満足しているといってもいい。

黒沢だったら、これからトラブルが起きることもないだろう。二人のことは秘密にしているし、もし噂が立ったとしても、二人の年齢の差や彼のキャラクターもあって、本気にする人はあまりいないだろう。何よりも黒沢が、奈央子とのことを割り切っているのがいい。

「愛しているわけじゃないけど、とても魅かれていて、ナオコさんとのセックスは楽しくて仕方がない」という言葉を、最初はいいかげんにしろと思って聞いていた奈央子であるが、二人のことがこんな風に「情事」という形で落ち着いてくると都合のいいことの方が多い。

「情事」、何ていい響きだろうと、奈央子はまどろみの中で考える。愛だ、恋だと無理に心をつくったりはしない。セックスをあくまでも心と体のエクササイズとして考える賢さとクールさは、大人の女でなければ身につかないものであろう。

黒沢のことは嫌いではない。嫌いではないけれども、それまで恋してきた男とは心のありようがまるで違う。それでも黒沢に抱かれると奈央子の体は素直に反応し、大きな声も出る。

そして用が終ると男は帰っていく。恋をしていた時、もっと奈央子が若かった時、男とは胸も脚も踵までぴっちり触れ合ったまま眠りにつき朝を迎えたものだ。そういうものが愛情だと信じていた。けれどももうそんな無理なことはしなくてもよいのだ。

男は帰ってくれて、奈央子はのびのびと手足を伸ばして眠ることが出来る。太もものあたりはさっきの激しい動きを記憶していてかすかに痺《しび》れている。そしてやってくる深く心地よい眠り。なんて気持ちいいんだろうと奈央子はため息をつく。

「情事」。大人の女だけの贅沢だ。本当の恋人が出現するまで、こういう相手がひとりや二人いることは、なんて大切なことなんだろうか。

今夜も黒沢が望むなら、部屋に入れてやってもいいかなと、奈央子は考えている。そして赤いワインを自分でついで飲む。

「あれ、ナオコさん、デザートは頼まないの」

「この頃ね、ワインを飲む時はデザートは食べないことにしてるの。ウエストを何とかしたいんだもん」

「ナオコさん、そんなことないよ。ウエストなんか見惚れちゃうぐらいカッコいいよ」

黒沢は目をしばたかせる。男に酔いと欲望がそろそろまわってきた証である。本当にわかりやすいんだからと奈央子は微笑ましい気分になってくる。今まで男のことではそれなりに苦労してきた。女もこの年になれば、いい男と楽しく大恋愛、ということばかりではない。そんな奈央子にとって、この黒沢とのことは、ちょっとした小休止というところか。フランス料理のコースだと、肉料理の前に小さなシャーベットの皿が出されることがある。これからどかんと重い料理が出てくるので、これで口の中をさっぱりさせ調子を整えてくださいということらしい。

言ってみれば黒沢はシャーベットということかと、奈央子は楽しい気分になってきた。

「黒沢君はよく食べるけど、全然太らないからいいわね」

「これでも結構苦労してるよ」

黒沢は力んだように言う。

「週に二回はスポーツクラブで泳ぐようにしてるもの」

「へぇーっ、意外に根性あるじゃないの」

「スポーツクラブっていっても、区立のスポーツセンターと変わらないようなセコいとこなんだけど、それでも行かないよりマシかなあと思って、この頃マジにやってるんだ」

「ふうーん」

こういう言葉の端々に、黒沢の若さを感じるけれどもそれも決して嫌な気分ではない。年下の男の体を舌なめずりして見ている、年上の女、という風ではないと思う。彼の若さや、どこか感情が上滑りしているようなドライなところも、所詮自分とは無縁なものだと思っているからだろう。

「それでさあ…」

黒沢は顔を近づける。この年頃の男に時々いる、女よりも美しいなめらかな肌。そして睫毛が長い影を落としている。もう少し唇のあたりに締まりがあれば、黒沢はかなりの美青年といわれたことであろう。

「この後、ナオコさんのとこ、行ってもいいよね」

媚びる上目遣いをちょっと可愛いと思った。とりあえず自分のことをこれほど欲してくれる男がこの世にいるのだ。

「どうしようかな…」

奈央子はグラスをぐるぐるとまわす。うふっと笑うと、自分がたとえようもなくいい女になったような気がした。いじわる、と黒沢がテーブルの下で軽く奈央子の足を蹴った。

お茶を一杯飲みたいな、と黒沢が言った。

「お茶ってコーヒーのこと？　だったらそこにコーヒーメーカーがあるけど。フィルターは二番めの引き出し、豆の缶は出てるからわかるでしょう」

うんと黒沢は素直に言って、キッチンの前に立った。こんなことは珍しい。ことが終ると、いつも水一杯飲まずに帰っていくからだ。

ひとり暮らしの部屋のキッチンまわりなど、どこも似たりよったりらしい。黒沢はすぐにすべてのものを見つけ出し、やがてコーヒーの香りが漂い始めた。

「ナオコさんはミルク入れたよね」

「うん、でも今はブラックでいいわ。サンキュー」

奈央子はショーツの上にTシャツを羽織り、ソファに座った。外国映画だとこういう時、ガウンを羽織ったりするのだろうが、あんなものは広いベッドルームあってのことだろう。ソファに座って、太ももがあまりにもあらわなことに気づきジーンズを穿《は》いた。

二人でこうしてコーヒーをすすっていると、初めてといっていいほどしみじみとした感情が奈央子の胸を満たした。

「ひょっとすると、あの沢木と馬鹿なことをしないで済んでるのは、この男がストッパーになっているせいかもしれない」

ひとり暮らしの女にとって、ひと月かふた月に一度でもいい、体を重ねる男がいるというのは、どれほど救いになっていることだろうか。そう、あの男とは絶対にキス止まりにしておく。それ以上のことはしない。絶対にだ。奈央子はセックスしたばかりで、他の男のことを考えている自分の心のあり方に、ほんの少しであるが照れてしまう。

「あのさ、ナオコさんに言わなきゃいけないことがあるんだけどさ」

黒沢がマグカップをテーブルの上に置いた。派手めの紺色のネクタイが、きちっと締められている。

「あのさ、僕、今度結婚しようと思ってるんだけど」

「へぇー、よかったじゃないの」

自分の声は決して間が抜けたものではなかったと、奈央子は頭の中で自問自答した。そしてもしかしたら、自分はしばらく沈黙していたかもしれないという不安で、早口に喋り出した。

「それにしても随分急よね。まさかデキちゃった婚じゃないわよね」

「そんなんじゃありませんよ」

彼は奇妙に見えるほど不機嫌な顔をしたが、それなりに気を遣っているのかもしれない。

「学生時代からつき合っていたコなんですけど、やいのやいのってずっとせっつかれてたんだよ。僕と同い年で二十六になるんですけど、女はその年になるともの凄く焦るみたい」

馬鹿な女はね、という言葉をぐっと呑み込んだ。

「この頃じゃ向こうの親まで出てきて、あんまりうるさく言うから、なんかどうでもよくなっちゃって。彼女はこんなご時世だから、まあ商社マンなら喰いっぱぐれがないって思ってるみたい」

本当にどうしようもないぐらいの馬鹿女だと奈央子は思った。商社が揺るぎない企業だったのは昔の話で、今は奈央子の会社のような老舗《しにせ》と呼ばれるところでも、業績の悪さに四苦八苦している。儲からない部門はどんどん切り捨てていくし、リストラにおびえているのは中高年ばかりではない。黒沢など若手に累が及んだら、まっ先に切られるレベルだろう。今どき商社マンということだけで憧れ、結婚を迫る女も女であるが、そういう女を受け入れる男も男だと、奈央子は決して嫉妬ではなく呆れてしまう。本当に嫉妬の気持ちなどまるでない。ただ次第に腹が立ってくるだけなのだ。

「結婚の話をするなら、寝る前にするべきじゃないの」

三十分前まで裸のまま二人でさまざまな姿勢をとり、そして自分は「ああ、いい」と声をたてた。それがたまらなく腹立たしいのである。

だから奈央子はしばらく沈黙する、という失策を今度こそ犯してしまった。それを自分のいいように黒沢は解釈したらしい。なんと謝罪ということを始めるではないか。

「あの、これ、いつナオコさんに話そうかなあと思って、ずうっと悩んできたんだ。僕、結構マジで、ナオコさんのこと好きだったからさあ」

「あら、どうもありがとう」

たっぷりの皮肉を込めて言ったが、どこまで通じたかわからない。

「だけどさ、ナオコさんってやっぱり、僕なんか本気で相手にしてくれない、っていう感じだったし。僕もさ、やっぱりふつうに結婚して、ふつうに子どもをつくる人生もありかなあ、って急に思うようになったんだなあ、きっと」

よく言うよと、奈央子は大声をあげそうになった。どうやら黒沢にとって、自分よりずっと年上の女とつき合うというのは尋常なことではないようなのだ。子どもも出来ないと考えているらしい。

ああ、イヤだ、イヤだと、奈央子は首を横に振った。私としたことが、どうしてこんな男と関係を結んでしまったんだろう。セックスを楽しむだけだったら、もっと別にいたはずだ。つい情にほだされ、こんなガキとセックスをしてしまった自分はなんてアホだったんだろう。が、後悔しても仕方ない。後悔などしたら、後でもっと腹が立ち、苦しむことになるかもしれなかった。

「まあ、よかったじゃないの」

そっけなくごく自然に、祝いの言葉を口にすることに成功した。

「黒沢クンみたいな世間知らずの男の子は、結婚して苦労するのもいいと思うよ。少し人間が出来てくるかもよ」

「イヤだなあ、僕ってそんなに世間知らずかなあ」

「かなりいってんじゃないの」

あんたに女心を勉強しろとは言わない。それ以前に人間関係の常識を知った方がいいわよ、と喉まで出かかった言葉を呑み込む。こんな男と、何度もセックスをして、感じてしまった自分がひたすら恥ずかしかった。

そしてこの恥ずかしさが、悲しみに変わっていったのは次の日のことであった。不意にそれはやってきた。

「私ぐらい、男になめられる女はいないんじゃないだろうか」

今までだってそうだった。恋愛も後半に入っていくと、どういうわけか男の態度が大きくなっていくのだ。あれほど懇願されてスタートしたつき合いなのに、気がつくと奈央子の立場が弱くなっていることが多い。

世間には奈央子よりもはるかに器量も悪く、頭もよくない女が、男を跪《ひざまず》かせているではないか。そして男に激しく乞われ、やすやすと結婚していく。

それにひきかえ自分の不運さといったら、どういったらいいのだろう。プロポーズしてくれた男もいるにはいたが、すべて立ち消えといおうかそのままになってしまった。そして今、奈央子はひとりでいる。そしてたまに寄ってくる男がいるとしたら、ひどいカスであった。

遊び相手にはこのくらいでちょうどいいと、うまくあしらっていたつもりでいた奈央子だったが、そのカスにもなめられていたことになる。

「もしかすると、私には何か大きな欠点があるのかもしれない」

昔から人に嫌われたこともない。勉強もそこそこ出来、スポーツは得意だったから結構人気者だったはずだ。超美人とはいわないまでも、「平凡」とか「ふつう」といわれる容姿ではないはずだ。それよりも何よりも、聡明だと多くの人から言われてきた。それは人柄も含めての称賛だと自分では思っている。つまり自分は、女としていろんな面でかなりのセンをいっているのだ。それなのにどういうわけか、男にはなめられる。他の女には費やされる膨大な金と気遣いが、自分のところにはいっこうにやってこないのだ。

表面には出ないけれども、自分は男を傲慢にさせる何かがあるのだろうかと、奈央子は真剣に悩み始める。

そんな時に再び沢木からのメールが届いた。キスだけの仲にしようと決心してから、奈央子は食事の約束を一度断わっている。それきり二ヶ月音沙汰がなかったのだが、海外に出張に行っていたらしい。

――ご無沙汰しています。

頑固なロシア人たちとやり合って、身も心もヘトヘトになった出張から帰ってきました。とにかくうまいものが食べたいです。ぜひつき合ってください――

奈央子は返事を打った。

――白金にすごくおいしいフレンチがあるらしいんだけどご存知でした？　最近シェフが代わって、ぐっとよくなったと評判の店です。ワインも揃っていてぜひ行ってみたかったんです。あの店なら行きたいな――

友人から聞いていた。コースも一万五千円からだし、ワインもいいものばかり置いてある。なんだかんだで、ひとり三万円から四万円かかるというのだ。奈央子はやや残酷な気分でこの店を指定した。男になめられているのではないかと、懐疑的な気分になっている今の自分にとって、金をたっぷり遣ってくれる男は貴重だ。沢木に金をたくさん遣わせてやりたいと思う。彼は言ったではないか。いけないこととわかっているけれども、どうしようもないほど自分に惹かれていると。それだったら、多少の金を遣うのが誠意というものなのだ。

奈央子はいつになく、ひどく意地悪な気持ちになっている自分に気がついた。

プラチナ通りから一本はずれたところにあるその店は、今流行の一軒家である。執事のような黒服の男がドアを開けてくれる。ダイニングテーブルは庭に面していて、都心とは思えないほどどっさりの緑を見ながら食事をするやり方だ。

「今日は忙しいところ、ありがとうございました」

軽く頭を下げる沢木は、今夜もグレイのスーツである。ヘタをすると老ける色であるが、光沢のあるネクタイで華やかさを出していた。しばらく見ない間に、こめかみのところの白髪が増えたような気がする。おそらく奈央子の知らないところで、いろいろな苦労があったのだろう。奈央子には関係ない話であるが。

ソムリエが寄ってくる。

「食前酒はいかがいたしましょうか」

「奈央子さん、いかがですか。再会を祝してシャンパンを抜くというのは」

「いいですね」

もっと金を遣え、という気分であったろうか。やがてメニューが運ばれてきた。こんな高級レストランなのに、ゲスト用のものにも値段が表示されていた。コースは一万五千円からではなく一万八千円からであった。今日びの東京で、かなり強気の商売といえる。

「乾杯しましょうか」

「そうですね」

「僕はなんとか、つらい出張から無事に帰ってこられました。そして奈央子さんは相変わらず素敵なことを祝って」

グラスを合わせた。その時グラスの縁に近づいていく沢木の唇を見た。厚くもなく薄くもない、これといって特徴のない唇。けれども奈央子と触れ合ったことのある唇…。奈央子はつうっと目をそらした。一度キスをした相手と食事をするというのは、一度セックスをした相手と食事をするよりも恥ずかしい。

セックスを経験した男女が持つ、居直りがないせいかもしれなかった。

「奥さんはお元気」

照れ隠しに、奈央子は意地の悪い質問をしてみる。

「ええ、元気です。豊橋へ行ってからぐっと落ち着きました。おととい電話で話をしましたけれども、ちょっとした冗談を言うぐらいまでにはなっています」

「それはよかったですね…」

「心配していた娘も、豊橋の小学校に入ってからはうまくいっているようです。それで家内の気持ちもぐっと落ち着いたんですよ」

沢木が「娘」や「家内」と発音するたびに、奈央子の胸は痛みを伴って収縮する。嫉妬だと自分でも認めざるを得ない。キスをしただけの仲で、キスしかしないことに決めている仲なのに、男に妻子がいることに対して自分はどうしても冷静でいられないのだ。

「今日が来るのが、本当に待ち遠しかった…」

沢木は不意に奈央子の目を見つめる。とても強く、まるで唇の代わりに、目と目を重ねようとするかのようにだ。

「ロシアでもいつもあなたのことを考えていました。でも、もう会ってくれないかと思った」

「どうして、そんなことを考えるのかしら」

「だってそうでしょう。僕はお金も力も持っていない。若くもないし、妻子まであるただのおじさんです。とうていあなたの相手になる男じゃありません」

強気に装うのだという声が、確かにそのとおりと叫び、もうひとつの声が、どうしてそんなことを言うのと、か弱くつぶやいている。

「だって、奈央子さんはこのあいだ不機嫌そうだったじゃないですか。僕は今日の約束の電話を入れるために、どれだけ勇気がいったことか…」

奈央子は男を見つめ返す。かすかな皺が男の誠実さを表しているようである。それよりもなんと哀し気な目だろう。こんなに男が哀し気なのは、愛していない妻を持っているせいなのか、それとも本気で自分を欲しているせいなのか。奈央子の中の声が、それは後者の方だとささやいている。

そこへソムリエがワインリストを持って現れた。どれどれと沢木はぶ厚い革表紙のリストを受け取る。

「僕もあんまり詳しくないけれど、ボルドーがいいですか、ブルゴーニュがいいですか」

「まだシャンパンがあるわ」

奈央子は沢木の腕に手を触れ、ページをめくるのを制した。そしてささやいた。

「ずっとシャンパンにしましょう。もうワインを頼むことないわ。ここのワイン、すっごく高いって有名なんだもの」

男の目が微笑み、奈央子は嬉しさのあまり呼吸が荒くなる。

目の前をタクシーが何台も通り過ぎる。けれども沢木も停めないし、奈央子も手を上げない。タクシーが停まったら、それですべてが終るような気がする。

意地と習慣から、奈央子は、車にそそくさと乗り込むだろう。そして「おやすみ」と言うだろう。それでいつものように夜が終ってしまう。

二人はどこまでも歩いた。目黒通りまで出て左に曲がった。あたりは暗い。車のライトが幾つも幾つも通り過ぎる。タクシーの「空車」の文字がやけに赤い。けれども奈央子も沢木も無言でどこまでも歩き続ける。

いつのまにか、彼の手が奈央子の手をとっている。手を握り合い、ひたすら歩き続ける。こんなことを最後にしたのはいつだったか。ずうっと昔のことだった。セックスの快楽を知った後は、男はすぐにどこかへ行こうとし、奈央子もそれを許したものだ。

この関係もそんな風になるのか。ホテルか男の家、あるいは奈央子の部屋へ行き、いくべきところまでいくのか。

奈央子はもう何度も恋をしていたし、何人も男を知っていた。だからこれから起きることがわかる。起こって欲しいような思いと共に、それが起これば今までのことと同じことになるような気がした。

「私たち」

奈央子は言った。

「どこまで歩いて行くんでしょうか」

「奈央子さんが疲れるまで」

沢木が答えた。

「あなたがもうイヤだっていうところまで歩いていきましょう。僕はずうっとこうしていたいのだから」

「歩くの楽しいですか」

「奈央子さんと一緒だから楽しいですよ」

「じゃ、歩かなくたって他のことをしても楽しいんじゃないかしら」

「大胆な人だなあ」

沢木は笑い、奈央子の手を握る力が一層強くなった。

「僕をからかっているんだな。そんな意地悪はしないでくださいよ」

「からかっているんじゃないわ。私、本当に考えているの」

沢木の足が止まった。歩道橋の下で二人は向かい合う。

「あのね、私、たぶん、沢木さんのこと好きなんじゃないかと思う」

「たぶん、はやめてくれ」

いきなりひき寄せられた。このあいだの時のように唇を奪われる。それは奪われる、という表現がぴったりの強引さだった。沢木の唇には、さっきのシャンパンの甘さがまだ残っている。それでいて唇は冷たい。やがて舌が奈央子の唇をこじあけて入ってくる。路上でするには激し過ぎるキス。奈央子は頭の中が少しずつ白くなっていくのがわかる。この男と寝てもいいかなと、体の奥からサインが送られてくる時、いつもこんな風になる。大好きな甘い投げやりな瞬間。

生きていてよかったと思われる瞬間。やがていろいろな信号が、最後にキューを出す。

「この男と寝てもいい」

本当に本当に楽しい決断。いつもだったら奈央子は素直に従うのであるが、心の中の、キューを送ってくるのとは別の場所が、ずっと冷たく硬いものを抱えている。

「この男と寝てはいけない」

やがて男の顔が離れた。暗闇の中で男の顔を見た。唇が濡れている。なんて男らしくいい顔なんだろうか。この男の魅力にすべて負けてしまえとキューが送られる。駄目だ。こういう時、自分の心と戦うには正直なことを口にするしかない。

「私、このまま負けてしまうのが嫌なの」

「負けてしまう？」

「あなたと、このままずるずるそういう関係に陥ってしまうことよ」

沢木が沈黙した。

「私、そんな風になりたくないの。私、沢木さんのこと好きだけど、そんなことをしたらいけないと思うの」

「わかったよ。いや、わかんなきゃいけないと思う」

大きく頷いた。

「僕にはあなたを好きになる資格なんかない。ましてや、僕たちにはあまりにもいろんなことがあり過ぎる。そんなことはわかっている。わかっているけど、僕はあなたに会わずにはいられないんだ」

二人はまた歩き出した。手がしっかりと握られている。沢木はこのまま永遠に歩き続けるのだろうかと奈央子は思った。プラトニッククラブという道をだ。けれどもそんなことが出来るはずはない。出来るはずはないのに、二人はどこまでも歩くふりをしている。奈央子の左足が痛み始めた。流行の細い細いピンヒールは、男の目を意識したものであって、歩くためのものではないのだ。

「私、もう疲れたわ」

奈央子は言ったが、沢木は答えない。奈央子はもう一度尋ねてみる。

「ねえ、歩くの楽しい」

「楽しいわけがないだろう」

男の声は怒りを含んでいる。ああ、なんていいんだろうと奈央子は思った。

「もう歩くのは嫌だ」

男の手が奈央子の腰にまわされた。まるで映画やテレビのドラマにあるように、二人の目の前に都ホテルのエントランスが見えた。


沢木がとってくれたのは、広いツインの部屋だ。若いベルボーイが、

「何かございましたらフロントへおっしゃってください」

と去っていった。荷物を持たない男と女がこれから何をするかあまりにも明白だった。

男がドアを閉めるやいなや、沢木は奈央子を抱きすくめる。テレビをつけるでもなく、ネクタイをゆるめるでもなく、男はまっすぐに性急に奈央子を求めてきた。

「ずっとこうしたかったよ」

男のかすれた声がする。

「歩く前から?」

「とんでもない」

男が奈央子のジャケットを乱暴に脱がすので、片方が肘のところでひっかかった。

「君が店で前菜を頼む前からだ」

シャワーを浴びるべきかどうか奈央子は悩む。晩秋とはいえ、長い距離を歩いて少々汗をかいている。初めての男とそうする時は万全の態勢でいたかった。けれども沢木は許してくれそうもなかった。

やがてスカートも脱がされ、奈央子はベッドに横たわった。まるで母親に寝かしつけられる幼児のように、大切に大切にベッドに連れていかれた。

ワイシャツだけになった沢木が、キスをしながらすっと奈央子の髪を撫でていく。すぐにそういうことをせず、いとおしげに自分の髪を愛撫する男の余裕が奈央子には好ましい。自分をこのうえなく価値あるもののように扱ってくれているのだ。

奈央子は嬉しさのあまり、最後の意地悪をしてみる。

「ねえ、私たちこのままでもいいんじゃないかしら」

「馬鹿」

髪をくしゃくしゃにされた。

「本当に怒るぞ」

言葉どおりその後は激しく性急だった。奈央子は揺さぶられ、沈み、分解され、集められ、そして何度も溺れた。

――あの後、家に帰って幸せを嚙みしめました。僕を信じてくれたあなたには本当に感謝しています。

大切にします。どんなことがあろうと君を守ります。僕に今、言えるのはそれだけです。ありがとう。愛しています。沢木――

このメールを奈央子は何度読み返しただろうか。目にするたびに体が震える。それは喜びのためだけではない。

「大変なことをしてしまった…」

もちろん後悔しているわけではない。沢木との一夜は素晴らしかった。思い出すのもイヤだけれども、あの黒沢なんかとは比べものにならない。沢木は要所要所で、素敵な行為と言葉を用意していてくれた。あのささやきのやさしいことといったらどうだろう。奈央子は未だかつて、あれほど心の籠った男の言葉を聞いたことがない。今までつき合ってきた男たちというのは、わざと乱暴なことや皮肉を口にした。それが裏返しの愛情だとわかっていたから奈央子も応えた。けれども暗闇の中で聞く沢木の言葉と比べると、どれもとるに足らないことのように思われる。

奈央子の中に、幾つかのシーンが甦る。かつての男に何度か甘えて尋ねたものだ。

「ねえ、私のこと、好きなの？　愛しているの？」

するとたいていの男はこう答える。

「嫌いだったら、こんなことするわけないだろう」

それが照れだとわかっているけれども、奈央子は淋しかった。「嫌いだったら」ですって。どうして「好き」とか「愛している」という言葉を、彼らは使わなかったんだろうか。それよりも前に、どうして自分は諦めていたのだろうか。

——もう眠っていますか。やっと家に帰ってきて、ひと息ついたところです。ビールを飲みながら、このメールを打っています。

本当なら電話をかけて声を聞きたいところだけれども、もう遅いのでやめました。このくらいの我慢や忍耐をしなければ、今の僕の幸せは続かないような気がします。

若い男のように、一日中あなたのことばかり考えています。愛しています。どうか僕のことを信じてください。沢木——

自分は恋をしている、と奈央子は確信を持った。いつもの、このあいだまでしていたような駆け引きと、プライドのシーソーごっこの恋ではない。これ以上愛すると、相手になめられるのではないかと、もう怖れることもない。心のありったけを出して、「愛してる」「愛してる」と叫び合う恋。三十を過ぎた自分に、もうそんな恋はこないと思っていた。それなのに違う。奈央子はもう隠さなくていいのだ。子どものように素直になって、ただ抱き締めてもらえばいいのだ。

金曜日の夜、奈央子は沢木と会って食事をした。東麻布にある小さなイタリアンだ。高いところはやめようと、奈央子が提案したのだ。女友だちと二、三度来たことがあるこのレストランは、地元の客が多い。家族連れもちらほらいて、いかにも寛いだ感じである。こういうところで、一皿の料理を二人で取り分けたりするのが奈央子には嬉しい。

高価なフレンチや、しゃれたイタリアンというのは、知り合ったばかりのカップルのものだ。本当に心が寄り添った男と女なら、もう気取る必要もないし、見栄を張る必要もない。

「だけど、ここはいいワインが置いてあるよ」

沢木が言った。

「このバローロを飲もうよ。二人で一本いけるよね」

「そんな高いものは駄目」

奈央子はワインリストを持つ、沢木の手を抑えた。

「この三千五百円の赤で充分よ」

「君はケチなんだね」

沢木が笑った。ケチなんかじゃない、好きな男に金を遣わせたくないからだと、奈央子は言いかけてやめた。あまりにも自分が所帯じみているような気がしたからだ。

「僕はこう見えても、結構貰っているんだよ。まあ、ロマネコンティは無理かもしれないけど、好きなワインぐらいは飲めるよ」

沢木がわざとむきになって抗議するのがおかしかった。なんていい男なのだろうと、奈央子はうっとりと眺める。一回寝た後、男は三割がたよく見えるものであるが、沢木は二倍ぐらいよくなったような気がする。ほんの少し、こめかみのところに白いものが混じっているのもいい。笑うと、目尻が下がり、とてもやさしげになる。カフスの白さ、ネクタイの柄も素敵だ。それよりも何よりも、この知的なまなざしといったらどうだろう。

頭の中にあるさまざまな知識と経験、そして人間としての深みが、こんな風な目をつくるのだ。こんな風貌を持つ男が、夜、ベッドの中でとても淫らなことをする。恥ずかしくて、とても人に言えないようなことをする。そして何度も「愛している」とささやくのだ。これをこっそりと聞く幸福といったらどうだろう。こういうことを幸せというのだ。

デザートとコーヒーが運ばれテーブルの上にいっときの静寂がやってきた。この後したいことはもうとうにわかっているのに、恋人たちが少々照れてしまう、あのひととき。

緑色のテーブルクロスの下で、奈央子は手を握られた。

「このあと、君の部屋に行ってもいいかな」

「もちろん」

と奈央子は即座に答え、自分のその率直さに少々驚いた。これが他の男だったら、ホテル代をケチっているのか、早くも部屋に来るなんて、この男、ちょっと図々しいかもしれない、などとさまざまな疑問がわいてきたところだ。けれどももうそんなことはしなくていいのだ。沢木はホテルを使いたくない。フロントや従業員に気を遣いながら、部屋のキイを貰ったりするのが嫌なだけなのだ。それは自分のことを大切にしているからだと奈央子は思う。

「散らかっている部屋だけど、それでも来て」

「じゃ、行こう。嬉しくって、もうコーヒーなんか飲んでいられないよ」

沢木は立ち上がった。店を出ると二人手をつないだ。向こうからタクシーがやってくる。二人はつないだ手を同時に上げ、そして笑い合った。

車の中でも、沢木は奈央子の手を離さない。少しでも指をゆるめたら、どこかへ行ってしまうとでも思っているかのように、強く握り締めてくる。

「私、こんなに愛される資格があるのかしら」

酔いの中で、奈央子はひとりごちた。ひとりの大人の男が、自分の手を握り愛されようと必死になっている。

「私って、そんなにいい女かしら。私ってそんなに魅力的かしら」

少々空怖しいような気分になってくる。奈央子はここまで深く男に愛されたことがないような気がしたし、これからもないような気がしてきた。なぜだかわからないけれどもそう思う。

沢木のこの自分に対する、切羽詰まったような感情はどういったらいいのだろうか。自分がそれほどの存在なのだろうか。それとも沢木自身に何か大きく欠けているものがあるのか。

答えはわかりかけているけれども、奈央子は怖くてまだそれをはっきり出すことが出来ない。自分たち二人のこのやみくもな感情は何かから必死で目をそらそうとしているゆえなのだ。それくらいわかる。

「だけどいいの」

奈央子は男の手を握りかえした。

「私、本当にこの男の人が好きなの」

奈央子の部屋に入り、沢木がまっ先に行ったのは本棚だった。

「ふうーん、こんな本を読んでいるんだ」

手にとってぱらぱらめくったりする。

「イヤだわ。本棚を見られるって、自分の頭の中身を見られているみたい」

「そんなことはない。君が思っていたとおりの人でとても嬉しいよ。おや、中学生向けの植物図鑑がある」

「実家から持ってきたの。ここから駅に行く途中、結構花自慢の家が多いから、花の名前を知りたいと思って」

「何て可愛いんだ」

後ろから羽がいじめにされた。首すじに熱いものが押しつけられる。

「さあ、早くベッドルームへ行こう…」

「先に行っていて。シャワーを浴びてくるから」

ホテルの時と違い、それは許された。ドアを薄く開けて覗くと、沢木は奈央子のベッドに横たわり、置いてあった雑誌を眺めている。これならゆっくりとシャワーを使い、身仕度を整えることが出来る。ホテルでの時間も悪くはないけれど、自分の部屋はやはりホームグラウンドという感じだ。気に入りのバスオイルや、ボディシャンプーで、かおりを統一させることも出来る。ゆっくりと髪をとかし、アップにし、薄化粧をする時間もあった。

おそらく沢木は泊まっていくつもりだろう。クローゼットの中には、男もののパジャマがある。黒沢より前の恋人が使っていたものだ。捨てようとは思わなかった。ブランド品のなかなかの値段のものだった、ということもあるけれども、あの時はまた誰か使うだろうという気持ちが先行したのだ。何度か洗たくをしたパジャマを次の男に手渡す。これを使ってと言い、サンキューと男は受け取る。たぶん男は、ごく自然にそれを着るだろう。今どきの男は、そんなことにこだわったりしないとなぜか思い込んでいた自分の心を、つくづく哀しいと思う。どうして自分のことをそんなになめきっていたのだろう。

どうしてそんな恋しか出来ないと思っていたのか。

あのパジャマは絶対に捨てようと奈央子は決心する。沢木には新しいパジャマを渡すのだ。タグを取ったばかりのピカピカのパジャマだ…。

その時電話が鳴った。携帯の方ではなく、部屋にある電話だ。時計を見る。十時を四十分過ぎている。ひとり暮らしの女のところにかかってくる電話としては、決して遅くはない。長電話が好きな女友だちの顔をあれこれ思いうかべた。でも早く切らなくては。

「もし、もし」

「あ、奈央子さんね。私、絵里子です。お久しぶり」

湯上がりの背がざわざわと凍りついた。今、絵里子の夫は自分のベッドに横たわっている。それを知っていて、彼女は電話をかけているのだろうか。

「今、どこにいるの」

「どこにいるって、豊橋よ」

それでやっと息がつけた。

「豊橋って、奈央子さん知ってる」

「新幹線で、通り過ぎただけだわ。私、一度も行ったことがない」

「そうよね、なかなか来るとこじゃないわ。でもね、東京から結構近いし、食べ物もいろいろおいしいものがあるの。ぜひ一度遊びに来て頂戴」

絵里子ののんびりとした声が続くが、奈央子はずうっと足元から小さな震えが来るのがわかる。早くこの電話を切って欲しい。こちらから切ったりすると、相手に何か悟られてしまうのではないか。奈央子は後ろを振り返った。ベッドルームへのドアだ。そこは閉められたままであるが、もし沢木が出てきたりしたらどうだろう。

「いつまでも電話をしていないで、早くこっちへおいでよ」

などと声を出したりしたら……。

「でも私、豊橋に来て本当によかったと思ってるの」

「そう……」

「奈央子さんにも本当に迷惑をかけたわ。あの時の私って、どうかしていたの。ねえ、許してくれるわよねえ」

「もちろんよ。そんな、許すも何もないわ……」

「主人が私を裏切っているんじゃないかって、あの時はすごい妄想に苦しめられたのよ。いいえ、妄想じゃないかもしれないって、今でも思う時があるわ。ほら、主人って、すっごく口がうまくてやさしい人だから、女の人はすぐコロッといっちゃうのよね」

絵里子は自分と沢木のことを知っているのか。いや、まさかそんなはずはない。自分たちがこうなったのはつい最近のことだ。どうやって絵里子が知るというのだ。

「ねえ、奈央子さん、主人と会っている」

恐怖のあまり、コードレスの受話器を取り落としそうになった。いや、これは絵里子の挑発なのだ。冷静になるのだと、奈央子は自分に言いきかせる。

「いいえ…。絵里子さんと会った時が最後よ。私が、あなたのご主人と会うわけないじゃないの」

「お願いよ。たまには主人と会ってくれないかしら」

絵里子は急に早口になった。

「私、実家に来てるでしょう。週末に東京へ戻ろうと思っても、なかなかむずかしいのよ。それで主人はずっとひとり暮らしなんだけれども、もし女の人が出来たらどうしようって、私、心配でたまらないの。だから奈央子さんに、時々は見張りに行って貰えたらと思って。そうしたら私、すっごく安心出来るのよ」

この女は何も知らないけれども、何か勘づき始めているのだと奈央子は思った。妻という女たちが持つ特別の予知能力、それがこうして電話をかけさせているのだ。とにかくこの場をうまくやり過ごさなくては。

「そんなのは無理よ」

笑いとばすように言った。やっと本来の奈央子の口調になる。

「私だってものすごく忙しいの。とてもじゃないけれど、人のダンナの見張りをしている時間はないわ。もし心配なら、早く東京へ戻ってくることね」

そうね、わかったわと相手も答えた。

「じゃ、私、ちょっと読まなくてはならない資料があるから…」

「そうね、悪かったわ。じゃ、お休みなさい」

電話を切ったとたん、また震えがやってきた。そして奈央子は実感した。沢木を愛するということがどういうことか、ということをだ。毎日こんな風に怖しいめに遭うということなのである。

奈央子はもう一度髪を直し、自分の顔を確かめた。何の変化もない。あのくらいのことで怯えたりするものかと奈央子は決心する。

ドアを開ける。男は別の雑誌を手にしているところであった。

「すごい長風呂だね」

セミダブルのベッドの片方に移動しながら、沢木は言った。

「心配だから、見に行こうかと思ったよ」

「大丈夫。ちょっとおめかししていたの」

「早くおいで」

強い力でベッドにさらわれた。長い長いキスが始まる。奈央子は今の電話のことを沢木に言うまいと思う。甘えて泣きついたりしない。あの女のことをひと言でも言えば負けになる。とにかく今自分に出来ることはそれだけなのだ。

第六章　甘い生活

　会社の近くにあるこのイタリアンレストランの、千五百円のコースは結構いける。コースがきちんと出てパスタもおいしい。デザートも五種類の中から選べる。けれどもやはりふだんのランチに千五百円は少々きつく、そうめったに行くところではなかった。

　だがこの日はボーナスが出たばかりとあって、奈央子たち三人は朝からお昼はここと決めていた。前菜、パスタ、メイン料理と続くコースを食べ終って、チョコレートケーキと一緒にゆっくりとコーヒーをすすっているところだ。

　話題は正月休みにどこへ行くかということになる。

「私は大学時代の友だちと、カイロに行くつもり」

　二期後輩のかおりが言った。彼女は自宅から通い、給料はすべて自分のために使うという典型的な商社レディだ。いつも素敵な洋服を着、髪も爪もきちんとしている。顔立ちも性格も悪くないのに、なぜか縁がないまま三十をいくらか過ぎてしまった。けれどもファッションに少しも手を抜かないのは、なかなか出来ないことである。

社内の男たちにもうめぼしい者が残っていない、もう自分にはチャンスがないとわかったとたん、着るものがおざなりになる女は結構いるものだ。

かおりは何本めかのマイルドセブンに火をつけた。全社禁煙になってからというもの、彼女は自棄《やけ》を起こしたように外でむやみに煙草を吸う。

「大学時代からの仲よしと一緒に行くんだけど、彼女スッチーしてたの。ほら、ああいうとこってお正月は休暇が取れないでしょう。二人で旅行なんて初めて。彼女ね、ソムリエの資格取って今度転職するの。だから二人で行けるわけ」

「ふうーん」

大きく頷いたのは今日子《きょうこ》といって、ちょうど三十歳になる。他人の転職という話にはひどく敏感になる年齢である。

「私はね、親と温泉へ行くっていう、これまたさえないお正月なの。父親が定年退職するんだけど、その記念に家族旅行するのが夢だったんですって。結婚した兄貴までお招びがかかったのよ。今さら三十の娘連れて、温泉もないだろうと思うけど、まあ、親にはいろいろと心配かけたしね」

奈央子は、今日子から受けた相談の数々をちらりと思い出した。彼女は社内の妻子ある男と秘かにつき合っていたのだ。商社で不倫はそう珍しいことではない。意外なカップルを幾つか奈央子は知っている。そうした女たちもやがては口を拭い、社内のもっと若く独身の男たちと何くわぬ顔をして結ばれていくのがほとんどだ。が、今日子はうまくたちまわることが出来なかった。たまたま相手の男と妻とがうまくいっておらず、随分気をもたせる言い方をしたのが原因だ。妻との離婚を口にしたこともあったらしく、二人の関係は長期化、複雑化した。

あの時会社を辞めたいという今日子を、奈央子は強く押しとどめたものだ。

「今だったら会社でまだ噂になってないわ。男の問題と仕事をごっちゃにして、大切な基盤を失っちゃ駄目よ」

他人のことならいくらでも冷静にアドバイス出来た自分が、どうしてむずかしい恋を始めたのだろうかと奈央子は思う。妻ある男を好きになる、などということは今どき珍しくもないが、相手の妻はこの会社のOGである。しかも病的なものを潜ませている。あの電話の後、奈央子は自分の抱え込んだものの大きさに、時々怖しくなってくるほどだ。

「ナオコさんはお正月、どうするんですか」

かおりが話しかけてくる。

「そうよねえ、今さら旅行っていうわけにもいかないしね。うちでゴロゴロすることになるんじゃないかしら」

数年前まで、東西商事は女子社員の採用の際「自宅通勤」を原則にしていた。よって奈央子も同僚の女たちも都内や近郊に実家がある者ばかりだ。田舎を持たないから帰郷ということもなく、旅行でもしない限り手もちぶさたになるのだ。

沢木の言葉が頭をかすめる。二人でどこかへ行かないかと彼はしきりに誘う。箱根の有名な温泉宿はどうだろう、つてがあるから、まだ予約が出来ると思う。それが気がすすまないというのなら、二泊ぐらいで香港はどうだろう、もう少し足を延ばして、マレーシアという手もある。あそこには素晴らしいリゾートホテルがあるのだ…と、まるで子どもがポケットから菓子を取り出すように、次々にいろいろな計画を持ちかけるのだ。

けれどもそんなことはむずかしいだろうと奈央子は諦めている。正月はおそらく別居中の絵里子が東京に戻ってくるだろう。親子水いらずでお正月を過ごすはずだ。いくら沢木が望んだところで、他の女との旅行が出来るはずはなかった。

「あのさあ…」

口が気持ちよりずっと早く上滑りしていった。あっと気づいた時には遅い。奈央子にしては非常に珍しいことであった。

「あのね、水商売の人って、お正月と夏休みがすごくつらいっていうじゃない。相手の男の人が家庭に戻るから。ああいう気持ちってちょっとわかるわよね」

「ええっ、ナオコさんって不倫してるわけー」

かおりの驚いた声に、奈央子はしまったと思った。こんな独白から秘密が漏れていったら大変なことになる。

「イヤねえ、そんな意味じゃないわよ。三十過ぎの独身の女も水商売と一緒で、長い休みに入るとひとりぼっちになるなあ、行くところがないなあって思ってるだけ」

今日子だけがひっそりとした笑いを浮かべた。たぶん勘づいたことであろう。彼女にだけは沢木のことをちらりと喋っていいかなと考えたけれども、それはやはりやめた方がいい。

奈央子は秘密というものの重みに耐えられなかったり、はしゃいだりする若い女ではなかった。彼女たちがふと口にした言葉が、どのように拡がり、どのようにねじ曲げられていくかも充分に知っていた。中には相手の男の人生を多少なりとも変えたであろう出来ごとも見ている。

奈央子はもう少し自分を試してみるつもりだ。親友と呼べる女もいるけれども、彼女たちにも言わない。自分がこの秘密にどれだけ耐えられるか、ひとりのものにしていられるかやってみようと思う。それが今までたくさんの女の秘密を引き受けてきた自分の、プライドのような気がする。

その夜、沢木から電話があった。一日おきにメールがくる。そしてメールがない日は電話がかかる。そしてメールも電話も来ない日は二人で会っている。もう若くはない沢木のまめなことに奈央子は驚くばかりだ。

「正月は京都にしないか」

いきなり言った。

「さっきホテルを予約したよ。ちょっといい旅館を知っているけどそっちはいっぱいだった。まあ、ホテルに泊まっておいしいものを食べればいいさ。三日を過ぎればたいていのところは空いてるよ」

「ちょっと待ってよ。どうして京都っていうことになったの」

「気分を悪くするかもしれないけど聞いてくれ」

急に早口になった。

「いろいろ考えたんだよ。あっちが東京に戻ってくるとなると、長いことになるし君と会えなくなる。

だから僕が豊橋に行くことにした。それなら早く切り上げることが出来る。三日までいればいいさ。その後、君と京都で落ち合う、っていうことにしたらどうだろう」

「どうだろう、って言ったって、もう決めているんでしょう。ホテルを予約してるんでしょう」

自分でも抑えられないほど低い嫌味な声が出た。

「イヤかい？」

「そうね、そちらのご家族のところへ行ったついでに、っていう感じはまぬがれないわね」

「そう意地悪なことは言わないでくれよ」

彼は小さな悲鳴を上げた。

「必死で考えたことなんだ」

「そうか、わかったわ」

男に対する甘えと媚と、奈央子の持つ生来の率直さとが、時々鋭い言葉を生み出すことになる。

「奥さんがいる人って、いろいろ必死になるんだ、こういう時。あっちもこっちも立てなきゃいけないものね。私、こういうの初めてよ」

「君って本当に意地が悪いよ。こんなにひどいこと言う女だとは思わなかったよ。全く僕はどうしたらいいんだ」

本気ではない沢木の怒声のあと、やりとりが幾つかあり、そして二人の初めての旅が決まった。

冬の京都へ来るのは初めてだった。といっても、そう何回も京都に来ているわけではない。奈央子の年齢だと、意外にお金がかかって一見《いちげん》にはそれなりの店しか味わえない京都は、そう親しいところではなかった。

「京都に旅行って、いかにも不倫コースっていう感じ。私、こんなに気恥ずかしい旅行は初めてよ」

ここまで来ても、奈央子は憎まれ口をきく。

こだまとひかりが京都でちょうどうまく重なり合う時間に、駅の構内の喫茶店で待ち合わせをした。ひとりでホテルで待つのは嫌だろうという沢木の配慮であった。

「本当は俵屋がよかったんだけどなあ、やっぱり正月は無理だったなあ」

ホテルに向かうタクシーの中で、沢木はしきりに口惜しがった。外国からの客を連れて何回か泊まったことがあるという。

「今度はあっちにしよう。春にまた休みをとって来ようよ」

すばやく奈央子の手を握った。外の冷気にもかかわらず、沢木の手は温かった。湿気のない乾いた温かさ。大きな掌がすっぽり奈央子の手をつつむ。そして彼の、

「春になったら」

という言葉も、温かく奈央子の心をひたしていく。彼が自分たちのことを、ずっと続くものだと信じていることも嬉しい。奈央子は彼が今、妻子と会ってきたばかりだということを忘れようとしていた。

絵里子は夫の短い滞在を、不審に思わなかったのだろうか。それよりも夫の方から豊橋に来たことで、何か気づかなかったのだろうか。いや、いろいろなことを考えるのはよそう。今度の旅行は、沢木がじっくりと案を練ったものだ。

「今、京都でいちばんおいしい」

という カウンター割烹の店へ行くことにもなっている。その後はお茶屋バーで軽く飲む。次の日は車をチャーターして、冬の寺を次々とまわるという贅沢なプランだ。

「割り勘にしてね。ボーナスが出たばっかりだから」

という奈央子の言葉を、沢木は笑ってたしなめた。

「君たちの世代って、へんに突っぱるところがあるよね。男と割り勘だなんて、学生時代までにしなさい。君に惚れた男に、さんざん金を遣わせるもんだよ」

金で男の愛情の多寡《たか》をはかろうとは思わない。そんなことはバブル時代に頭の悪い女たちがするものだと思っていた。けれども奈央子は、過去の男たちとつい比べてしまう。彼らはどうしてあれほどたやすく、奈央子に払わせたのだろうか。どうして奈央子の差し出すものを拒否してくれなかったのだろうか。

——私って、もしかすると可哀想な女《おんな》だったのかもしれない——

この甘やかな感傷。新しい恋人が出来た時、過去の男を恨んだりしたことはない。それなのにかつての男と比べて、今の幸せを嚙みしめるといういじましいことをしている。

週末を共に過ごす時フリーライターの溝口は言ったものだ。

「ビール冷やしといてくれよな」

「たまにはすき焼きが食べたいな」

けれどもビール代や牛肉代を一度でも払ってくれたことがあるだろうか。外で食べる時はたまに払ってくれることもあったけれども、奈央子の部屋で口にするものを、奈央子が買うのは当然だと彼は思っていた。

たくさんの数のビール、たくさんの量の牛肉や野菜、そしてコンビニで買ったおつまみ。そして、そして、いつのまにか奈央子が買うことになってしまったコンドーム…。何枚かの一万円札、何枚かの千円札。せこいことを考えているわけではない。でも金を遣ってもらえなかったことを、今さらながら悲しく口惜しく思い出す。そして今の幸福。

沢木が連れていってくれたカウンター割烹の店は、大層おいしかった。熱々のかぶら蒸し、海老芋と鴨の治部煮《じぶに》といった京野菜がたっぷり出たかと思うと、鮭の押し鮨が合間にはさまれる。おつくりはフグだった。

最後は黒胡麻のデザートが出て、二人は外に出た。

「すごくおいしかった。やっぱり京都だわ…」

東京でも気に入りの和食の店を持っている。中には京料理をうたったものがあるけれども、今の店の方が器も料理もワンランク上なのがわかる。京都の店は東京よりもずっと安いというけれども、やはりかなり高級な店なのだろう。

沢木は狭い路地に入ってくるタクシーを停めた。

「歩いても行けるところだけど、寒いから車で行こう」

彼は思っていた以上に京都に精通していた。外国からの客を接待することもあるし、京都で会議も多いという。

「お茶屋で舞妓、芸妓コースというのも考えたけど、女の人がいるところだと君と落ち着いて話せないからな」

彼が連れていってくれたところは、先斗町《ぽんとちょう》の古い街並の中にあるバーであった。外見は昔からの町家を守っているけれども、中はモダンなインテリアになっている。カウンターの中に、四十代半ばぐらいの美しい女がいた。

「いやあ、沢木さん、久しぶりどすなあ」

黒い綸子《りんず》の着物に、梅を描き出した帯を締めている。少女の頃からこうした花街で生きてきた女独得の、一分の隙もない美しさと粋に充ちていた。

こちらは、僕の知り合いの野田さん、とだけ沢木は紹介したが、彼女はひと目ですべて了解したに違いない。

「京都はよくいらっしゃるのどすか？」

水割りを置きながらにっこりと微笑む。その笑顔がなんとも色っぽい。こういう女は、いったいどういう男を恋人に持つのだろうかとちらっと思った。

「いいえ、そんなめったには来ません。仕事で来ることもないし」

「へえ、お勤めしてはるのどすかア」

「この人はね、商社のバリバリのキャリアウーマンですよ」

横から沢木が言う。

「バリバリっていうことはないわ。専門職でもないし、ただ長く勤めている、っていうことだけ」

彼女にではなく、沢木に聞こえるように言う。

「でもやっぱり東京で立派にやってはる人は違いますわア。すうっとしてはりますもの」

すうっというのは、しっかりしているとか、洗練されているという意味の関西弁だと沢木は言った。

「すごいね、京都のお墨つきを貰ったよ」

彼はかなり酔っている。

その後、もう一軒、現役の芸妓がやっているお茶屋バーに寄り、ホテルに帰った時は二人共かなり酩酊していた。ふざけながらお互いの服を脱がし合い、とても短いセックスをした。本当にじっくりと愛し合ったのは、酔った浅い眠りから醒めた夜明けである。

厚いカーテンの合間から、漆黒から濃い紫に変わろうとしている光がふた筋射し込んでくる。巨大なホテルも物音ひとつしない。この世でもし崇高なことが起こるとしたら、こんな時間だろうと思われる時。

「奈央子…」

奈央子の髪に顔を埋めたままつぶやいているから、沢木の声はくぐもって聞こえる。

「茶化したり、意地悪しないでちゃんと聞いてくれよ…」

奈央子は頷く代わりに、小さなため息を漏らす。

「豊橋でいろいろ話し合ってきた。絵里子の両親は、東京から完全に引き払って豊橋で暮らすらしい。やっぱり故郷はいいって言ってた」

言葉が明瞭になるのは、奈央子の髪から顔を離したからだろう。その代わり、彼の両手は奈央子のウエストのくびれのところでしっかりと組まれている。

「それで絵里子と娘を引き取るから、豊橋で暮らさせたらどうかと、向こうのお義父《とう》さんが言ってくれた。もう僕たち夫婦のことをよくわかっているんだろう。絵里子にも言った。のんびりした田舎で、もう一度やり直したらどうだって…。絵里子には可哀想だが、お義父さんのその言葉で、僕はパアーっと目の前が明るくなったような気がしたんだ。わかるかい？　僕ももう一度やり直すことが出来るっていうことがわかったんだ」

やり直す、という言葉が、奈央子の耳元で響く。どういう意味か聞かなくてもわかる。その言葉は空虚というのではなく、ただ現実感を持たない前衛音楽のように聞こえた。

「僕はね、もう絵里子とは倒底暮らせないと思っている。そんなことはとうにわかっていたくせに、だましだまし続けてきた。だけど僕はわかったんだ。君と会った時から、僕は切実に願うようになった。これからの人生、僕は絶対に好きな女と暮らしたいってね。我慢することはしたくない。まだやり直せるって本当に思うようになったんだ」

これはプロポーズだろうか、と奈央子は考える。妻子持ちとつき合ったことがないのでよくわからないのだが、男がここまで言うということは、妻や子と別れて、自分と一緒になるということなのだろう。沢木のいま口にしていることは、誓いであり約束なのだ。奈央子は喜びにうち震えなくてはいけないのかもしれない。けれどもその時、奈央子にいちばん先に訪れたものは、困惑というものであった。

「そんなの、出来ないわ」

「えっ、何だって」

「そんなこと出来ないって言っているのよ」

奈央子は起き上がる。それにつられて沢木も身を起こした。すると先ほどまでのささやき声は姿を消し、ごくふつうの会話となった。

「奥さんと子どもと別れるなんて、私、出来ないと思うな」

「どういうこと。君は僕のことを信用していないっていうこと」

彼の声はあきらかに怒りを含んでいる。

「そういうことじゃないの。それは一般的に言ってすごくむずかしいことなの。私、今まで何人もの友だちから相談を受けてきたわ。奥さんがいる人とつき合っているコもいっぱいいいた。割り切っている人がほとんどだけど、中には家族と別れるから、っていう男の人もいるわよね。それを女は信じて必死で待つ。でも、そんなこと出来るわけないのよ。ちゃんとしている人は、やっぱり家族を捨てない。絶対に捨てない。私、そういうのをたくさん見てきたからわかるのよ。沢木さん、今はそう思ってくれるのは嬉しいけど、そういうこと、軽々しく言っちゃいけないのよ」

「僕は軽々しく言っているつもりはないよ」

沢木は奈央子をシーツごと抱き締めキスをする。昨夜の唇とは違う。眠りのなごりが残っているかすかに生ぬるい唇。

「他の男に出来なくても、僕には出来る」

「どうしてそんなことを言えるの」

「決まってるじゃないか、君のことをこんなに愛しているからだよ」

ああ、どうしてこんなにいい時に、たくさんの女たちを思い出すんだろう。そう、二年前、今日子が真夜中に訪ねてきた。このままひとりでいたら、自殺するかもしれないと目が血走っている。

「聞いてください。奥さんと旅行に行ったんです。私とのことを謝って、やり直すための旅行なんですよ。私、口惜しい…」

泣きながら今日子はさまざまな計画を打ち明けたものだ。自分ひとりだけ苦しむのはもう嫌だ。社内メールでこのことを広めてやる。いや、いや、彼の上司に直接言って彼をどこかに飛ばしてやる…。

彼の妻が二人めの子どもを妊娠したと言って、やはり泣きながら相談してきた女もいたっけ。そんな時、奈央子は必ずこう言ったものだ。

「あのね、男の人は絶対に奥さんや子どもを捨てない。そんなことをしてしまう男は、社会性もなければ、誠実さもないとんでもない男よ。あなたはそんな最低の男を好きになったわけじゃないでしょう。彼も充分苦しんでいるんだからわかってあげなさい」

そう、自分は沢木を愛する前から答えを知っていた。しかもその答えをたえず口にしていたのだ。

その時、いちばん思い出したくないものが、奈央子の頭の中を横切っていく。絵里子から届いた年賀状だった。

「あけましておめでとうございます。

新しい年をいかがお過ごしですか。正月はゆっくりと親子三人で迎えるつもりです。

家族の絆、夫婦の絆を見つめ直し、さらに大切にする年にしたいと思っています。今年もよろしく」

そうなのよと、奈央子はつぶやいた。

「世の中には出来ることと出来ないことがあるわ。私、もうそのことをちゃんと知っているの」

沢木はなんとたくさん「僕たち」という言葉を使ったことだろう。

彼とつき合うようになってからのよくない癖であるが、奈央子はつい昔の男たちと比べてしまう。彼らはいったい何と言っただろうか。「君と僕」と言ったような気がする。「奈央子とオレ」「あなたと僕」というバリエーションもあったものの、たいていの場合「と」という助詞が使われた。あの頃はそれがふつうのことだと思っていた。

それなのに沢木がふんだんに使用する「僕ら」は、奈央子の心に不思議なものをもたらす。長いこと奈央子がつくり上げ、奈央子が護ってきたもの。それが何かわからないのだけれども、とても重要だったものがやわらかく溶け出していくのだ。そしてその溶けた中から顔を出したものは、気恥ずかしいほどキラキラと輝く「希望」というものであった。子どもの時はまだしも、大人になってから奈央子はこれを持ったことがない。感じたこともない。もっと日常的で小さな「願望」というものは湧いてくることはあっても、こんな輝くものを所持したことはなかった。

「僕らはもっとちゃんと努力しなくっちゃいけないんだ」

「諦めたり、惰性に陥ったりするのがいちばん怖いよ。だってね、僕らは本当に一緒になるんだからね」

こんなに性急にものごとが進んでいいのだろうかと、奈央子は考える。いつもの癖だ。あまりにも幸福が大量に押し寄せてくると、わざと冷静な言葉を男に浴びせる、そして相手の反応を見ようとするのだ。

「もっとじっくりやっていきましょうよ」

奈央子は言った。

「私たち知り合ってから、まだそんなに時間がたっていないのよ。それなのに、すぐ奥さんと離婚、一緒になろうなんて、そんなにものごとはトントン運ばないと思うの。私が今まで見てる限り、不倫は燃えて二年、それからゴタゴタがありながらもずるずる続いて三年、そして別れ、っていうパターンよね。奥さんのいる人とつき合って、即結婚、なんていう話、聞いたことないわ」

「君って、どうしてそんなに意地の悪いことばっかり言うんだろう……」

沢木は大げさにため息をついた。

「君はとても頭がいいから、すぐにそんな風にポンポン言葉が出る。男をやり込めるのが楽しいし、そうやって男を試してるんだろう」

図星だった。

「だけど、僕はそのテにはのらないよ」

沢木は肩をひき寄せる。言葉よりも奈央子の体はずっと素直で、すぐ沢木の腕の中に入った。彼は子どもに言い聞かせるように、奈央子の髪を撫でながら、ゆっくりと言葉を発する。

「いいかい。これから僕にそういう皮肉や意地悪は駄目だよ。僕たちは同志なんだ。一緒に戦って、一緒に勝つ。死ぬまで二人一緒に暮らすために頑張るんだからね」

ああ、あの時の彼の声や、自分の髪を撫でるやさしさを、どう言ったらいいのだろうか。奈央子は誰かに自慢したくて、自慢したくてたまらない。世の中に、これほど誠実でこれほど素晴らしい男がいるだろうか。

男に対する愚痴や相談ごとではない。惚気《のろけ》ならばちらりと話してもいいような気がする。相手を選んで「幸福のお裾分け」という感じで、ちらりと喋るのは構わないのではないだろうか…。

いや、やめておこうと奈央子はひとりごちた。沢木のこの〝美談〟は、すべて話さないことには伝わらないだろう。独身の男が気軽に口説いているのではない。妻子も社会的地位もある男が、多くのものを捨てる覚悟でこう言っているから価値があるのだ。それを話さなくてはならないとしたら、ことはやはりむずかしくなる。

社内で奈央子は有名人といってもいい。多くの後輩たちがその言動に注目している。その奈央子が妻子ある男とつき合い、いわゆる略奪婚をしようとしているという噂が、もしたったりしたらめんどうくさいことになるだろう。

秘密というのは本当に不思議なもので、個人とか信頼というものをしばしば裏切っていく。この人と見込んでたったひとりに打ち明ける。相手も言いふらしたりするわけではない。それなのに秘密は、いったん口から放たれると、空気から伝わっていくようなのだ。

とにかくことが決まるまでは、奈央子は自分ひとりの胸にすべて匿《かく》しておくことにする。今までの恋人たちとはわけが違うのだ。女たちとの飲み会の席で、ちらりとにおわせるわけにもいかない。

そして奈央子は、妻子ある男を愛したことの恍惚と不安をたっぷりと味わうことになった。そして多くの女が、これにハマるはずだとつくづくわかった。せつなさというものがまるで違う。めったに人に言えないことのつらさ。すべてのものが自分の中に還《かえ》っていく。自分で問い、自分で答えなければいけない。そうしていくと思いはますます膨らんで、男がどうしようもないほどいとおしくなっていくから不思議だった。

突然のことながら、奈央子はロマンティストになり、長いメールを打つようになった。

――ショウちゃん

もうぐっすりと眠っている頃でしょうか。

泊まっていってもらってもよかったのだけれども、そういうことばかりしていると、ずるずるとあなたを引き止めそうでちょっと怖かったんです。

今夜もとっても楽しかったですね。連れていってもらったお店、すごくおいしかった。アンコウ鍋っていうの初めて食べたけれども、思っていたよりクセもなくて、やみつきになりそう…。

今日また『ちょっと口が悪いぞ』と叱られてしまいましたね。僕と一緒にいる時は、相手をぎゃふんと言わそうとか、ちょっと気の利いたことを言おうとかいっさい思わないこと。自然体のナオコでいいんだよって言ってくれたでしょう。あの言葉を今、ちょっと思い出して、なんか涙が出てきちゃった。

別につっぱってきたつもりはないけれども、ショウちゃんから見たらそう思えるのかもしれない。もう僕がいるんだからね、という言葉を嚙みしめて、ああ、私は本当に幸せなんだとつくづく思いました。

仕事の時はわからないけど、ショウちゃんといる時は、もう意地の悪いことをポンポン言わないようにします。素直でかわいい女、なんてなれるわけもないし、そんなことになったら私らしくないでしょう。だからせめて口を慎むことを約束します。

でも私のようながさつな女を、どうしてこんなに愛してくれるのか、時々不思議になる時があります。アメリカのラブソングにもあったけど、神さま、私はそんなにいいことをしてきたんでしょうかって感じ。

ね、この頃私ってすごく謙虚になったでしょう。おやすみなさい。ナオコ――

「ナオコさんって、この頃ますます綺麗になりましたね。肌なんかピッチピチっていう感じ」

後輩に言われ、奈央子はうろたえた。

「そう、嬉しい。化粧品を替えたせいかもしれないわね」

うまく誤魔化そうとしたのだが、

「へー、どこのに替えたんですか。どのブランドか教えてくださいよ」

と相手はしつこく喰い下がってくる。効いた化粧品やエステの名を教え合うのは、女たちの挨拶のようなものだから、奈央子も適当に答えておく。

「えーとね、私も友人から分けてもらったから、名前をよく憶えていないのよ。小さいとこの通販で買ったものだったと思うわ。後でちゃんとメモして渡すわ」

「お願いします。私、ここんとこ、肌がガクッていう感じで、ちょっと寝足りない時なんか、朝、鏡を見て唖然ですよ」

三十になったかならないかだというのに、そんな心細いことを言う。

四月になってからの、女だけのちょっとした飲み会だ。話題は当然新入社員の品定めになる。

「うちの会社にもついに入社式、母親付きっていう男が現れたそうですよ」

「まさか」

「ウソよ」

五人いた女たちはいっせいに叫んだ。

「ウソじゃないです。総務の中村《なかむら》さんがちゃんと証言してますもん。そのお母さん、後ろに座って、ニコニコしながら社長の挨拶を聞いてたんですって」

「それって、ホラーよね」

今日子が言った。

「うちの会社もついにそこまできたか…。そういえば、今年の男の子って、いつもにも増して細っこいのが多くないですか。押し倒したらそのままずうっと倒れちゃいそうなのばっかり」

女たちはクスクスと笑った。ほんの二、三年前まで、もし新入社員の中でいいのがいたら、有無を言わさずいただこうかしら、もう年増の私たちのやるべき道はそれしかないわ、などと冗談を言い合っていた仲間だ。けれどもこのところ、もうそんな声も聞こえなくなった。自分たちが三十を過ぎてしまうと、新しく入社してくる若い社員が、どうしようもなくひ弱に見える。もうこちら側も、あちら側も、そういう対象ではなくなったとわかると、女のとる道はただひとつ。愉快なお姉さんになることだ。

「うちの課の歓迎会で、ふざけて言ったのよ。あなたねえ、年上の女っていう選択もあるのよ。そういう立派なことをすると社内の女性からはすっごく支持されるから考えときなさいって。そうしたら、何て言ったと思う？　カンベンしてくださいよ。僕は学生時代からの彼女いますし、何だかんだ言っても商社マンはまだまだ人気あるでしょう。僕はこれから、うんと合コンに精出すつもりなんですよ。邪魔しないでくださいよ、だって」

女たちはどっと笑った。奈央子は黒沢のことを苦く思い出した。大ヒットしたテレビドラマの影響なのか、奈央子たちの年代は、時々年下男に幻想を抱くことがある。年下の男こそ誠実に、純粋に女を愛してくれるのではないか。年下の男が、最後の自分の男になるのではないかという思いだが、そんなドラマのようなことはほとんど起きることはない。特に商社のように、選ばれた、という意識の強い男たちはごくごく単純に出来ている。女の好みときたらお話にならないぐらい平凡だ。若くて綺麗な女しか眼中にない。

「ちょっと前までは、うちの会社も余裕があって、体育会系の面白いコたちや、地方の聞いたこともない学校のコも結構入社してたんだけどねぇ…」

いちばん年長の奈央子は、ついこんな風な愚痴が出る。

「うちの社長、このあいだも日経で、こんな時代だからこそ手ごたえのある個性的な人材を、学校や偏差値で評価する時代はとうに終ったなんてカッコいいこと言ってたけど、いざ蓋を開けてみたらいつもの大学出身の、いつものタイプよねー」

「地方の大学が減って、ケイオーがまた増えた、それも幼稚舎組っていう話よ。私たちのものになるんならともかく、これまた『ハケンさん』にもってかれちゃう」

ひとりが混ぜっかえして、また皆が笑う。

「こんなことを言うと、本当に意地悪な年増みたいでイヤなんだけど…」

　ワインをいちばん飲んだ今日子が、しんみりと語り出す。

「私、九年前にうちの会社から、採用決定の電話貰った時、嬉しくってわんわん泣いちゃった。うちの女子大から、商社なんてめったに入れないのよ。もう親にせがんでスーツを何着も買ってもらって、お祝いのお金でバッグや靴を揃えたの。うーんといい社員になって、いい仕事しようって入社式の日に誓った。でもね、三十一になって思うの。私がしてきた仕事って、別に契約で一年とか二年勤める人にも出来るんだって…。あの入社式の感動も知らない人たちと私たちが、机並べてる。これって何だろうって。私たち年増の女なんて、給料高いだけで邪魔なんだ。会社の方だって、男の人だって、早く私たちを追い出して『ハケンさん』ばっかりにしたいんだって…」

「そんなことないってば」

　こういう時、必ず前向きのことを言うのがいつのまにか奈央子の役割になっている。

「私たちがいるから、会社だって安心して『ハケンさん』をどんどん入れることが出来るんだから。それにね、彼女たちの中にも、ちゃんとやる気のある人たちもいる。今のままの使い捨てはイヤだって思ってるコもいるのよ。そういうコたちとうまくやってかないことには、私たちの未来もないんだよ、諸君」

　あまりにも説教くさくなり過ぎたため、最後はおどけた口調になったが誰も笑わなかった。

　今日子や他の女にしても不安なのだ。自分たちもいつか「居残り組」になるのだろうかと。東西商事には、四十過ぎの女性のグループがいる。古参と呼ばれるメンバーで、部課長クラスも一目置く顔触れだ。といってもいわゆる一般職であるから、そう重要な仕事をしているわけではない。会社の中でも外でも結婚相手を見つけなかった、あるいは見つけられなかった女性たちだが、給料がいいために辞めることはない。このグループでしょっちゅう温泉や海外旅行へ行き、それなりに楽しそうだ。けれども彼女たちを羨しがる若い女性社員はひとりもいないだろう。

　彼女たちの服装に対する手の抜き方がひどいからだ。年ごとにだらしなくなる体型を隠そうともしないし、流行を無視した形のパンツやスカートを身につけている。変な安物のTシャツということもあり、よそから来た人がパートのおばさんと間違えたぐらいだ。商社という一見華やかな職場の中で、そこだけ一陣の風によって吹き寄せられた木の葉の一団という雰囲気だ。そして奈央子たちも派遣社員という明るく手強い集団に押されるようにして、隅の方、隅の方へと押しやられているかのようである。いずれあの「居残り組」の中に入っていくのではないかという恐怖は、今ここにいるメンバーの誰もが持っているに違いない。

「やっぱりこうなると、結婚しかないのかもしれませんね」

　ひとりがため息混じりに言った。

「二、三年ダンナに食べさせてもらって、優雅に習いごとしながら行末を考える。そんな時間が、そろそろ私たちにも必要だって思いませんか」

　本当にそうだと女たちは頷き、いちばん深く頷いた自分に奈央子は驚いた。何だかんだと言いながら、自分は本当は結婚を心から望んでいるのかもしれない。今、沢木とのことを秘密にしているのは、たぶんうまくいかなかった時のことを考えているからだ。ある日突然、結婚を発表してみなの驚くさまが見たい。そんないじましさがあるからだ。

とにかく三十代の女たちに、四月という季節はつらい。いろいろなことを考えさせられる季節なのだ。

土曜の朝、まだ奈央子はベッドの中にいた。枕元の電話が鳴っている。こんな時間にかかってくるのは、実家の母か沢木からに決まっている。どちらもそういう権利を有している二人だ。奈央子の私生活に遠慮なく入ってくる権利…。

「もし、もし、僕だ…」

沢木だった。電話の向こうにざわめきが聞こえる。アナウンスにチャイムの音。駅のホームからかけているのはすぐにわかった。

「今、こだまに乗るところだ。これから豊橋へ行く」

「ふうーん、ご苦労さまです」

「ちゃんと聞いてくれよ。今日こそちゃんと話をつけてくるつもりだ。何度も言うようにあっちの両親はちゃんとわかってくれている。なにしろ四月だからね」

沢木は四月という言葉を強く発音した。

「新学期やいろんなことが始まるシーズンだ。だから僕らも頑張らなきゃいけない。ここで決着をつけなくちゃいけないんだ。あ、もう乗るよ。じゃ」

電話はすばやく切られた。ふうーん、そういうものかと、奈央子はベッドの中で伸びをする。ブルーのラルフ・ローレンのカバーがかかった羽毛布団はかすかに沢木のにおいがしみついているようだ。あれからもう何度、彼はこの羽毛布団にくるまり、自分と一緒に朝まで過ごしただろうか。そしていつもにない早さで春がやってきた。四月。ＯＬとしての奈央子にとっては決して楽しい月ではない。若い社員たちによって、自分の年齢や立場を考え直す時だ。このところずっとそんな四月を繰り返してきた。

けれども今、沢木の口から聞く「四月」は、なんと違った響きを持っているのだろうか。僕たちの新しい人生が始まるのだと沢木は言った。本当にそんなことが可能なのだろうか。

ともかく気持ちのよい春の日だった。カーテンごしに射し込んでくる陽の光も、今日は申し分のない天気だということを告げている。奈央子は横になったまま、沢木の言葉を反すうしていたが、やがてエイッと掛け声をかけて起き上がった。彼の言葉と、しぐさを横になったまま思い出すことが多い。その方がじわじわと胸の中に浸み込ませやすいような気がしているのだが、たまには立って彼のことを考えることも大切だろう。歩いたり、コーヒーを淹れたりしながら、恋人のことを思い出すというのは、いったいどんな風になるのか。奈央子はやってみることにした。

少し遠くのスーパーまで歩いていく。今日食べるこまごましたものと、沢木が来た時のためにチーズと冷凍のラム。海外での仕事が多い沢木は、ラムが大好物だ。レストランでもよく注文するので、奈央子は一度うちでつくってみようと言ったことがある。料理の本を買ってきて久しぶりにオーブンを使った。ハーブをきちんと揃えたのが幸いして、なかなかの一品となった。その傍で沢木はレタスをちぎり、サラダをつくってくれた。たいしたものは出来ないけれども、料理をつくるのは嫌いじゃないよと言った。もし結婚ということになったら、休日ごと二人はあんな風に並んでキッチンに立つのだろうか。

四月だから。沢木は力を込めて言った。今、奈央子の人生は変わろうとしているのか。こんな風な、どうということもないおだやかな春の日に、運命は大きなうねりを見せるのか…。

いつのまにか、ゆっくりと歩いていて何人もの人々に追い越されていく。横たわってあれこれ考えているのと変わりないなと奈央子は苦笑した。動いているからそう前向きに考えられるわけでもない。

その日の夕食に、奈央子はゆで上げたばかりのパスタに、缶詰のミートソースをかけた。そしてブロッコリーと大根のサラダ。パスタは本当に少量だ。ひとりでいる時に調節しなければ、外食の多い身の上としてはたちまち体重に悩むことになる。

その時に電話が鳴った。たぶん沢木だろう。彼は休日の朝だけでなく、休日の夜も好きな時にかけてくる権利を有しているのだ。

受話器を持つ。

「もし、もし、僕だ」

やはりそうだ。もう豊橋から帰ってきたのか。それだったら夕食を一緒にすればよかった。この頃たまにひとりで食事をすると、とても損をしたような気分になるのだ。

「ちょっと今、いいかい」

「もちろんよ」

奈央子は少し不愉快になる。どうしてそんなことを聞くのだろう。休日の夕食に、友人たちでも招いているというのか。

「ちょっと困ったことになったんだ。いいかい、怒らずに聞いてくれよ」

彼は突然早口になった。

「今日彼女と二人でいろいろと話し合った。僕としては、今までの話の流れで、もう正式に離婚して豊橋に住むことを承知してくれると思ってた。ところが平然とこう言うじゃないか。四月になったんだから、子どもと一緒に東京へ帰りたいって」

背中がざわざわと冷たくなった。やっぱりそうじゃないか。沢木の言うとおりにうまくいくはずがないと思っていた。男がたやすく妻と子と別れることなんか出来るはずはない。このまま彼は別れを告げる気なのか。

私は騙されたんだろうか。やっぱり騙されたんだ。彼はこうやって、東京に妻子を戻すのを理由とし、自分と別れるつもりなんだ……。

「ちゃんと聞いてくれてる?」

「……」

「僕はびっくりしたし、腹も立った。そしてカッとして、今、いちばん言っちゃいけない言葉を口にしたんだ。僕にはもう好きな女の人がいる。もうじきその人と一緒になるつもりだって」

「何ですって」

奈央子は叫んだ。

「まさか、私の名前を出したりしなかったでしょうね」

「もちろんだ。だけどわかってくれ。これはね、彼女の罠にはまったんだ。だらだらと東京に戻るって言い張って、こっちをいらつかせる。そして好きな人がいるって言わせるようにし向けたんだ。彼女はそういうことが天才的にうまい。何度も何度も言うんだ。四月だからやり直しをしたいって。おそらく僕に誰かがいることは勘づいていなかったのだろうけど」

四月という言葉がまがまがしく、沢木によってリフレインされ、奈央子はああっと小さく叫んだ。まるですぐ近くに絵里子がいてささやいているようだ。

「四月ですもの」

第七章　裏切り

友人に相談ごとをしない、というのは奈央子の信条であった。

それは奈央子が、あまりにも多くの相談を持ちかけられるからだ。どうしてこんな損な役まわりばかりさせられるのだろうと思いながらも、奈央子は多くのことをしてきた。困惑したり嘆く相手には、アドバイスと慰めを与え、きっとよくなるだろうと励ました。それでも解決しない時には、さらに一歩踏み込んだことさえした。恨まれるのがわかっているのに相手のところへ行って直談判したこともある。

どうしてこんなことばかりしているのだろうか。

奈央子は舌打ちしたい気分で考える。自分がことさら善良だとも誠実だとも思わない。たまにはめんどうくさくなり、荒っぽい言葉で相手を拒否することもある。けれどもその後必ず後悔して、電話をかけて様子を聞いたりする。

結局はお節介なのだ。お節介というのは律儀ということでもある。そして律儀ということは小心ということだ。自分を頼ってきた者を邪慳《じゃけん》にすることが出来ない。自分への好意を粗末にしたら、もうそういうものは集まらないような気がするのだ。

　子どもの時から、別段仲間はずれにされてきたわけではない。クラスの委員長にはなれないけれども、副委員長や委員のひとりにはなった。ふつう以上の友情も得ていたと思う。それなのに人の好意に対して自分はどうしてこんなにいじましくなるのだろうか。

　もし本当に強い意志と自信を持っていれば、人はさまざまな頼みをはねつけることが出来るのではないか。お節介などやかないのではないだろうか…。

　こんなことを思いながらも、奈央子は恋や仕事の相談を持ちかけてくる友人や後輩たちを受け入れてしまう。

「もう、性分っていうもんだから仕方ないんじゃないの」

と言ったのは、学生時代からの友人美穂である。

「性分なんて、随分古くさい言い方をするのね」

「違うわよ。ナオのやっていることって、性分っていう言葉じゃなきゃ説明出来ないのよ」

美穂が言うには、性分というのは性格というものとも違う、その人間の持っているパーソナリティに宿命が組み合わさったものだというのだ。

「性格は変えることが出来るけど、性分っていうのは変えることが出来ないの。もうイヤだ、イヤだと思いながらも、そうしちゃうのよ」

　そんな分析をする美穂に、奈央子は初めて沢木とのことを打ち明けた。出来るだけ簡潔に話し、その際の飲食費は奈央子が持った。これは相談ごとをする側の当然のマナーだと思うのだが、守る女は案外少ないものだ。飲食費の方は、年下の場合は仕方ないとしても、たいていはみんなだらだらと自分の恋について、悩みを打ち明けるはずが最後は惚気話になったりする。よく言われることであるが、恋の相談は相手に解決を求めているのではない。ただ自分の話を聞いて欲しいだけなのだ。けれども自分の恋を他人に喋ることによって、幾つかのものが整理され、見えてくるものがある。女友だちの辛らつな意見によって、やっと認めざるを得ないものがある。その時奈央子が求めていたのはそうしたものだった。

「それって、かなりまずいんじゃないのオ」

美穂はアチャーと小さな声をあげた。丸ビルに新しく出来たイタリアンレストランは、予約をとるのがむずかしい、今いちばんの人気スポットだ。けれどもあまりにも客で埋まっているため、隣りのテーブルの話し声は聞き取りにくい。相談ごとをするにはかえってうってつけの店であった。

「言っちゃ悪いけど、ナオの彼ってかなりドジやったよね。よりにもよってさ、ちょっとヘンなところのある奥さんに、恋人がいるなんて宣言するなんてさ」

「私もそう思う」

「でもその人が言ってるとおり、奥さんの罠にはめられたんだろうね。奥さんの方は、もうダンナに好きな女がいるって、とっくにわかっていたはずよ」

「私もそう思う」

「奥さんはさ、もう困らせたい一心で、突然東京へ帰るって言ったんだろうね」

「私もそう思う」

美穂が口にすることは、すべて奈央子が考えていたことであった。けれども「そう思う」と口にするたびに、奈央子の中に爽快感がわく。恋ということに関して、自分は常識人だという確認。これは正義の始まりである。奈央子は人の夫と愛し合うという罪を犯しているわけであるが、心においては正義の側に立たなくてはならない。

「ナオさ、これは相当厄介な相手だよね。いったいどうするつもり。どんなことをしても彼と結婚したいの」

「そのつもりよ」

いくらか照れて奈央子は答える。

「あっちもどんなことをしても奥さんと別れるって。そのためにかなり焦って、ドジなことをしているんだけどね」

最後は惚気に聞こえないように苦心した。

「でもさ、世の中には、おっかない奥さんがいるらしいよ。どんなことをしても別れないって頑張る奥さんが、本当に多いんだって」

美穂は知人の勤務医夫人の話をした。彼女とは趣味のフランス語教室で知り合った。美人でおっとりとしていて、いかにも、医師夫人という感じの女だ。彼女には区立に通わせている、小学校一年の男の子がいた。この子どもを父親は大層可愛がっていて、皆の前でも抱き上げて頬ずりをしたりする。夏には全員でハワイに長逗留《ながとうりゅう》をしたりと、絵に描いたような幸福な一家だと思っていた。

「ところが違っていたのよ」

「違うって何が」

「あの医者って、実は夫婦じゃなかったの。二人は父子じゃないのよ」

答えを聞く前に、奈央子の背筋がざーっと寒くなった。とても怖しい結末のようだ。

「あのね、あの二人、正式に結婚していなかったの」

「へえー」

それならそう珍しいことはない。夫に愛人が出来て家を出ていくというのは、よく聞く話である。けれども夫と愛人との間に、子どもが出来ていたとすると、ことは少々むずかしくなるのかもしれない。

「そうなのよ。奥さんの方には子どもがいないから、話はどんどん険悪になるばかり。だけど好きな女の人の方に、子どもが出来ちゃった。そうしたらこのお医者さん、いったいどうしたと思う」

「わかんないなあ」

「弁護士さんに相談して、愛人を自分の両親の養女にしちゃったの。本妻さんが自分の遺産をひとり占めするのが許せなかったんですって」

だから自分の子どもは、自分の甥《おい》ということになる。しかしこの出自が問題になるのか男の子には名門私立への道が全く開けないというのだ。

「だけどね、お子さんが生まれたので、奥さんはますます意固地になって、私はずうっと籍を抜かないって言ってるんですって。そうなったら、あの子はずうっと不倫の子で、ちゃんと籍が入らないっていうことになるのよ」

とても他人《ひと》ごととは思えなかった。絵里子がすんなりと離婚するはずはない。おそらく沢木と奈央子は、籍を入れないまま一緒に暮らすことになるだろう。しかし二人きりのうちはいいが、子どもにはつらい思いをさせる…。子ども、と考えて奈央子はうろたえる。なんだ、自分はこんなことまで考えていたのか。

「まあ、私としてはあんまりお勧め出来る相手じゃないわよね」

美穂はまるで不動産屋に勤める女性事務員のような口調になった。沢木が安物の物件のように扱われたことに、奈央子は大層腹が立つ。

「お勧めだろうと、お勧めじゃなかろうと、とにかくこうなっちゃったものは仕方ないじゃないの」

美穂はふふふと、奇妙な笑いをもらした。

「あのさ、ずうっと昔、私がつまんないプータローとつき合っていた時、ナオはよく言ってたわよ。人間の心っていうのは、本人が考えている以上にコントロール出来るんだって。こういう男はよそうと思ったら、そういう風に持っていくことは絶対に出来るんだって…」

「そんなこと、言ったかしら…」

「言ったわよ、私、不倫する人の気持ちがわかんないとまで言ったことがあるわよ。みんな、好きになった人にたまたま妻子がいただけだなんてキレイごと言ってるけど、あんなの嘘だって。みんな不倫をしたいからしてるだけだって」

奈央子は言葉を失ってしまう。確かについこのあいだまで、それに近いことを考えていたのは本当かもしれない。奈央子がいちばん軽蔑していたことは、理性も制御もきかず、だらしない男女のつき合いをして、そのことを垂れ流し式にまわりに話すことではなかったか。不倫をしている女たちを、それほど意地悪い目で見ていたことはなかったけれども、あれほど悲劇のヒロインにならなくてもと考えたことはある。

「今度のことでつくづくわかったでしょう。人の心っていうのは、本当にコントロールがきかないもんだって」

美穂が悪戯っぽく笑いかけてくるが、それに屈伏することは出来ない。

「そりゃあそうかもしれないけど、コントロール出来ない、出来ないって言いながら、それにひきずられていくのは嫌よ。とにかく努力して、違う方向に持っていこうとするぐらいのことはしなきゃ」

「ふーん、ナオは努力したんだ」

「そりゃあそうよ」

奈央子は力を込めて言った。

「ものすごく努力したわ。悲しくなるぐらい頑張ったわ」

「じゃ、その男の人、よっぽどいい男なんだね」

そうなのよと、奈央子は言葉の代わりに大きく頷いた。

「あんな男の人に会ったのは初めて。なんていうのかな、自分の心につっ込みを入れられないっていうか、からかうことが出来ないっていうか。真剣に向かい合って、全力でこの人を愛さなきゃバチがあたるっていう感じかしら」

「すごい、やったじゃない」

美穂はナイフとフォークを置いて、奈央子の顔をまじまじと見つめた。その顔にもう揶揄《やゆ》はない。

「私、ナオのこと信用してるから。そこらのつまんない女が言ってんじゃない。ナオが言うぐらいだから、すごくいい男なんだろうね。お勧め品じゃないけど、極上品かもね。もうこうなったら行くしかないよ。そのヘンな女房が出てきても頑張ってよ。もう頑張るしかないよ。私のまわり見渡しても、みんなだいたい、妻子持ちとはイヤな別れ方してるけど、ナオだったらハッピーエンドになれるかもしれないね」

「ハッピーエンドにならなくてもいいわ」

奈央子は言った。

「すごく大変でも、とにかくスタートを切れたらいいの…」

ここで二人の女はしばらく沈黙し、グラスに残っているワインをやや乱暴に飲んだ。こうなったら相手のことを聞くのは礼儀というものであろう。

「ミホの方はどうなってるの」

「私の方は相変わらずかな。ま、適当にチョボチョボやってるけど、結婚までは遠い遠い道のりよね。全くさ、世間の人って、どうしてあんなにらくらくと、結婚まであたり前の顔してたどりつくのかしら。何の取り柄もない女が、みんなちゃんとあっち側に立っているわ」

大学時代から美人と言われていた美穂であったが、それはいささかも衰えていない。実家に住んでいるというメリットを生かし、エステも定期的に行っているらしい。手をかけたかかけていないかで、はっきりと二分される三十代前半の肌であるが、美穂は前者の方だとすぐにわかる。肌理《きめ》の細かい白い肌は、レストランの照明の下でいっそう映えて、奈央子が男だったら、目の前の美穂に多少なりとも心が動くと思う。

「ミホは選び過ぎなのよ。そこらの男じゃ満足出来ないのよね」

「昔から、ずうっとそう言われてきたわ」

美穂は小さなため息をつく。

「それはずうっと誉め言葉だった。だけどね、今は慰めの言葉になっている。そのくらい私にもわかるわ。そしてね、私のプライドがそうよ、そうよって言ってる。バカよね、女が男を選ぶなんてことは、世の中にそんなに起こりっこないのにね」

今度の相手は年下で、名のある大学病院の勤務医だという。よくある話であるが、友だちの結婚披露宴の二次会で知り合った。新郎が医師だというので、新婦の未婚の女友だちはみんな張り切って出席したパーティーであったが、彼らはそんなこと最初からわかっているぜ、という態度であった。こんなこと、しょっちゅうだから困っちゃうけど、まあ相手をしてやってもいいか、という風の男のひとりと、つき合い始めてもう四ヶ月になるという。

「今度ぐらい、毎日あれこれ考える男もいないわね」

美穂は嘆く。今まで駆け引きということをあまりしたことがなかった彼女には、相手の心を探り、そこから次の出方を考えるなどということは、いちばん苦手なことである。

「あっちの気持ちがわかるの。三十四の派遣社員には、最後のチャンスだろう、自分みたいなエリートの医者と結婚出来たら、それこそ逆転大ホームランだろう。だけどじっくり考えさせてもらうからな。そう、やすやすと思いどおりにはならないからな、っていうのがね、ぴしぴし伝わってくるの。だけどさ、別れられないっていう感じ。だってやっぱりチャンスなのよ。今のところただひとつの可能性だとしたら、自分から手放すのはイヤなのよ…。わかるかなあ、自分でも悲しくなるぐらい、男や結婚に対して意地汚くなってる。ま、だからこんな私の意見なんか聞かない方がいいかもね。ナオみたいな話、あんまり現実感がないのよ」

わかるわ、と奈央子はつぶやく。

「私も三年前だったら、あの人を好きになっていたかどうかわからない。だけど今、運命の人だって、必死で思い込もうとしている私がいるの。もしかしたら、私も可能性っていうやつかもしれない。もう若くないっていう気持ちが、その男とかかわった、半年とか一年っていう時間を無駄にしちゃいけないって思わせているのかもしれない。意地汚いのは、私だって同じよ…」

学生時代からの親友と、しみじみ語り合ったせいだろうか。それとも奈央子の中に、もう覚悟が出来ていたせいだろうか。その夜、絵里子からの電話があっても、奈央子はさほど動揺しなかった。

「こんな時間に電話してごめんなさいね。でももっと早い時間に何度か電話をしたのよ。でも奈央子さんはいないし、私、携帯の番号は教えてもらっていないし…」

いつものようにくどくどした言いわけめいた口調だが、今夜は硬いものがあると奈央子は思う。ふつうを装おうとしているのであるが、つい出てしまう硬く冷たいもの。それはおそらく疑惑というものであろう。

「奈央子さん、久しぶりね。お元気かしら」

「ええ、元気ですよ」

「私もね、風邪をひきかけたんだけど、すぐに治ったの。みのもんたの番組でやってた、ショウガを使ったドリンクがすごく効いたみたいなの」

奈央子は時計を見る。十一時二十八分。そう親しくない女と、世間話を始める時間ではなかった。

「ねえ、奈央子さん。私、前にお願いしていたことがあったでしょう」

「何かしら」

「うちの夫に愛人がいるんじゃないかって。彼の様子を時々探《さぐ》ってくれないかって」

「そんなことあったかしら」

これはこちらを狼狽させ、反応を見ようということなのだと、すぐにわかる。残っていた酔いがいいように働いて、奈央子はごく落ち着いて考える。

「でも私にそんなこと言われても困るわ。だって沢木さんとはあれ以来会ってないし、私に様子を探れって言われてもね」

「そうかしら」

「そうよ。あたり前じゃないの」

「でもね、夫のつき合っている女の人は、奈央子さんだっていう人がいるのよ。二人でいるところを見たって」

あらかじめ決められていたような沈黙が続く。奈央子はこれを自分の肯定にしようと心に決めた。もうこの女から、気味の悪い詮索や図りごとをされるのは心から嫌だと思った。もうこうなったら仕方ない。正々堂々と戦うしかないだろう。

いよいよ始まるのかと、奈央子はまだ続く沈黙の中で考える。何人かの女から話を聞いてきた。不倫相手の妻との間で始まる、長い長い戦い。それはかなり陰湿なものらしい。未婚の者同士の嫉妬や戦いとは、わけが違うと女のひとりは言ったものだ。持久戦になることもあるし、たいていは心理戦だ。子どものことを持ち出されて、ねちねちやられるのには本当にまいったと。

「ねえ、奈央子さん、近いうちに会ってくれないかしら」

「会ってどうするの」

「だっていろいろ話さなきゃいけないでしょう」

ここで彼女は、声のトーンをがらりと変えた。感情に被せていたものを、いっきに剝《は》がし取ったような声だ。

「だってね、奈央子さんは私のことをずうっと騙していたのよ。私と仲よくしていて、そして夫を奪った。そして私のことを陰でせせら笑っていた。どうしてこんなひどいことをしたか、その理由を聞きたいの」

「ちょっと待ってよ」

奈央子はやっとことの重大さを理解した。もしかすると、自分はいちばん話をこじらせる方法をとったのかもしれない。この種類の女を刺激しないことを、まずいちばんに考えなければならなかった。そのためにはもう少し白ばっくれることが必要だった。が、仕方ないと奈央子はすぐにその考えを打ち消す。

もう沢木自体が大変な失敗を犯したばかりなのだ。先日、絵里子に離婚をきりだした際、好きな女がいると告白している。二人揃っての失敗。二人とも確信犯であり、当然のことながら共犯であった。私たちは既に覚悟は出来ている。私の方がまず、先に進まなくてはいけなかったのだと奈央子は決意する。

「それについては、こっちにも言わせて。近づいていったのは私じゃないわ。それとあなたと仲よくしていた、というのも意味が違う。言いわけはしないけれども、騙す、なんてことはしたことはないわ」

「とにかく会ってよ」

絵里子はぶっきら棒な声を出した。

「とにかくちゃんと会って、話を聞かせて頂戴よ」

「それは出来ないわ」

その時とっさに答えた自分を、後から奈央子は不思議に思い、そしてその倍の大きさで後悔した。

「沢木さんに相談してみないことには、あなたに会うわけにはいかないわ」

「何ですって」

受話器の向こうで悲鳴のような声があがり、奈央子はしまったと思う。

「私と会うのに、どうして主人に相談しなくちゃいけないの。何を主人に相談するんですか」

シュジン、シュジン。いつのまにか夫が主人になっている。この古めかしい呼び名の方が力を持つと、絵里子は信じているようだ。

「どうして、あなたが、他人のあなたが主人と相談しなくっちゃいけないの」

こういう声を聞いているうち、自分でも驚くほど、意地悪くなっていく自分に気づいた。ダテに何年も働いているわけではない。どういう言葉を発し、どうやっていけば相手の心にぐさりといくか、そのくらいよく知っている。奈央子にとって、働かずに家庭に引き籠っていた女の心をひきずりまわすぐらいいくらでも出来る。

「だって私が勝手な行動をとったら、沢木さんに叱られてしまうわ。今がいちばん慎重にならなくっちゃいけないって、いつも言われているんですもの。だから私ひとりが、あなたに会うことはまず無理だわ」

「あなた、何言ってんのかわかってるの」

哀れな絵里子は、ついに大きな声をあげた。

「沢木は私の夫なのよ。その夫をあなたは誘惑した。しかも私に近づいて、私と仲よくしていてね。奈央子さんって本当に怖い人よね。私、あなたぐらい怖い女の人を見たことはないわ。私、あなたを許さないわ。そうよ、絶対に許すもんですか。ねえ、知ってる。私、あなたに対して裁判を起こすことが出来るの。慰謝料だって貰えるのよ。そのくらい、妻の立場は強いの。子どもだっているわ。だからね、あなたがどんなに怖しいことをしても無駄よ。ねえ、わかっているの。何か言いなさいよ。あなたを法律で訴えることも出来るのよ」

いよいよ始まった、と奈央子は思う。これが世に言う妻の攻撃なのだ。あらゆる侮辱、あらゆる罵倒《ばとう》にあうと友人のひとりは言ったものだ。

けれども困ったことに、その時奈央子の中に起こったものは、まさしく闘志というものであった。

「これなら勝てる」

奈央子はもはや、絵里子の罵り声など聞いていない。自分の中に芽ばえたものを確かめている。

「思っていたよりも、ずっとバカで情けない女じゃないの。こんな女になら楽勝だ。私は勝つわ。だって勝ってあげなきゃ、あの人が本当に可哀想だもの」

ねえ、聞いてるのと、絵里子が大きな声をあげる。

「あなたのこと、絶対に許さないから。わかっているでしょう。あんたの家にも会社にも言いつけてやる。この社会から、あんたを抹殺してやるから、見ててらっしゃい」

この女ならやりかねないだろうと、奈央子はぴんと張りつめた心で思った。


出社すると、まずファックスの束をトレイから取り、それを仕分けするのが奈央子の仕事である。メールですべてこと足りると思われている商社であるが、ファックスで送られる書類は結構多い。宛名があるものはいいのだが、宛名がない場合も多く、中身によって誰に渡すか判断しなくてはならない。この仕事を派遣の女性に頼んだことがあったが、たちまち苦情が殺到した。

「やっぱりナオちゃんがやってくれよ」

ということで、再び奈央子の担当になったのである。そろそろ古参の部類に入ると言われながら、こうした雑用はずうっと奈央子についてまわることになりそうだ。

英語の書類がほとんどであるが、日本語のものもちらほらと混じっている。なぜか銀座のバーの、開店記念パーティーのお知らせや、映画の試写会の通知が個人名宛てに来ることもあり、そういうものは他の書類の下に置く気配りを忘れない。

そして奈央子は一枚のファックスを見た。他のものに比べてひら仮名が多く数字が全くない。手に取る前から私信とわかるその一枚が目に入った時、不吉な予感がした。そのファックスは手触りからしてまがまがしかった。


「東西商事　機械部の皆さまへ。

お久しぶりです。私のことを憶えていらっしゃいますでしょうか。

食品二部に勤務していた沢木絵里子、旧姓鈴木絵里子です。在職中は皆さま方に本当にお世話になりました。本当に楽しく有意義な会社生活だったと、今でも感謝しております。私の方は八年前に寿退社した後、やさしい主人との間に一女を得て元気でやってきました。

ところが最近、私の幸福を壊そうとする人が現れたのです。そちらに勤務する野田奈央子さんです。野田さんはかつての先輩という立場で私に近づき、そして私の夫を誘惑しました。私はあまりのショックで、体の具合が悪くなったほどです。

お世話になった職場の先輩、東西商事の社員ということですっかり信用していたのに、私たちの温かい家庭は、野田さんによってめちゃくちゃにされてしまったのです。

このようなことが行なわれていることを、東西商事の皆さまはご存知なのでしょうか。そしていったいどう思われるか。私はかつての先輩・同僚の皆さまに訴えたいと思っています。沢木（旧姓鈴木）絵里子」

恐怖が一段落した後、奈央子の胸に訪れたものは怒りであった。何という卑劣な女だろうか。自分の私的な恨みを、こうして相手の職場にぶっつけてくる。社会性というものが全くない。いや、それどころか病んでいる。奈央子が想像していたよりも、ずっと深く暗く病んでいたのだ。

「奈央子さん、ちょっといい？」

後ろから遠慮がちに声をかけられた。隣りの課の岩崎《いわさき》ゆかりが立っている。奈央子よりも三期後輩の女だ。

「ちょっと見ていただきたいものがあるの。どうしようかと思ってちょっと迷ったんだけど、やっぱり見てもらった方がいいと思って…」

この時ゆかりの表情に、少しでも好奇心や揶揄のようなものがあったら、奈央子はためらったに違いない。けれども紺のジャケットのゆかりは、綺麗な肌に薄化粧をほどこしていた。信用出来る働く女の顔である。

「ちょっといいですか…」

ゆかりは奈央子を、自分の課のブースへと導いた。朝の早い時間なので、まだ席に着いていない社員が多い。中東から帰ったばかりで髭をたくわえた部長が、大きな声で電話で何やらやりあっている。

「どうでしょうかね、これ」

仕事で何か尋ねたい風を装い、ゆかりはわざと大きな声をあげた。そして奈央子の身を隠すように体の向きを変え、すばやくマウスを動かした。パソコンの画面には、さっきのファックスと同じ文面が映っていた。ファックスの文字も不気味だったが、ディスプレイに浮かび上がる白い文字は、大きな悪意のように見える。

「あちらは、私のメールアドレス知っているんです。同期だったもんですから」

ゆかりはすばやくささやく。

「おそらくあちらが知っているのは、私のアドレスぐらいだと思うんですけど…」

その時、ゆかりのデスクの上の電話が鳴った。ランプは社内であることを表している。

「もし、もし…。はい、加藤さんね」

ゆかりは顔を上げ、視線を動かした。その先に電話をかけている加藤博美の姿が見える。

「うん、わかったわ」

ゆかりは受話器を置いた。

「目立たないように、給湯室の方へ行ってください。博美ちゃんがお話があるみたいです」

コーヒーサーバーとティーバッグシステムが完備しているこの会社では、女性がお茶を淹れることはない。といっても女性用トイレの横のこの給湯室は、昔から女たちがほっとひと息入れるところだ。全館禁煙にもかかわらず、こっそり灰皿も置かれている。

そこに六人ほどの女が立っていた。おそらくこれほどこの部屋の人口密度が上がったことはなかっただろう。狭い部屋は、若い女たちの体臭と温かさで充たされていた。

「奈央子さん、もう知ってますよね」

口火を切ったのは、奈央子の〝妹分〟と自他共に認める博美である。

「今朝いちばんで、私たちの課のファックスにヘンなものが流れてきたんです。私、確かめたんですが、ファックスが流れたのはこのフロアだけです。私たちがちゃんと処理したんで安心してください」

「ありがとう…」

奈央子は力なく答えた。後輩たちに自分のいちばん恥ずかしいところを見られてしまった。それが死ぬほどつらい。自分は何ひとつ悪いことをしたとは思っていないが、こんな異常な妻を持つ男を愛してしまったのだ。なんという格好悪さだろうか。ふだん奈央子は、自分のことを見栄っ張りだとか、体裁屋だとか思ったことはない。それはとんでもない間違いだった。

今、奈央子は身の置きどころがないような恥ずかしさの中にいる。恋をしている時だけは、男に愛されている時だけは、女たちの羨望の中にいたかった。あんな素敵な男を手に入れたのね、いいわねと、仲間に言われたかった……。

奈央子の思いを察したのか、博美と同期の塚本玲子《つかもとれいこ》はひと言、ひと言、嚙みしめるように喋り始める。

「あの、奈央子さん、このことでどうか負い目に感じたり、嫌な思いをしないでください。私たち、この年になればみんな同じようなことを経験しています。だから私たち他人ごととは思えないんですよ。これから何があっても、全部私たちのところで喰いとめますから」

「ありがとう…」

奈央子は再び礼を言い、再びみじめさがこみ上げてきた。自分はこんなことで後輩たちに礼など言いたくはない。こんなはずではなかった。こんな「ありがとう」を言いたくないために、自分は職場で頑張ってきたのではなかったか。奈央子は自分だけにわかる深呼吸を二度ほどした。そして顔を上げる。

「どうもみんなありがとう。心配かけてごめんなさい。みっともないところをお見せしたわ。このことはきっと私の方で解決します。もうみんなに迷惑はかけないわ。本当にごめんなさいね」

「頑張ってくださいね」

後ろの方で三期下の女が言ったが、頑張ってください、という言葉は奈央子が最も嫌悪するものであった。

奈央子の中に、幾つかの記憶が浮かび上がる。商社というところは、男女のトラブルが案外多いところだ。表面下の色恋沙汰は、それこそ掃いて捨てるほどあるのだが、膨れ上がった情念ができもののように、ぼこっと顔を出すことがある。あれは五年前のことになるだろうか。

「私はここの部長に捨てられました」

というプラカードを首から下げた若い女が東西商事の前に立ったことがある。プラカードにはもちろん男の実名と、結婚するという約束を信じて何年も愛人関係を結んでいたこと、それなのに堕胎させられた揚句、捨てられたことなどが書かれていた。これは週刊誌でちょっとした記事になったほどである。

そうかと思えば、会社に乗り込んできた妻もいた。夫の不倫相手に会わせろと、応接室でわめいたというのだ。奈央子は直接見たわけではないのだが、すぐに帰れという夫に向かって、もうあんたに騙されるものかと、上品な服装をした女は大声で怒鳴り返したという。噂程度の情事には寛大な商社であるが、さすがにこの男たちは二人とも左遷させられた。誰が見てもはっきりとわかる処分が下ったのだ。

私はどうなるのだろうかと、ふと奈央子は思う。このまま隠しおおせられるものでもなく、上司の耳に入る日も近いはずだ。男の社員は左遷という罰があるが、奈央子のような女子社員はどうなるのか。組合があるから解雇ということはあるまいが、どこか遠くの関連会社へ行かされることは充分に考えられる。しかし今までこうした罰が下った女子社員の話は聞いたことがない。女が罰を下されるほど高い場所にいたこともないせいだろうし、これほど愚かなトラブルの当事者になった女もいなかったせいだ。

いつだって訴えられるのは男の方であったのはどうしてだろうか。いや、そんなことはどうでもいい。とにかく奈央子は、職場という大切な場所をおびやかされているのだ、憎しみというものによって。

絵里子がおびやかそうとしているものは、奈央子の職場だけではなかった。

話があるから今度の週末は絶対に帰ってきて頂戴、という母の電話を受けた時、奈央子はやっぱりと思った。絵里子が実家に触手を伸ばさないはずはない。同じ会社に勤めていたのだから、住所はすぐにわかっただろう。

「電話で済まない話かしら」

それでも一応は尋ねる。

「そんな話じゃないわ。自分でも心あたりがあるでしょう」

母の厚子はいつになく険しい声で、奈央子は覚悟を決めた。

ただ父親のいる前で、こうした話をするのは抵抗がある。ことさら仲が悪い父娘ではないのだが、昔からざっくばらんにボーイフレンドの話をしたことは一度もない。照れ屋なのはどうやら遺伝らしく、父はその日ゴルフに出かけていた。

「ナオちゃんが来るのがわかったとたん、急に決めたのよ。きっと自分の口から言うのが嫌だったのね。本当に無責任なんだから」

厚子は腹立たしそうに言い、奈央子の前に一通の封書を置いた。まるで年配の女のような書き慣れた端整な文字で、両親の名前がしたためられていた。職場に来たファックスほどのショックはない。もうここまで来たのだという居直りと、身内にすべてを聞いてもらいたいという甘えとが、奈央子を落ち着かせている。

「これ、読んでみる？」

「いいわ。読まなくてもわかっている。私のおかげで、平和な家庭がめちゃくちゃになったって書いてあるんでしょう」

厚子はそれには答えず、静かにリンゴをむき始めた。奈央子はふと幼い日、風邪で寝ていた時を思い出す。あの時も母は枕元でリンゴをむいてくれたはずだ。あれから何十年がたったのか。もう無垢《むく》な少女は姿を消し、不倫相手の妻に罵られる娘のために、母はリンゴをむくのだ。やがて口を開く。

「私ね、ナオちゃんってもっと賢い人だと思って信用していたのよ。絶対にこういうことは起こさないだろうって」

しばらく沈黙の後、奈央子は快活で率直な娘に徹しようと決めた。

「私もびっくりしている。妻子ある男を好きになる女なんて、自己愛が強くて、自分の心にコントロールが利かない人だって思っていたから」

「ナオちゃんて、恋愛や結婚に対してちょっと冷めたところがあるから、お母さんはかえって心配していたぐらいなのよ。このコはたぶん理知的な選択をするだろうけど、それも女親としては淋しいな。燃えるような恋をして欲しい、それが愚かなことでもいい、なんてお母さんバカなことを考えたことがあるけれど、まさかこんなことをするとは思ってみなかった」

奈央子は厚子の顔を見る。ひどく淋し気で疲れていた。娘のアバンチュールを多少期待していたというが、妻子ある男というのは想像外であったようだ。絵里子の手紙はおそらく娘のことがねちねち書かれていたに違いない。この娘から父親を奪おうとしている。娘の心はどれほど傷つくだろうかと。これも厚子のような年齢の女にとって、いちばんこたえることなのだ。

「ねえ、どうしてなの」

突然問うてきた。

「あちらはまだ小さなお嬢さんもいらっしゃるんでしょう。奥さんはナオちゃんのせいで、すっかり精神がまいってしまったって書いてあるわ。ナオちゃんみたいに頭のいいコがどうしてわからないの。人の不幸の上に築く幸せなんて絶対にあり得ないの。人の不幸とひきかえに、自分だけが幸せになるなんて、そんなことは絶対にないのよ」

「私、そんなことはないと思う」

奈央子は目を伏せた。すると皿の上に置かれた小さなナイフが目に入った。これ以上何か言うと、母はこのナイフで自分を刺すだろうか。お前のような恥知らずの娘は死んだ方がいいと、突然とびかかってくるのではないか…。ふと怖しい妄想に奈央子は身を震わせた。

「だって欲しいものはひとつしかないんだもの。私もその男の人が欲しいと思うし、もうひとりの女の人も欲しいと思う、だったらどっちかが負けて、不幸になるのは仕方ないわよね。そしていちばん大切なことは、その男の人は私とでなきゃ幸せになれないって言っていることなの」

「ナオちゃん」

厚子は叫んだ。

「なんて馬鹿なことを言うの。その男の人はね、何年か前、奥さんと結婚した時に同じことを言っているのよ。君とでなきゃ幸せになれないって。そしてその男の人はね、奥さんに飽きて、今同じことをナオちゃんに言ってるだけなの」

「彼はね、昔そういうことを言ったために、ずうっと不幸だったのよ。その手紙を見たらわかるでしょう。こういう手紙を書くこと自体、どこかおかしい非常識な人なの、会社にだって、ファックスやメールでこういうものを送ってくるのよ」

「まあ」

厚子の目は、今度は驚きと恐怖で大きく見開かれた。

「会社にもですって。そんなに大変なことになっているのをどうして言わないの。よりによって、どうしてそんな男の人を選んだのよッ」

「あのね、聞いて、ママ…」

深呼吸する。これは自分自身に言いきかせる言葉であった。

「私、学校でも会社でもずうっといい人で通ってた。いつだって皆に頼りにされて、相談ごとを持ちかけられてた。損な役まわりになるってわかってても、いろんなことをしたわ。私はそういうキャラクターなんだって思ってたの。でもね、私ね、もうそういうことをしなくっていいような気がしてきた。なぜって生まれて初めて、本当に、心から欲しいものを見つけたからよ。まわりから石をぶつけられてもいいの。最低の女って言われてもいいの。もうね、人の好意とか尊敬とか、そんなものはどうでもよくなってきたの。他の人を不幸にしたって、自分は幸福になる。そう決めたんだから」

「まあ、ナオちゃんったら…」

厚子の目から涙がハラハラとこぼれ落ちた。ナイフを持つ代わりに、母は手で顔を覆う。

「もうお母さん、ナオちゃんがわからなくなったわ…」

ああ、母をこんなに苦しめたことは初めてだと奈央子は思う。自分は結構いい娘だったのだ。それなのに男のために親を泣かせてしまった。今まで遠い世界のことだと思っていた演歌の世界に、自分はどうやら足を踏み入れたらしい。

ふたつの大きな出来ごとを、沢木に電話で報告した。今夜にでも会おうと彼は言ったのだが、事務的に話した方がいいだろうと奈央子は判断した。汚らしいトラブルによって、二人の心がさらに寄り添うというのは、最も避けたい事態である。

しばらく沢木は言葉を失っていた。

「すまない…」

うめくような声に、彼の苦悩が表れていて、奈央子はやっぱり会わなくてよかったと思った。

「彼女が君にこんなに迷惑をかけているとは知らなかった。いや、迷惑なんてもんじゃない。もう彼女は狂ってるんだよ。本当に常軌を逸している」

「私もそう思うわ。あの人は、社会人としてしちゃいけないことを次々とし始めた。これ以上ほっとくと大変なことになるはずよ」

もはや綺麗ごとを言っている場合ではなかった。沢木と奈央子とは完全に〝被害者たち〟になったのだ。被害者の絆ぐらい強いものはない。認めたくはないけれども、それは本当のことだ。いつのまにか奈央子と沢木とは、愛情の上にそれを重ねているのである。

「前から考えていたことだけれど、僕は家を出ようと思う。いつ彼女が豊橋から帰ってくるかと思うと、僕は気が気じゃないんだよ。もう僕から説得しても無駄だから、彼女の両親に頼むつもりだ。その前に僕は家を出ようと思う」

「家を出てどうするの」

「とりあえず君のところへ行くつもりだよ」

「それは駄目よ」

意外なほど大きな声が出た。

「今はそんなことをしちゃいけないわ。こんなゴタゴタしている時に、あなたが家を出て私のところへ来たらどうなると思うの。ありきたりの話になってしまうし、あの人だってもっと冷静さを失ってしまう」

母の厚子にあれだけの啖呵《たんか》を切ったはずなのに、こういうところはいい子ぶるのだろうかと、奈央子は自分のことをいぶかしく思う。

「とにかく会って話そう。すぐ時間をつくる。明日遅くなってもいいなら、君のところへ行くよ」

「わかったわ」

「奈央子」

あらたまって沢木は言った。

「愛してるよ。こんなことで君を失いたくないんだ。わかってくれるだろう」

「もちろんよ。私だってそうよ」

「二人で頑張ろう。そして二人で幸せになろう」

この気恥ずかしいフレーズは、いつのまにか二人のスローガンになりつつある。事態は性急に動き始め、そしてさまざまな危険をはらんでいた。奈央子は考える。こんなスリリングな恋をしている人間が、いったい何人いるだろうか。今どき親に反対されたりする恋など、ほとんどあり得ない。相手が独身ならばという条件がつくけれども、みんな適当な相手を見つけ、リスクのない恋を楽しんでいるではないか。それなのに自分はどうしてこれほど困難な道を選んだのかと、奈央子はまんざらつらいだけでないため息をつく。

そして歯を磨く前に、それが習慣のメールをチェックする。奈央子のマウスがぴたっと止まる。そこに絵里子のメッセージを見つけたからだ。プライベートの方のアドレスは、親しい人にしか教えていない。それなのに絵里子は、奈央子のアドレスを探りあてたのだ。会社でファックスを受け取った時よりも、じっとりと湿った恐怖が奈央子をつつむ。


——奈央子さん、お元気ですか。

私は失礼なことをしたかもしれません。あなたの会社にファックスやメールを送ったり、あなたのご両親に手紙を差し上げたことについてはおわびします。あなたは私のことを、もう頭がおかしくなった女だと思っているでしょうね。

私はこうなったのをあなたのせいだと思っていました。けれど違います。そのことをあなたにお話しした方がいいと思います。

奈央子さんは、今私の夫に夢中らしいので、私の言うことを信じてくれないかもしれません。でも聞いてください。

私は以前、夫が浮気したことをお話ししましたね。カナダ人女性のこともありましたが、深刻だったのは日本に帰ってからです。私はその時、とてもいためつけられました。精神科に通うようになったのはその頃です。どんなことが起こったと思いますか。今と全く同じことがあったのです。嘘じゃありません。女の人を好きになると、主人は必ず私と別れるというのです。そして家を出て、その女の人と暮らすのです。話し合いもちゃんとしないうちに、そういうことをされたらいったいどういう気持ちになると思いますか。あまりのつらさに、精神のバランスがとれなくなるのは、あたり前の話ではないでしょうか。

でもあなたは、私の話を信じてくれないと思うので、相手の女性の名前をお教えしましょう。その人は河田沙知子《かわださちこ》さんといって、クラウン研究所というシンクタンクに勤めています。奈央子さんもそうですけれど、キャリアを持つ知的な美人が主人の好みです。四年前、いったいどういうことがあったか、彼女に聞いてからでも遅くはないと思います。私はこの人によって、第一回めのダメージを受け、そして二回めをあなたから受けようとしています。そのダメージはそっくりで、そして二人の女の人も似ています。

嘘だと思うならちゃんと調べてください。私は非常識なことをしますが、嘘はつかない人間です。それではまた。沢木絵里子——

これは罠だ。いつもの嫌がらせに決まっていると思うものの、奈央子はその文字を見つめている。「河田沙知子」。その女が生きて、この東京に働いていることだけは確信を持てた。

第八章 妻の呪い

おそらくビジネスマンだったら、クラウン研究所の名は誰でも知っていることだろう。シンクタンクとしてはそう大きくはないけれども、所長がよくテレビに出て経済問題を喋っている。アメリカの大学で教壇に立っていたこともあるという彼は、話も理路整然としており、いかにも切れ者という感じだ。ああいう男に気に入られて入社するからには、その女もかなりの聡明さを持っていると判断すべきだろう。

「河田沙知子」

奈央子はその名をつぶやいてみる。漢字もはっきりと書けるほどだ。いかにも頭のよさそうな名だと思った。上質のスーツを着こなし、自在に語学と数字を操る女をたやすく想像することが出来た。

「奈央子さんもそうですけれど、キャリアを持つ知的な美人が主人の好みです」

「そして二人の女の人も似ています」

絵里子のメールの言葉も、何度も何度も浮かんでくる。あんな女の言葉を誰が信用するものかと思うけれども、日ごとにそうした言葉は奈央子の中で膨らんでいくのである。

「あの人は、自分の夫と私を別れさせようと必死なんだ。だからどんなこともする。どんな嘘もつこうとしている。まるで私に呪いをかけるように、他の女のことを吹き込もうとしている。だけど絶対に負けるものか」

そう自分に言い聞かせることは出来た。けれども記憶は奈央子を裏切っていく。

「河田沙知子」

この文言が、ひょいと現れたらもう駄目だ。その後に、

「二人の女の人も似ています」

という言葉が続いてやってくる。そんなに自分と似ているのだろうか、いったいどんなところが。顔立ちだろうか、それとも全体の雰囲気なのだろうか。沢木はよく自分のことを「運命の女」のように言うけれども、ひょっとしたら単に好みに沿っているだけかもしれない。

好みの女ではいけないのか。人というのは恋に陥《お》ちる前に「好みかどうか」ということで選別される。けれどもその種の選別にかけられたと思うことがやはり口惜しい。「運命」よりも「好み」ははるかに軽いからだ。

けれども奈央子は、彼女に絶対会うことはあるまいと思った。沢木を信用していないことになるし、それ以上に絵里子の策略にのるのが嫌だった。彼女が奈央子を混乱させようとしているのはあきらかだ。メールで謝罪したぐらいだから、当分怪文書を流すことはあるまい。その代わり情報操作に出たわけだ。

どうすれば奈央子が混乱するか考えたのだろう。

「でも絶対その手にのるものか」

それなのに奈央子が、河田沙知子に連絡をとろうとしたのは、ある偶然からであった。いや、奈央子は本当はきっかけを探し求めていたのかもしれない。そういう人間のところには、きっかけが偶然と名づけられてよく近寄ってくるものだ。

学生時代からの親友美穂から電話がかかってきた。

「ねぇ、丸山哲弥《まるやまてつや》の講演会行かない」

奈央子は心臓が止まるかと思った。丸山哲弥といえば、クラウン研究所所長にして、売れっ子の経済評論家である。しょっちゅう講演はしているだろうけれども、どうしてよりによって彼と親友との線が結びついたのだろうか。

「あのね、私がいま派遣で行ってるところが主催で、彼の講演会開くのよ。社員が聞くんじゃなくて、お得意さんを接待するためよ。だけどね、案外来る人がいないの。空席が出来るのも何だから、総務の人間だけでも行ってくれって言われたんだけど、あそこの社員ってアホばっかりだからさ、丸山哲弥なんかに興味ないのよ。どうせだからチケット二枚貰ってきた。ねぇ、行きましょうよ。不景気がどれだけ続くのか、ああいう人の口から一度はっきり聞きたいと思ってたのよ。講演会って、テレビと違って本音をずばずば言うから面白いらしいわよ。テレビだとやばい話もいっぱいするんだって」

「そうねえ……」

しばらく考えて奈央子は言った。

「行ってみようかな。たまには堅い話を聞くのも面白いかも」

ところが丸山哲弥の話は、面白いというよりもまるで漫談のような趣があった。有名政治家や経営者の暴露話をして皆を笑わせる。もともと丸山という男は、インテリとは思えないような個性的な風貌をしていた。細い目と出っ歯。眼鏡までかけているのだから、外国で描かれる日本人の戯画そのものだ。テレビで見るよりもはるかに背が低い。

「あんなおっさんが、よく外国の大学で教えてたね」

美穂がそっとささやいたぐらいだ。けれども話術はさすがで、聞き手を笑わせながら、国際社会全体から見た日本像を要領よく語っていく。

「結局はねえ、もうアメリカからは相手にされていないんですよ。彼らがね、次のパートナーとして選び出しているのは中国です。上海へ行ってごらんなさい。それがはっきりとわかります。日本の実力っていうのはね、本人たちが考えているよりもずっと低いんです。悲しいけどそれが現実なんです」

美穂は、そうした言葉をメモに書きとっていく。その姿に奈央子は目を見張った。

「どうせ私は派遣なの。これからはまあ力を抜いてやっていこうと思っているの」

ゼミの中でも成績が優秀だった美穂がそう口にしているのを聞いて、奈央子は少々歯がゆい気持ちになったものだ。けれども美穂は美穂で何らかの準備はしているらしい。このままでは終らないという気持ちが、講演会にも来させるし、メモも熱心にとらせているのだ。奈央子はそんな親友の姿を見て嬉しい。この後も、沢木との話を聞いてもらうつもりでいるが、もううんざりと内心思っているかもしれない。絵里子のような妻を持つ沢木は、

「そんな女房がいるんじゃ、やっぱりたいした男じゃないかもね」

という言葉で片づけられてしまうかもしれなかった。

やがて大きな拍手と共に講演会が終った。奈央子はすぐに席を立つつもりだったのだが、美穂に引き止められた。

「この後、隣りの部屋でカクテルパーティーがあるのよ。オヤジばっかり八十人だから、きっと食べるものが余ってるはずよ。わりと予算のあるパーティーみたい。食べるもの食べてから、どこかへ行こうよ」

招待客たちがぞろぞろと部屋を移動し始めた。人数にしてはずっと多くテーブルが用意され、その上にはオードブルなどが置かれている。ローストビーフをはじめ温かい主菜は奥のテーブルだ。美穂の会社は新興の薬品会社であるが、ここはかなり景気がいいらしい。

驚いたことに、講演を終えた丸山哲弥もこのパーティーに加わった。気さくな人柄なのか、あるいは商売上の習慣なのか、腰を低くして客の男たちと名刺交換をしている。頼まれると写真撮影にも応じていた。それがひととおり終り、彼が出口に向かった時だ。

「丸山先生」

美穂が大股で近づいて行った。

「今日のお話、素晴らしかったです。私のようなものでもよくわかって、とても勉強になりました」

「ほおー、君のような若いお嬢さんが聞いていてくれたとは嬉しいなぁ」

美人の美穂に声をかけられ、丸山は相好《そうごう》を崩す。著名な知識人と思っていたが、こういうところを見るとそこいらにいるふつうの初老の男である。

「私、ご本も何冊か持っているんです。このあいだお出しになった『だから駄目なんだ、日本経済』は何度読み直したかわかりません。あーあ、私ったらどうして持ってこなかったのかしら。先生にサインをいただけたかもしれないのにィ」

美穂は大げさにため息をついたが、暗い服の男たちの中でそうした声をたてると、大層華やいだ。ふだんはそういうことをしないが、ここぞと思う時は色気を出すことが出来る女である。

「それならばさァ」

丸山は懐から名刺入れを出した。

「僕のところへ送ってくださいよ。サインをしてすぐに送り返しますよ。僕の方から新しいのにサインしてあげてもいいけど、あなた自分の本の方がいいでしょう」

「そうなんです。わぁ、嬉しい。先生のサインいただけるなんて夢みたいだわ」

この美穂の勢いが奈央子を刺激した。自分でも思いもよらぬことを口走っていた。

「あの、私の知り合いで河田沙知子さんっていう人がいるんですけど、ご存知でしょうか?」

「ああ、河田君ねえ。いますよー」

丸山はプライベートでは妙にねっとりとした喋り方をし、それが老けた印象をあたえた。

「うちは五十人もいないところですからねぇ、もちろん知ってますよ。あなた、河田君の友だちなの」

「ええ、知り合いっていう感じですけど」

「そお、よかったら彼女を訪ねたついでに、僕のところへ寄ってもいいよ。忙しくてほとんどいないけど、たまに部屋にいる時があるから河田君に聞いてみて」

「ええ、そうします」

河田沙知子の名を発音し、実在の人物だと確かめたとたん、彼女はいきいきと呼吸し始めた。顔かたちはどんな風かわからないけれども彼女は確かにいて、この東京の近くに住んでいるのだ。

「じゃさ、君にも名刺あげる」

自分のそれがどれほど価値を持つのか知っているだろうといわんばかりに、丸山は名刺を差し出した。奈央子も反射的に自分の名刺を出す。

「ふうーん、東西商事の方ねぇ…」

丸山の口調はねちっこさを通り越して妙に女性的になった。

「おたくの武山《たけやま》さん、元気ィ」

武山というのは社長の名である。何かあると社内ネットの画面から訓示を垂れたりする。

「私のような下っ端は、会うこともありませんけど」

「そうなの。僕さ、よくおたくの武山さんとゴルフするんだけど、あの人、すごおくうまいのよね。このあいだホールインワン出したの、知らない?」

「いいえ、知りません」

「ふうん、社員の人も知らないんだ」

丸山は鼻の先でフンフンと唄うように言ったが、彼の興味はもはや傍で手を振っている初老の男に注がれているのはあきらかだった。

「じゃあさ、河田君とこに来ることがあったら寄ってよね」

彼の後ろ姿を見ながら、美穂はすばやくささやいた。

「思ってたより、すごい俗物のおじさんだったけど、あれはあれで面白いかもね」

けれども奈央子はもはや聞いていなかった。河田沙知子がこれほど現実的なものになった今、電話をかけてみるのも構わないような気がした。

「本当に彼女はいたんだ」

私は嘘をつかない人間だと絵里子は言った。けれども重要なことは脚色しているかもしれなかった。沙知子と沢木とはただの知り合いかもしれない。あるいは沙知子が一方的に好意を持っていたぐらいの仲かもしれない。絵里子は、奈央子が彼女に会わないことを前提にいろいろ策略を練っていることだろう。ここで丸山と会ったのは、会ってきちんと確かめるようにと、大きな力が働いているからかもしれなかった。そして次の日、奈央子はクラウン研究所の電話番号を押していた。


双方の会社に近いということで、青山に新しく出来たカフェテラスを選んだ。カフェといっても、ここは食べ物が充実していてちょっとした食事が出来るようになっている。夕方という時間帯ゆえ、話が長びいたらここで食べるのもいいかなと奈央子は考えた。

「オレンジ色のジャケットを着ています。目立つ色ですから、すぐにわかるはずです」

と奈央子は電話で言った。バーゲンで買ったそれは外国のブランドもので、生地の質も色合いも申し分なかった。皆に誉められ奈央子も気に入っていたのであるが、その彩やかな色は、たそがれのカフェの中であまりにも目立った。悪目立ちしているのではないかと、さっきから奈央子は気になって仕方ない。

ビールを飲みながらあたりを見ていた。向こうからひとりの女が近づいてきた。河田沙知子だと直感した。洋服も歩き方もあかぬけていた。グレイのスーツが、上質なものなのはひと目でわかった。タイトスカートの形が美しく、おそらく高級ブランドのものだろう。綺麗な女だ。背はふつうぐらい。髪もよく手入れされている。けれども、自分とは似ていない。

「野田さんですか」

やはり彼女は河田沙知子だった。奈央子の前に立った。表情は硬い。あたり前だ。沢木のことで話があると言って、いきなり電話をかけたのである。

「すいません、呼び出しちゃって」

「いいえ…」

沙知子は優雅な手つきで椅子を引き寄せた。その指先はきちんとマニキュアされていた。

「あの、すいません。先にやっちゃってます。ビールなんか飲んでますけど…」

「じゃ、私もビールをいただきます」

笑わないまでも、表情をゆるめた。奈央子はシャープな顔つきの女を想像していたのであるが、実際の沙知子はふっくらとした丸顔だ。黒目がちの大きな目がいささか少女じみていて、シンクタンクで働く女というイメージからは少々違っていた。

目のあたりの皮膚から、三十代半ばと奈央子は推定したけれども、どこかあどけない雰囲気がある。

顔だけ見ていると、いいところの奥さんといった方がとおりそうだ。

「あの、このあいだおたくの丸山所長とお会いしました」

「そうですってね。君の友だちで東西商事に勤めている人と会ったって、すぐ次の日言われました。あの人、女性に関してはすごくめざといしマメだから、そういうことはちゃんと伝えてくれるんです」

沙知子は初めてくすりと笑った。

「学生時代の友人でひとり、東西商事に勤めていた人がいるんですけど、彼女はとっくに結婚して辞めてたからヘンだなあと思っていたんですけど……」

「あの、その友だちは沢木絵里子さんですか」

「いいえ、違います」

沙知子はきっぱりと答えたが、表情が再び硬くなった。

「あの人とはまるっきり関係ありません。私と沢木さんとは、全然違うところで知り合ったんです。私、今日来るの、本当にどうしようかと迷ったんです。なんで今さら、沢木さんのことで、まるっきり知らない人と会わなきゃいけないんだろうって」

「そりゃそうです。本当にすいません」

奈央子は頭を下げた。やがてビールが運ばれてきた。沙知子はいっきにグラス半分ほど飲む。その飲み方が外見とは似合わず豪快であった。

「今、野田さんは沢木さんとつき合っているんですか」

「はい、そうです」

「じゃ、私に何が聞きたいのかしら。恋人の昔の女と会うなんて、あんまりいい趣味とも思えないわ」

「もちろん、そうなんですけど、私、どうしても知りたいことがあって」

奈央子は顔を上げた。非常識ついでにどうしても聞きたいのだ。

「沢木さんは奥さんとお子さんを捨てて、あなたと結婚しようとしてたって本当のことでしょうか。あなたと一緒に住んでいたって本当ですか」

「ねえ、そういうこと聞いて、どうするつもりなのかなぁ…」

沙知子は残りのビールもすっかり飲み干し、まっすぐに奈央子の方を見た。賢く鋭い、働く女の顔になっていた。

「そういうことを聞いて、あなたって沢木さんに関する気持ちを変えるのかしら。愛情が薄らいだりするの。私、とってもおかしなことだと思うのだけれども」

「おかしなことでもいいの」

奈央子は言った。そう、やっと本当のことがわかってきた。自分が何を知りたいかがだ。

「私、自分と全く同じことが前に起こっていたことに耐えられないと思うんです。私に起こった特別なことだから、いろんなことにも耐えられると思ってたの。親にも泣かれたし、会社でも嫌なことがいっぱいあった。でもね、私の前に同じことが別の女の人との間に起こっているとしたら、私はこのことに我慢出来ないと思うの。愛情とかそういうことじゃなくて、プライドの問題なんです」

「プライドねぇ…」

沙知子はかすかに微笑んだ。その皮肉っぽい笑い方は、もしかすると自分によく似ているのではないかと奈央子は思った。

「プライドだなんて、結構古いことを言うのね。そういうものと彼の愛情と、いったいどっちが大切なのかしら。よくいるわよね、プライドのために、本当に大切なものを見失ってしまう女って。プライドなんて、いったいどれほどのものかしら。私、この年になると本当に思うわ。そんなものよりも、必死になって好きな男を自分のものにする、幸福になることの方がずっとずっと大切だって。野田さんは、そんなお馬鹿さんじゃないわよねえ」

「でもね、河田さん、プライドが保たれないことには、絶対に幸せになれない人間っているのよ。この私がそうなの。すべてをかなぐり捨てて幸せをつかもう、なんてことにはならないの、私が信じていたものが実は違っていたとしたら、それを見て見ないふりをして幸せになる、なんてことは絶対に出来ないの」

「それじゃ、もし、もしもですよ。私が沢木さんとおつき合いしていて、あちらがしばらく家庭を捨てて、私と一緒に暮らしていたことがあったって言ったら、野田さんはどうなさるのかしら。別れるの、それともやっぱり彼に対する気持ちは変わらないのかしらね」

「たぶん醒めると思います。きっとしばらくは顔も見たくなくなると思うわ。それでも時間がたって、やっぱり彼のことを好き、という気持ちがわき起こったら、その時はやっぱり嬉しいでしょうね。彼のことは運命だって、心の底から思えるかもしれない」

「運命ねえ……」

沙知子は再びつぶやいたが、さっきのプライド云々の時のような冷たい響きはなかった。

「野田さんもそうなのね。私たち、あんまり若くない女って、どうしてこう運命っていう言葉に弱いのかしら。まるで信仰のようなものよね。こんなに酸いも甘いも嚙み分けて、頭もいいって人にも言われてるし、自分でもこっそりそう思ってる女がね、運命っていう言葉に他愛なくくにゃくにゃになってしまう。運命って言葉を言われると、もう駄目なの。この男にすべてゆだねようって思ってしまう。他のすべてを捨ててもいいとさえ考えてしまうのよね」

「沢木さんは、あなたにそう言ったんですか」

「ええ…」

沙知子は頷いた。

「あなたもそうだろうと思うけれども、あの人の奥さんの嫌がらせはすごかったのよ。実家にも会社にもじゃんじゃん電話がかかってきたの。でもうちの所長の丸山ってあんな人だから、刃傷沙汰だけはやめてくれよ、週刊誌に載るから、なんて笑って済ませてくれた。あの頃、私、本当に運命っていうのを信じていたかもしれない。彼はね、毎日こう言って、私を励ましてくれたのよ。『二人で頑張ろう。そして二人で幸せになろう』」

ああっと奈央子は絶望のため息を漏らした。

「どうして電話をくれなかったんだよ」

受話器を通して聞く沢木の声は、いつもより快活な響きがあった。

「いったいこの二日っていうもの、どうしてたんだ。君からの電話もないし、家は留守電になっている。

携帯もずっと切れてた。出張にでも行ったんだろうか。いや、何も聞いてないぞって、いろいろ心配してたんだ」

「ちょっと実家の母が具合悪くって、あっちに泊まってたの」

「だけど電話ぐらい出来るだろ。携帯も切っておくっていったいどういうことなんだ」

「悪かったわ。母のことがあって、すっかり忘れてたのよ」

「それって、もしかすると絵里子のことが原因なんだろうか」

「……」

「そうなんだろ。君の会社に怪文書を送ったような女だ。君のご両親のところに何かしないはずはないさ。本当に申しわけないと思っている。どんなに頭を下げても済まされないことだけどもね」

「いいのよ、だって彼女だけが悪いわけじゃないんだもの。私、やっとわかったの」

思わず発した奈央子の言葉を、沢木は全く違うように解釈した。

「そんなことはない。君は絶対に悪くない。自分を責めないでくれよ、僕がつらくなる。奈央子が酷く落ち込んだりすると、本当にどうしていいかわからないんだ」

ああ、沢木の言葉はどうしてこれほど快く響くのだろうか。涙が出るほどやさしい言葉。これと同じことを、三年前か四年前に聞いた女がいる。妻となった女ではない。そうだったら許しただろう。聞いていたのは、自分と同じ立場の女なのだ。運命という言葉を信じた女。

「でもいい話があるんだ、聞いてくれよ。友人が弁護士を紹介してくれるって言ってる。絵里子の過去のことを遡ってね、結婚生活をおくるにあたって、決定的な欠陥があることにすればかなり有利になるっていうことなんだ。君の会社に送られたファックスも、証拠としてとっといて欲しいっていうことなんだ」

「でも、そんなことして、いったい何になるのかしら」

「何言ってるんだよ。相手はもはや手段を選ばないところまできてる。だから僕たちも、どんな方法とってでもやらないと駄目なんだ。どうしたんだ、奈央子。疲れちゃったのか。しっかりしてくれよ。ゴールはもう見えてきたぞ」

最後はおどけた口調になった。

「いいかい、二人で頑張ろう。そして二人で幸せになろう」


今、奈央子は沢木の腕の中にいる。

いや、腕の中にいる、という表現は正しくないかもしれない。彼は少し体をずらし、奈央子のウエストのあたりを舌で愛撫しているからだ。もう少したてば、その舌は少しずつ下に下っていくに違いない。いかにも既婚者らしい手練れたセックスだった。奈央子も何人かの男性を知っているが、彼はかなりうまい方だと思う。前戯に手を抜かないうえに、奈央子の中に入ってきてからの持続力もある。おそらくこんなに丁寧に愛してもらえるのは、奈央子が妻という立場でないからだろう。

けれどもそんなことはどうでもよかった。ベッドの上という小さな王国で、奈央子は間違いなく女王である。この上なく優しく恭《うやうや》しく扱われているのである。

奈央子は自分がもっと淫乱だったらよいのにと思う。セックスがすべて、という女が時々いる。どんなに嫌なことがあっても、男を信じられないことがあっても、ベッドの上で男に抱かれればすべてを忘れることが出来る女だ。男のことを許すことが出来る女だ。

そんなことが出来たらどんなにいいだろう。もうちょっとすればエクスタシーは完璧にやってくる。奈央子は歓喜の声をあげるだろう。「好き」と叫ぶかもしれない。けれどもシーツにくるまれ、ゆるゆると快楽が遠くに去るにつれ、自分の中であのことが甦るだろう。

沢木の心を知りたい。

自分の知っている心のその奥の奥に、不可解な暗黒の部分があるらしい。そこを覗いてみたい……。


三十分後、奈央子の体はしっかりと沢木の中にある。太もものあたりにかすかな痺れが残っていて、それは彼がさっき与えてくれた大きなものの証である。

「僕たちって、日ごとにぴったりになっていくね」

沢木がささやく。

「喋ってても、ご飯食べてても、とにかく一緒にいると楽しいけど、僕たちってやっぱりこっちの方の相性がバツグンなんだろうな」

いきなり左手で、奈央子の脚の間をまさぐる。彼は時おり外見からは想像出来ないような卑猥な言葉や行為をすることがあった。それを女たち、世の中で聡明といわれる女たちをとてつもなく喜ばせるコツだと信じているようである。奈央子の場合も、確かにそのとおりだったといっていい。

関係を持ってすぐの頃、彼は寝室でなく、レストランで不意にこう言ったことがある。

「君のいちばんいいところは顔や頭や性格じゃない。その体なんだよ。最高だよ。知ってた」

昔のCMにそんなのあったわ、と奈央子はフンと鼻を鳴らしたが、本当は嬉しさのあまり蕩《とろ》けそうになったのを憶えている。

沢木は決してプレイボーイというのでもないし、気障《きざ》な男でもない。けれども要所要所で女を喜ばすことを知っている、これはいったいどういうことを示すのだろうか。

男の軽薄さというものは、すぐに見抜く自信はあった。不誠実な男もわかる。しかし沢木のような男はどういったらいいのだろうか、過去に数は多くないけれども、かなり深い経験を積んでいると見るべきなのか。

セックスの後で、男を計《はか》ろうとしている自分を嫌な女だと思う。けれども仕方ない。いま一生を賭けた、イチかバチかの勝負に出ているのだからと奈央子は思った。

「ねえ、もう一緒に暮らさないか」

沢木はゆっくりと左手の指を動かしながら奈央子の耳に口を寄せる。とても心地よいけれども、それは奈央子の思考を狂わすほどではなかった。

「ねっ、わかるだろう。僕はもうあの家に帰るのがつくづく嫌になったんだ。そりゃ、彼女は豊橋からいつ帰ってくるかわからない。家の中に彼女のものがいっぱいある。ああいうところに帰るっていうのは、本当に気が滅入るもんさ。そんなことより、僕は君と別れるのがイヤなんだ。裁判が始まったって構わない。もう一緒に暮らしたいんだ…」

その時、自分にどうしてあのような力が湧いたのかわからない。「舌を滑らせる」という言い方があるが、そういうものでもなかった。胸の中でゴボゴボとしょっちゅう沸き起こっていた熱いもの、奈央子が必死で止めていたものが、いっきに流れ出した。

「河田沙知子さんにも、同じことを言ったの」

「えっ」

「クラウン研究所に勤めている人。あなたとしばらく一緒に暮らしていたんですって」

よせ、よせと誰かの声が遠くから聞こえる。そんなことを聞いてどうするんだ。いつもあんたって、そういうことをして幸せをつかめないんだ。世の中には目をつぶっていた方がいいことがいっぱいあるんだよ。ちょっとの間、目をつぶっていさえすれば、時間がきっといいところへ連れていってくれる。みんなそうして幸せをつかんでいるんだ。どうしてそれがあんたは出来ないんだ。

「ねえ、どうしてその女の人のことを、私に話してくれなかったの」

沢木が頭の位置を変えた。奈央子から顔をそむけ、天井の方を向く。闇に慣れた目が、沢木の鼻梁《びりょう》をとらえていた。形のいい男らしい鼻だ。ちょっと我慢しさえすれば、もうじき奈央子のものになる横顔であった。

「それ、絵里子が言ったんだな」

「誰が言ったっていいの。私、本当のことを知りたいだけなの」

「ずっと前のことだよ。僕にもいろんなことがあった。だけど過去のことだよ」

沢木は低いくぐもった声で、もう一度発言する。

「ずうっと過去のことだ。過去なんて誰にもあるよ。男だったらあたり前のことだろう。それでも、君は許してくれないわけ」

最後の「許してくれないわけ」という言葉の響きに、奈央子はたまらない狡猾《こうかつ》さを感じる。前からこんな話し方をする男だったろうか。いや、違うと思いたい。今、はっきりとさせなくては。やめなさい、やめなさいと、今度は近くで声がする。

「ねえ、聞いて」

奈央子は半身を起こした。そのとたんにあらわになった胸をシーツで覆う。男の唾液がいたるところについている胸で、静かに息を整えた。

「私、あなたの結婚前のことだったら何も言わない。あなたが千人の女とつき合おうと、寝ようと構わないわ。でも結婚してからのことなら嫌なの。私と同じことを別の女の人ともしてた、っていうことに耐えられそうもないの。ねえ、結婚していて、別の女を好きになるって特別なことでしょう。少なくとも私は、あなたが私に特別のことをしてくれたと思っていた。でも違うのね。あなたにとって、これって二度めだったのね…」

「絵里子だな…」

沢木はあおむけになったまま低くうなった。

「彼女が君に何か言ったんだろ、わかっている。彼女はまた同じことをしたんだ」

「ほら、それが嫌なの」

自分でも驚くような悲鳴に近い声が出た。

「また、とか、同じこと、って言ったでしょう。私、そういう言葉に耐えられそうもないの。私の前に一度…」

「不倫」という言葉は口にしたくなかったが、この場合は仕方ない。奈央子は歯を喰いしばってそれを口にした。

「あなたは私の前にも不倫していた。ねえ、わかる。不倫をしている女の、ただひとつの心の慰めは、男の人にとって、自分が結婚してから初めての女だって思うことなの。男の方は結婚してるけれども、それでも本当に人を好きになってしまった。その相手が自分だって…。こう思わなくっちゃ、とても不倫なんてやってられないわ」

「ねえ、奈央子、ちょっと冷静になってくれよ」

沢木も起き上がった。裸の男の腋のあたりからは、かすかな体臭がする。奈央子の好きなアーモンドをこがしたようなにおいだ。

「君は絵里子の罠にかかってるんだよ」

「罠…」

「そうさ、君がカッカしたら彼女の思う壺《つぼ》じゃないか。いいか、わかんないのか。彼女は奥の手を出してきたんだ。こうすれば君が僕と離れると思ってるんだよ」

「そんな、罠とか、奥の手、なんていう言葉はやめて頂戴。私は知りたいだけなの。ねえ、河田さんとのことは本当だったの。私は二番めか三番めの不倫相手だったたっていうわけ」

案の定、しばらく沈黙があった。

「彼女とつき合ったのは、本当だ」

「やっぱりね」

「でも、彼女と君とはまるっきり違う。こんなに本気になったのは初めてだし、結婚したいと思ったのも本当だ」

「でも一緒に暮らしていたんでしょう」

「……」

「ねえ、奥さんと子どもがいる人が、家を出て別の女の人と暮らすって、すごいことだと思う」

「あの時も絵里子とは別居していた」

「同じことだわ。結婚した男の人が、世の中のルールを破るって、ものすごいエネルギーを使うことだと思う。あなたはその大変なことをやったわ。次に私にも同じことをした。それがとっても口惜しくて哀しいの」

　そして奈央子はシーツで身を固くかばいながら言った。

「悪いけど、もう帰って」

「奈央子」

　男は奈央子の肩を抱こうとしたが、それをすばやくかわした。

「奈央子、まさか本気で怒ってるわけじゃないだろう。まさか、これでどうにかなるわけじゃないだろう」

「わからないわ。でも帰って欲しいの」

　沢木はそれ以上言葉を重ねても無駄だと判断したのだろう。何も言わず身支度を始めた。

「とにかく電話するよ」

「電話じゃなくて、メールの方がいいわ」

「お願いだ。僕をこれ以上苦しめないでくれよ」

それには奈央子は答えなかった。男は寝室のドアを開け出ていった。そしてしばらくしてから、玄関のドアが閉まる音がした。奈央子は裸の体にそのままパジャマを着て、部屋を出る。玄関の鍵とチェーンをかけた時、初めて涙が出た。

絵里子は罠をかけたわけでもなく、奥の手を使ったわけでもない。ただ呪いをかけたのだと思った。


――黙っていたわけではない。それほど河田君は僕にとって遠い過去のことだったんだ。何も話す必要がないと思っていたことが、あれほど君を傷つけるとは思ってもみなかった。僕の今の困惑が、君にはわからないだろう。愛してる。それだけは信じてくれるだろう――

――おとといも言ったと思うけれども、不倫するっていうことは、やっぱりすごいことだと思うの。ちょっとした浮気ならともかく、あなたはその女の人と一緒に暮らしたんでしょう。

それなのにどうして『遠い過去』や『話す必要もないこと』になるのかしら。いずれ私もそういう、遠い、話す必要もないことになるのね――

――奈央子、君は皮肉がうまい女性で、それも魅力のひとつだけれども、人をいたぶるのだけはやめてくれ。どうしてこんな時に僕をいじめるのかわからない――

――奈央子、どうしてメールもくれなくなったんだろう。携帯も切ってるし、メールの返事もくれないなんて、いったい僕はどうしたらいいんだ。
まさか、まさかの話だけれども、別れようなんて思っているわけじゃないだろうね――
――ごめんなさい。少し時間をください。いい年をした女が、といわれようと、もし私の沢木さんに対する気持ちが本当ならば、どんなことをしても〝会いたい〟っていう気持ちが湧いてくると思うの。実は私も待っています。やっぱり沢木さんに会いたい、好きなんだ、っていう大きな気持ちに揺り動かされるのを。それってどんなにか気持ちいいんでしょうね。そういうのを運命っていうんでしょうけど、まだ私のところに訪れていません……――

世の中不況だというのに、お盆前の忙しさは相変わらずである。電話は鳴りっぱなしになるし、仕事のメールは次々と入ってくる。海外の休暇先からの絵ハガキが、何枚か届くのもこの季節だ。宛名別に仕分けながら、奈央子は懐かしい名前を幾つも見つけた。

ヨーロッパ、アメリカ、アジアの各地から届くカードの裏側に、妻の方はカッコをして旧姓を書いてくる。かつて同じ職場で働いていた女たちが、今は商社マン夫人として世界に散っているのだ。いくら落ちめといっても、商社の給料は悪くない。みんな現地で水準以上の暮らしをしているはずだ。パリやニューヨークでの生活は、そう悪いものではないだろう。みんな休暇ともなれば、家族で近くの国々へ旅行する。

海外の空港でもそういう家族とよく遭うが、奈央子はひと目で海外赴任中の商社マンの家族とわかった。男は風采がよくもの慣れた雰囲気だ。妻の方もあかぬけていて、ブランド品のバッグのひとつも持っている。子どもは利口そうで可愛い。

多くの女たちが憧れる幸福のわかりやすい形がそこにはあった。女性誌のグラビアによく登場する、気恥ずかしいほどわかりやすい幸福。

奈央子はこういう家族に憧れを持ったことはない。なぜなら商社レディのひとりとして、こんなものはすぐに手に入ると思っていたからだ。商社マンの妻となって、海外のどこかの都市に住むなどというのは結婚の、

「最低線」

だと信じていた自分は、なんと傲慢だったのだろうか。社内でつき合った男性もいたはいたけれども結婚まではいかず、今、彼はマレーシアの支社にいる。もちろん妻と子と一緒だ。

そして奈央子は独身のまま三十五歳になった。愛社精神などというのは大げさだけれども、居心地もよく、よく働いてきたと思う。まわりの人たちも自分を必要とし、頼りにしてくれると信じていた。

ところがこの数年で、奈央子をとりまく空気はすっかり変わってしまった。女性社員は採用しなくなり、若い派遣社員がとって代わるようになっている。給料が高い年頃の女子社員は、早くやめて欲しいという空気は、年ごとに露骨になるといってもいい。ふだんの奈央子たちは、男性社員たちと冗談を言い合ったり、課長クラスの男たちとも時々は飲みに行く。けれども後輩の博美の言葉が、皆の心を代表していた。

「ここの会社、いつまで私たちの居場所があるんでしょうかね……」

もしかするとと、奈央子は思う。沢木とのことは、最後の希望であり手段であると考えていたのだろ

うか。そうだとしたら、そんな自分も許せない。とにかく今、自分は八方塞がりの場所に入り込んでいるらしい。そんな場所は錯覚で、エイヤッと声を出しさえすれば壁はすぐに壊れ、青空がのぞくと信じていた。けれどもそんなことはなかった。少しレベルを下げれば、結婚相手はすぐに現れると信じていた時がある。考え方を変えさえすれば、すぐに転職が出来ると思っていた。「希《のぞ》みさえすれば」とどうしてあれほど自信にみちていたのだろうか。

奈央子にはわかる。年をとるということは、出口をひとつずつ塞がれていくことなのである。その出口は可能性といってもいい。そして結局どこにもいけず、三十代の女は迷路の奥にうずくまっていくだけなのだろうか。

今もし沢木と別れるとしたら、最後の出口のドアは、しっかりと封をされることになるのだろうか……。奈央子はそんなことを考えて身震いする。全く男とうまくいっていないと、ろくなことを考えないものだと、最後は苦笑で誤魔化すしかなかった。

そんな時、博美から電話がかかってきた。

「奈央子さん、香港へ行きませんか、香港。ちょっといい話があるんですよ」

博美の友人で、旅行代理店に勤める女がいる。その彼女からツアーでキャンセルが出たという話があったのだ。香港ツアーといってもピンからキリまであるが、それはピンの方で、行き帰りはビジネスクラス、ホテルはペニンシュラというデラックスなものであったが、急に二名キャンセルしたというのである。他にまわすことも考えたのだが、あまりにもいい話でもったいないと、友人の博美に連絡したらしい。

「三泊四日で五万二千円でいいっていうんですよ。ビジネスクラスでペニンシュラですよ。これはちょっと行かないテはないですよねー」

「へえー、安いじゃない」

「食事はつかないみたいだけど、お仕着せのまずいものを食べるより、私ら勝手にさせてもらった方がいいですもんね。ほら、香港は私の同期の篠原奈々子《しのはらななこ》ちゃんがいるんですよ」

「えーと、篠原さんっていうと確か…」

「石油事業本部にいた高橋《たかはし》さんと結婚したんですよ。去年までジャカルタだったけど、今年から香港に行ってくれててラッキー。さっそくメール打ったら、あちらも大喜びでした」

商社に勤める人間というのは、独得の世界地図を持っていて、パソコン並みの早さで支社にいる人間とその妻の顔が浮かび上がるらしい。

「ねえ、奈央子さん、行きましょうよ。奈々子ちゃんも奈央子さんに会えたらものすごく喜ぶと思いますよ」

「でもねえ…」

そんな気分になれるものだろうか。

「あ、そうか。彼と離れたくないんだ。そりゃあラブラブなのはわかりますけど、たった三泊四日じゃないですか。そのくらいどうってことないでしょ」

怪文書騒ぎのことを慰めるつもりか、わざと明るくそんな風に言う。

結局事務的なことは、すべて博美がやってくれ、二人で旅行することが決まった。出発はお盆休みだ。

「夏休みぐらいうちにいればいいのに」

と、母の厚子は嫌な顔をした。奈央子が二十代の頃、旅行などでほとんど夏休みは外に出かけていたものだ。その時は何も言わなかったのに、最近は家にいないと不機嫌になる。どうやら三十を過ぎた娘が、あまりにも自由に過ごすことに不安を感じるようだ。特に今は沢木のことがある。

「本当にナオちゃんて勝手なことばかりしているのね。こちらは心配で心配で、あれこれ考えてばかりいるのに、あなたは親ほっぽり出して、好き放題している」

電話で愚痴をこぼされ、最後は売り言葉に買い言葉ということになってしまった。

「もういい年した大人に、高校生みたいにガミガミ言わないでよ。自分のお金でストレス解消に行くのに、文句言われる筋合いはないわよ」

こうなったら買物しまくってやると、あれこれ心積もりし、ひとつ満期になった定期も崩したままにしておいた。ところが休み前の飲み会がたたったのだろう、旅行の前々日の朝、熱を計ると三十九度ある。病院へ行って注射を打ってもらったのだが、帰ってみると体温計は四十度に上がっていた。明日一日寝ていたところで、あさってからの動きまわる旅行に出かける自信はなかった。

「悪い、そんなわけでひとりで行ってきてくれる。奈々子さんもいるんだし大丈夫だよね」

博美は自分もキャンセルする、などと言い出したのであるが、そう本気ではなかったらしい。払い込んだ金がもったいないからと、すぐに行く気になった。

前日になっても奈央子の熱はひかない。這うようにして病院へ行き、注射を打ってもらったが、

「夏風邪は長びくから」

と医者にあっさり言われてしまった。

帰りにコンビニへ寄り、菓子やカップラーメンを買ってきた。しかし熱のある舌はこういうがさつなものを受け入れない。いっそタクシーで実家へ帰ることも考えたのだが、母との言い争いを思い出してそれはやめた。空腹は感じないが、体中の力が抜けていく感じがある。

結局食べかけのカップラーメンは捨て、牛乳を沸かして飲んだ。熱のために時間の感覚が、徐々に失われていく。たそがれなのか、朝なのかよくわからない。ぼんやりとした頭で目覚し時計を見る。五時だ。が、この時間は朝の五時なのか、それとも夕方の五時なのだろうか。

ピンポーンとどこか遠いところで音がする。宅配便だろうと無視することにする。けれどもチャイムはしつこく鳴る。インターフォンをとった。

「ハロー」

ややはにかんで手を振る男がいる。なんと黒沢ではないか。

「あなた、どうしたの」

「ナオコさんが心配だからって、ちょっと見てきてくれって、さっき成田から電話があったんですよ」

「だけど、どうして黒沢君が…」

「とにかく中に入れてくださいよ」

ソファに座った黒沢は、スーパーの袋から果物やレトルトの粥などを取り出した。

「ナオコさん、朝、博美さんから電話があった時、くらくらするって途中で切ったでしょう。それで博美さん、心配になって、会社の人たちに電話をかけまくったみたい。七人めに僕がつかまったんですよ。

黒沢君は人畜無害だから、ナオコさんが寝てるところへ行っても構わないわよねって…」

　この時ちょっと照れて笑った。かつて二人が時々寝る仲だったということを、もちろん博美が知っているはずはなかった。

「僕はひとり暮らし長かったから、料理は案外やりますよ。あ、寝ててください」

　カーディガンを羽織った奈央子は、そういってもベッドに入るわけにはいかない。自堕落なところを見せたいような、見せたくないような気分だ。一度でも寝た男に対する媚や甘え、そして安堵といささか見下した思いが、妙にリラックスした気分をつくっているのは確かだった。

　ニットにジーンズという格好の黒沢だが、若いだけあってよく身についている。表情や言葉遣いが前に比べてはるかに落ち着いて見えた。

「何だか黒沢君、大人っぽくなったみたい」

「新事業部に行ってから、僕もしごかれましたからね。ま、結婚生活もいろいろ苦労多いし…」

　酔ったはずみに、彼をこの部屋に泊めたのは今から二年前のことになる。あれから時間はゆっくりと動いていたのだ。誰もが変化していく。心も変化していっても不思議ではない。あたり前のことにどうして気づかなかったのか…。奈央子はフッと眠りの中にひき込まれていった。

第九章　破局

博美から、社内メールが入った。

――久しぶりにパーッと合コンはいかがでしょうか。今回は博通の三十代を揃えてみました。かなりのレベルにしてくれる、という約束ですから、ハズレはないと思います――

奈央子はさっそくメールを打った。

――なかなか素敵な話だと思うけど、そろそろ私、年齢制限にひっかかるんじゃないかしら――

メールではなく、博美から電話の返事がきた。

「やめてくださいよ、いいのをつかまえようとギンギンに目を光らせてる二十代の女は疲れる、しっとりと知的な、三十代キャリアと楽しく飲みたいっていう男性は、とても多いんですよ」

が、相手が大手の広告代理店の男とあって、奈央子の中で躊躇するものがある。商社の男にも同じところがあるが、彼らは選ばれた者の誇りと傲慢さに溢れている。誰もが一流大学を出て、難関の入社試験をかいくぐってきた連中だ。家庭環境も風采も悪くない。彼らの屈託のない明るさと自信は、時として鼻につくものだ。

自分たちが望めば、どんな女も手に入るのだという思い。

彼らから見れば、三十五の自分などもはや規格品外に違いない。屈折のない男ほど、女の若さに非常な価値をおくことを奈央子は充分に知っている。今の自分は、彼らの視線に堪えられるかどうか自信がない。

「何言ってんですか。最近の奈央子さんは、しっとりとして女っぷりが上がったともっぱらの評判ですよ。もちろん本命の彼が大切なのはわかるけれども、たまには他流試合に行くのもいいですよ。そして自分の価値を再確認するんです。女にはこういう時が必要ですよ」

他流試合ねえ、と、博美の言葉に思わず笑ってしまった。確かに沢木とつき合い始めてから、合コンに行くことなど考えもしなかった。そんなことなど不実このうえないと思っていたからだ。

「わかったわ。じゃ、ちょっと顔を出してみようかな」

「そうこなくっちゃ。奈央子さん、私、思うんですけど、どんなところに出会いがあるかわかりませんからね。私、この年になっても運命っていうのを信じますよ」

「あら、そうなの」

「そうなんですよ。私の知り合いで広告代理店狙いの女がいて、片っぱしからつき合ってます。博通の男なんか大好き。私は『一業種ひとり、とまで言わないから一社ひとりにしろ』って言ってるんですけど、次々とふられちゃ、また次の博通とつき合ってるんですよ。そのたびに運命だ、って言うから、私、この頃、こういうのもアリかなって…」

「なるほどねえ…」

「出会いや運命っていうのを信じていて、そういうものに賭けようとする心って、やっぱり立派じゃないかって、この頃思うんですよね。私に欠けているのって、こういう信じる心だって思うようになったんです」

自分だってこのあいだまで、そういう心があったと奈央子は振り返る。人の夫といわゆる不倫をしていたわけであるが、罪悪感はまるでなかった。それよりも、

「これは運命なのだ」

と自分を鼓舞する力の方がずっと強かった。自分はふつうの人が出来ない大恋愛をしているのだ。これはずうっと前から決められていたことなのだと、あの昂った気分を奈央子は懐かしく思い出す。

沢木と会わなくなって、もう一ヶ月以上がたつ。彼からはメールがしょっちゅう入ってくるけれど、それもざっと読むことが多い。愛情が醒めてしまったと、完全に言い切れないところがつらいところで、もしかしたらやり直せるかもしれないと考える余裕は確かに残っている。

それはすべて自分の心次第なのだ。奈央子はまるで実験中のビーカーのように自分の心を扱おうとしている。もしかするとあと一ヶ月もたてば、自分の心はすごい化学反応を起こすかもしれない、やはりあの男がいなくては生きていけないと、わかるかもしれない。

それとも沈殿物が溜まっていくように、すべてのものが沈み価値のないものになるかもしれない。

今度の合コンも、自分の心がどう変化するか試そうという気持ちがあった。たぶん自分は、どんな男

を見ても心を動かさないに違いない。若い男のしぐさや喋り方を見ては、沢木と比べ、彼の美点をひとつひとつ思い出していくのではないだろうか…。

当日博美と向かったところは、六本木にオープンしたばかりの新感覚の中華料理店であった。すべてが個室になっていて、今流行の隠れ家的な店だ。

「やっぱり、博通って店選びもしゃれてますよね。このあいだメーカーの人と合コンした友人は、ファミレスにケの生えたような店でめちゃくちゃ腹が立ったって…」

今夜は男女五人ずつという設定で、奈央子と博美以外の女性は別の商社であった。博美の大学の同級生で、奈央子も何度か会ったことがある。

「確か最後に飲んだの、二年前だっけ…」

「もう奈央子さん、せつない話をしないでくださいよ」

最初のざわめきの中、隣りに座った女が芝居がかった様子で、鼻をすすりあげる真似をする。

「あの時ちょうど三十で、こんな風に合コン出るのも最後だなあって思ってたんですけど、恥ずかしながら、まだこんなことやってますよ」

「私だって同じですよ」

「嘘ばっかり。今日はどういう気まぐれでこんなとこいらしたんですか。奈央子さん、もう決まってるって、風の噂で聞いてましたけど…」

沢木とのことが、どういう風によその会社に拡まっているのかと、奈央子は不安になってくる。

そして乾杯のあと、お決まりの自己紹介となった。さすが遊び慣れている広告代理店の男だけあって、短いけれど面白くウイットにとんでいる。女たちはくすくすと笑い始めた。

女たちも三十代前半、よく飲み、よく喋る。女たちの反応がいいので、男たちはいっそう饒舌となる。

「ほら、うちの会社で女優の吉村夏実《よしむらなつみ》と結婚してるのがいるじゃん」

「あ、そうそう。私もワイドショーで見たけど結構いい男だったわ」

「ま、悪くはないけどさ、すごい遊び人でさ」

おそらくムードメーカーの役割を担っているのだろう、真中に座っている男がペラペラと喋り出す。長身に色艶のいい甘い顔立ち、サラリーマンにしては凝って前に垂らした髪、典型的な広告代理店の男である。

「あいつ家も金持ちだから、めちゃくちゃモテるわけ。吉村夏実の前は、歌手の伊藤《いとう》ケイとつき合ってたんだもの」

「ウソー!」

「えー、だってあのコって、今、俳優の何とかっていうのとラブラブじゃん」

「だからさ、それはさ、彼にフラれてから後のことだってば。もう尽くして尽くして大変だったんだから。あの伊藤ケイって、僕もCMで担当したことあるけど、すっごく暗い田舎のコだもん。あんなぶっとんだ格好してるけど、根は古風なコなんだぜー」

「へえー、意外よねえ」

奈央子は目の前に座った男を見た。彼だけがこういう噂話を口にしていなかった。そうかといって仲間を咎める表情になるのではない。楽し気にビールのグラスを傾けているだけだ。

「お酌《つ》ぎします」

思わず瓶を持っていた。

「あ、どうも」

森山《もりやま》と名乗った男は、他の男たちに比べて格段に背が低かった。野暮ったい短髪にしてるので、ますます背が低く見える。

「こいつって、知ってますか。ラグビーの日本代表チームにいたんですよ」

遠くから別の男が声をかけた。女たちはへえーとか、ふうーんと声をたてたが、誰も彼のことを知らないのはあきらかだった。

「仕方ないか、森山。サッカーと違って、この頃ラグビーは人気ないもんなあ」

「まあ、慣れてますからね。でも一度ラグビーを見に来てくださいよ。サッカーよりもずっと面白い高度なスポーツですよ」

「あのさ、ラグビーって若い人にはともかく、おじさんたちにはやたら人気があるんですよね。だから彼がクライアントに初めて行ったりすると、え、早稲田の森山か、なんて感激するおじさんが必ずいるんですよ」

「それで仕事とってるっていう噂だけど」

「あたり前じゃないか。そういうのがなかったら、コネ無しのオレが、博通に入れるわけないじゃないか」

みんながどっと笑ったが、さっきの女優の噂話よりも、ずっと気分のいい笑いだと奈央子は思った。

やがて食事が終り、二次会のカラオケに出かけた。飯倉のロシア大使館の近くにあるこの店は、インテリアも凝った高級なところである。値段もかなり高いのであるが、

「接待用に会員になっているから安心して」

と男性のひとりは言う。誰もが歌がうまく、楽器や小道具を使って盛り上げることを忘れない。

「これだから、広告代理店の合コンって人気があるんですよねぇ」

博美がささやいたぐらいだ。

森山はといえば、さっきの食事の時のように、皆の歌を楽し気に聞いている。誘われるとマイクを握ったが、音程がしっかりしているのに驚いた。若い男がよくするように雰囲気で歌い上げるのでなく、音程をひとつひとつ確実に再現しているという感じである。

「森山ってラガーマンだけど、ピアノも弾くんですよ」

仲間のひとりが言った。

「このあいだピアノがある店へ行ったら、ポローンって何か弾いちゃってさ、女の子たちにキャー素敵、なんて言われてんの」

「いやあ、お袋がピアノを教えてたんで、僕も子どもの時からやらされてたんですよ。姉貴は音大に進みましたけど、僕はすぐにサジを投げられました」

笑った顔が可愛いと思った。いったい幾つなのだろうか。今夜の合コンは三十代で揃えたと言っていたが、森山は皆よりも若く見える。

「ねぇ、あの人、いったい幾つかしら」

森山が歌っている最中、隣りにいた女に尋ねたのであるが、これが裏目に出た。すっかり酔っていた彼女は、大きな声で尋ねたのである。

「ねえー、野田さんから質問です。森山さんはいったい幾つなんですかァ」

「はい、僕は三十六歳です」

ふうーん、わりといってるんだとつぶやいたのは彼女である。再び手を挙げる。

「質問その2、どうしてその年まで結婚しなかったんですか」

「はい、僕が答えましょう」

仲間のひとりがふざけて起立した。

「森山君は、悪い病気にかかって以来、結婚出来ない体になったんです」

そうなんですよと、森山は涙を拭うふりをする。

「でももうじき完治しますから、どなたかよろしくお願いします」

女たちひとりひとりに頭を下げたが、奈央子にいちばん深々とお辞儀したと思ったのは気のせいだろうか。

午前一時を過ぎてお開きということになり、奈央子は少しまわり道になるが、博美と一緒に帰ることにした。いつのまにかカップルをつくる二十代の時と違い、さらりと女同士で帰るのが三十代の合コンのマナーだと奈央子は思ってる。

「結構楽しかったわね」

「これといってめぼしいのはいませんでしたけど、博通の男の人たちは一緒にいて楽しいし、これから輪が拡がることもありますもんね」

　その時、バッグの中の携帯が鳴った。電話のコールではなく、メールの着信音である。さっそく見てみると、森山幸雄《ゆきお》という文字があった。

「今夜はものすごく楽しかったです。これをきっかけにまた会ってください」

「これってどういうこと」

　奈央子はえーっと声をあげた。

「どうしてこの人が、私のメールのアドレス知ってるの」

「さっき奈央子さんがトイレに立った隙に、私が彼から聞かれたんですよ。他の人なら断わったかもしれないけど、あの人、よさそうな人だから教えちゃいました」

　博美は澄ましている。

「メールぐらいいいじゃないですか。イヤだったら無視すればいいんだし」

「まぁ、そりゃあそうだけど」

　奈央子は窓に目をやる。夜景の中に、森山の姿を浮かべようとした。けれどもそれはうまくいかない。カラオケの歌声やおどけた動作を思い出すことは出来ても、顔の部分がぼんやりしているのだ。これから奈央子の人生に、深い影響を及ぼすとは思えないほどのはかない残像であった。

　その代わり闇の中に、別の男の顔をはっきりと浮かべることが出来た。それは沢木であった。奈央子の好きな、頰だけの笑顔になっている。

　今夜帰ったらすぐメールを打ってみよう。奈央子は決心する。そのくらい歩み寄ってもいいかもしれない。少なくともそれが今夜の〝実験の成果〟なのだから。

郵便受けの中に、絵里子からの封書を見つけた時、

「ああ、またかあ」

と奈央子は舌うちしたいような気分になった。例の女性のことがきっかけで、沢木と自分とがしばらく交際を絶っていることを、絵里子が知らないはずはなかった。もしかすると五日前に、沢木に短いメールを打ったことを知っているのだろうか。

――お元気ですか。今日は久しぶりに合コンをしてカラオケに行きました。疲れたのでもうこれで寝ます。お休みなさい――

沢木からの返事はこうだった。

――僕がこんなに苦しく悶々とした日々を過ごしているのに、お嬢さんは結構楽しい毎日をおくっているのですね。まあ、仕方ないか……――

もしかすると、あの返事も絵里子は見たのであろうか。うち捨てておこうと思ったのだが、やはり気になる。奈央子はわざと乱暴に封筒を破った。あまりにも荒くしたので、便箋の上の方が千切れたぐらいだ。

――秋風が立つ頃となりました。

お元気でいらっしゃいますか。

私はとてもつらい日々をおくっています。どうしていいのか全くわかりません。

ぜひ奈央子さんに相談したいのです。図々しいことはわかっていますし、奈央子さんは今さら私になんか会いたくないでしょう。

そんなことは充分にわかっているのですが、私はどうしても奈央子さんに会いたい。これを最後にします。どうか私と会ってください――

いったいどうなってるのよオと、奈央子はひとりごちた。どこの世に本妻が、愛人に相談をする、などということがあるだろうか。ましてや絵里子は病んでいて、会社や実家に怪文書を送ってきたこともある。そんな女に会うなどということは、危険極まることであろう。

けれども奈央子は、この手紙を無視することが出来なかった。考えようによっては、沢木と奈央子は破局に向かっているのである。夏以来、二人は会ってはいない。短いメールを何度かやりとりしたがそれだけのことだ。

絵里子にとっては歓迎すべき事態になっているはずなのに、何が彼女を苦しめているのだろうか。もしかすると沢木の方で、妻に何か言ったのだろうか。今、絵里子から話を聞けば、どこまで信用していいかの話であるが、沢木の現在がわかるに違いなかった。

そんな奈央子の心を見透かしてか、絵里子から電話がかかってきた。

「切りますよ」

奈央子はきっぱりとした声を出した。

「あなたと私、もう二度と会ったりしない方がいいと思うの。そうでないと、話がどんどんこじれてへんな方にいくんですものね」

「そんなことはわかってるんです」

絵里子は執拗だった。決して受話器を置こうとはしない。

「奈央子さんに、ちょっと会えるだけでいいんです。私、本当に困っているんです。どうしていいのかわからないんです」

「あのね、絵里子さん、あなた他に相談する人はいないの。ご両親とか友だちとか…」

「相談にのってくれるような友人はいません。私の両親は沢木の味方です。私がいけないって責めるばっかりです。だからこのことは、両親にはひと言も言ってないんです」

最後の言葉がひっかかり、結局奈央子は会うことを約束させられた。その場所をどこにするかということが、数日間奈央子の大きな悩みとなった。

もちろん部屋になど来てもらいたくない。カフェやレストランといったところだと、絵里子との会話をまわりに聞かれる心配があった。なにしろ彼女ときたら、

「やっぱり別れるしかないんでしょうか」

「今、主人との間にセックスは全くありません」

などという類のことを人前でも平気で口にしそうである。それならば個室をとる、ということも考えられるがそれも気が重い。絵里子と二人、個室で顔をつき合わせて、じっくりと話をする、などということは避けたかった。

結局奈央子が指定したのは、赤坂のホテルのラウンジであった。ここのコーヒーや紅茶はとんでもない値段のうえに、たいしてうまいわけではない。けれどもテーブルとテーブルとの間をゆったりと取っ

ているので、まわりの人に話を聞かれる怖れはなかった。

約束の時間に行くと、絵里子は既にソファに腰かけていた。まだ十月になったばかりで、残暑のような日もあるというのに、辛子色の生地の厚いジャケットを着ている。しばらく見ないうちに随分痩せた。大きくなった目で奈央子を哀し気に見る。

「奈央子さん、お久しぶりです」

「本当。でも本来なら、私たちは二度と会わないはずの関係なんですよ」

コーヒーが運ばれた後、口火を切ったのは奈央子の方だ。

「それで沢木さんとはよく会うんですか。まあご主人だから、会うのはあたり前よね」

「やっぱりあの話、本当だったんですね」

目を全く動かさず、大きく頷いた。

「あの、主人は私のことをものすごくなじるんです。こうなったのは私のせいだって。もし奈央子さんが自分から離れるようなことがあったら、それはすべて私の責任だ。いったいどうしてくれるんだって」

そりゃそうでしょう、と言いかけて奈央子は気づく。絵里子がしたことは確かに卑怯なことであるが、それは妻としてあたり前のことではないか。奈央子の職場と実家に怪文書を送ったのは、卑劣極まる行為であるが、昔の恋人の存在を奈央子に告げたことが、それほどいけないことだろうか。

もちろん奈央子はうちのめされたが、そのことについて夫が妻をなじるというのはどう考えてもおかしな話である。

「奈央子さんはもうお気づきかと思いますけれども、彼は暴力をふるいます。手を上げたりということはありませんけれども、言葉による暴力です。ねちねちとこちらをいたぶって責める言葉の暴力なんです」

　結婚した当初からそういう傾向があったが、ひどくなったのは、沢木が最初の会社を辞めた時であった。彼は経営コンサルタントとして独立するつもりだったのだが、絵里子の両親が援助を拒否したためにあてがはずれた。

「それから毎日のように、私をいじめます。私の親は嘘つきだ、こんな娘を押しつけたからには、それなりの金を出すのがあたり前だろうって」

「にわかには信じられない話だわ」

「たぶんそう言うと思ってました。でも本当の話です。女の人のことにしてもそうでした。前の人と駄目になった時も、私のことを責めて責めて、毎晩眠らせてくれなかったんです」

「それは絵里子さんが、私にしたような常識はずれのことを、その人にもしたからじゃないですか」

「そうかもしれません。でも妻である私が、相手の女の人に電話をしたり、抗議をしたりするのはあたり前の話じゃないでしょうか。私、確かに奈央子さんにはひどいことをしましたが、前の人にはその程度のことです。私、自分が悪いことをしたなんて、全く思っていません」

　沢木は絵里子に対しては責めに責め、絵里子の両親には違うやり方をした。それは徹底的に自分を被害者にすることであった。

「あの人って、本当に口がうまいんです。自分がいかに苦しんでつらい思いをしているかってことをえんえんと話します。両親も私のことで、彼に対してすごいひけめがあるんです。病気の…。でもわかって欲しいんですけど、私が病院へ行きはじめたのは、彼の言葉による暴力にずっとさいなまれてたからなんです…」

あれじゃ殴られた方がずっとよかったかもしれないと、絵里子は思い出したようにつぶやく。

「本当に口がうまいし、人の心を知りぬいているんです。どういうことを言えば、私の心が傷ついてボロボロになるか、ちゃんとわかっているんですよ」

奈央子は沢木に耳元でささやかれた、幾つかの言葉を思い出す。確かに恋する喜びをしみじみと味わわせてくれる言葉であった。それを「口がうまい」と言われることは、愛の賛辞をすべて否定されたことになる。

「それだったら離婚すればいいじゃないですか」

奈央子はすっかり腹を立てている。

「本当にあなたの気持ちがわからないわ。そんなにイヤな思いをさせられる男の人と、どうしてあなたは別れないんですか」

「決まってるでしょう」

絵里子はじっと奈央子を見つめる。

「こんなことをされても、私はあの人を愛してるんです。やっぱり別れられないんです」

その後、絵里子はおびえたような表情になる。

「あの…」

言おうかどうしようか、白く乾いた唇をぱくぱくさせている。

「あの私、今、妊娠してるんです」

妊娠している、という絵里子の言葉を聞いた時、奈央子をまず襲ったものはおぞましさであった。自分とあれほど愛し合った男は、なんと妻を孕《はら》ませていたのである。おぞましさと共に強い怒りがわいてきてもよかった。奈央子はしばらく言葉を失う。そして今まで感じたことのない激しい怒りと憎しみが、自分のもとにやってくるだろうと身構えた。

けれども奈央子のところに来たのは、怒りは怒りでもいささか不思議なものであった。嘖りとでも呼びたいような、相手がはっきりしない嫌悪である。

「呆れたわあ……」

ようやく声が出た。

「ずうっと、あなたたち夫婦にふりまわされてきた私って、いったい何だったのかしら」

「本当にごめんなさい」

絵里子は頭を下げた。なんだかおかしな具合になってきた。

「私もこんなことになって、本当にびっくりしているんです」

「びっくりも何も、沢木さんとセックスしたからそういうことになったんでしょう」

その質問をあまり苦痛を感じずに発音出来る自分に、奈央子は大層驚いた。

「セックスしたんだったら、お子さんが出来てもそう驚くことはないじゃないですか」

「あの、それは」

絵里子は怯えたような表情になる。奈央子に叱られるまいと必死で取り繕う後輩ＯＬの顔になった。

「どうしてそんなことになったのか、本当にわからないんです」

「誘ったのはあちらなんですか、それともあなたなの」

新人のミスを追及しようとする声だと、自分でもはっとする。が、絵里子はいつものペースで淡々と喋り始めた。

「あ、それは主人です。私もびっくりしました。だって私たち、この三年間夫婦生活ありませんでした。前に一度、私がそういうことを求めた時、主人にはっきり拒否されました。私とはそんな気持ちになれないって言われたんです。それなのに前よりももっと悪い状態になっているのに、突然そういう風になったんです。気持ちが寄り添って、なんていう感じじゃありませんよ。かなり強引でした」

最後の言葉は、さすがに胸に刺さる。

奈央子は一瞬、沢木が自暴自棄になっているのではないかと思った。自分が一方的に会わないことを決めた。沢木の過去の女性関係を知ったからである。彼はそのことに深く傷ついているのではないか。その淋しさと肉体的渇望からつい絵里子に手を伸ばしたのではないか…。が、そういう自分勝手な想像は、卑しいことだと、奈央子はすぐに自分を恥じた。

「沢木さんは、このことを知っているの」

「いいえ、まだ知りません。でも堕ろせって言うに決まっているわ。離婚協議中に妊娠するなんてみっともない話ですけど、世間では結構多いみたいですね」

もともと絵里子は、自分の心理や状況をこと細かく無表情で喋り続けるところがあるが、今でもそうだ。そうすることによって、相手がどれほど傷つくかまるで頓着《とんちゃく》がない。

「私が荷物を取りに、東京の家に戻った時です。一回だけじゃありません。三日ほどいましたけど、毎日セックスはしていました。主人も私も、避妊っていうことをまるで考えなかったのは馬鹿ですけど、仕方ありません。ずうっとそういうことをしていないと、そっちの方に気がまわらない、っていうこともありますけど、こんなに仲の悪い夫婦がセックスしても、子どもが出来るはずないって、どっちも思っていたような気がします」

「でも実際、妊娠したわけでしょう」

「そうなんです……」

絵里子は大儀そうなため息をついた。

「どうしていいのか本当にわからなくなってしまって……。実家の両親にも恥ずかしくて相談出来ません。今までずうっと、私たち夫婦のことで悩ませてきたんですから」

「そりゃあそうでしょう」

堕ろすしかないだろうという思いが、奈央子の胸にわく。本当にいまいましいことであったが、こんな場面だというのに、奈央子の中にはアドバイスという名の言葉の輪郭が出来上がりつつあるのだ。

「子どもがいない私が、こんなことを言うのは失礼だろうけども、お腹のお子さんは諦めるしかないんじゃないかしら」

ねえ、絵里子さんももう目が醒めたでしょう。あなたのご主人は、他に女をつくりごたごたしている最中にも、平気であなたを抱いて避妊もしない人なの。そういう時に妊娠したって、これはもう事故のようなものよね。ここはもう、こっそりと始末するしかないでしょうね。そして絵里子さんは、彼ときっぱりと別れて、新しい人生を始めるのよ…。

この言葉の半分は、自分に向けられたものだとわかる。

いろいろ雑誌やテレビで言っているではないか。不倫した女が、いちばん口惜しくつらいのは、相手の男の妻が妊娠した時だという。こんなひどい裏切りはないと、雑誌の特集である女は語っていた。

しかし、これは自惚《うぬぼ》れというものかもしれないが、沢木の頭の中に「裏切り」という意識はまるでなかったに違いない。その時々で激しく心を燃やし、相手の女を深く愛する。が、その時々で深い思慮のないことをいくらでもする。後でどれほど辻褄《つじつま》が合わないことになろうと平気なのだ。

ああ、やっと沢木という男が理解出来るようになった…。けれどもその理解が、本当の別れに繋がっているものだと奈央子にはわかる。

「でも、私、産みたいんですよ」

絵里子が突然顔を上げた。白目の部分が澄んで、まなじりがきっと上がっている。彼女のこんな強い目を初めて見た。

「私、どうしても産みたいんですよ。このままこっそり堕ろして、そのまま離婚、っていうことは絶対に嫌なんです」

まるで奈央子の〝アドバイス〟を見透かしているようだ。

「じゃ、どうしたいの」

「二人めの子どもを産んで、主人となんとかやり直したいと思っています。どんなにしつこい、って言われても、私はやっぱりあの人なしでは生きていけないんです。主人はもう私を愛していないし、必要ともしていない。だけど私は、まだあの人を必要としているんです。今度のことでよくわかりました」

「そこまでわかっているんだったら、もう私の言うことなんか何もないわ」

「だけど、主人は私が子どもを産むことを許してくれないと思うんです。だってあの人は、奈央子さんに夢中なんです。まだ諦められないんです。いったい私、どうしたらいいんでしょう」

「知りませんよ」

初めて冷たい声が出た。


このところひんぱんに携帯の着信音が鳴る。相手は誰かわかっている。先日、合コンで知り合った森山である。

――今、新幹線の中からです。大阪へ出張です。隣りのオヤジのいびきがすごくて、本も読めそうもありません――

――タクシーで帰る途中。銀座で飲んでました。といってもセコい店ですけど――

――今日は丸ビルの中のフレンチ食べましたけど、なかなかいけましたよ。もうあそこも落ち着いてきて、いいムードになりました――

まるで彼の日記を読まされているようなもので、受信の記録はどんどんたまっていく。奈央子は四回か五回に一回、そっけない返事をするだけだ。

――不景気だっていうのに、残業ばっかり多くなって疲れます。ここのところ友だちに教えてもらった、赤坂のクイックマッサージにはまっています――

つけ込む隙のないメールを打っているつもりなのであるが、すかさずこんな返信が来るようになった。

――疲労回復なら、やっぱりおいしいもんでしょう。赤坂にめちゃくちゃおいしいタイ料理がありますよ。ぜひ行きましょう！――

それならば博美でも誘って、と思うと、彼女はとんでもないと手を横に振った。

「私も長いこと、合コン人生やってますけど、こんなに不調な時はないですよ。こっちが年とったってこともあるでしょうけど、ルール違反の男の増えたこと、増えたこと。前は決まった恋人のいる男は来ない、っていうのが常識だったじゃないですか。それなのに最近は、女房子どもがいる男がこっそり来るんですよ。もお、世も末ですね……」

大げさに嘆く姿がおかしくて、つい奈央子は笑ってしまう。

「合コンで知り合った男とうまくいってる、なんていう話、この頃めったに聞きませんよ。そこ行くと、奈央子さんの場合は、ちゃんと積極的に押してくる男がひとり現れたんでしょう。こういうのは手放しちゃ駄目ですよ。やっぱり選択肢は幾つもなくっちゃ。いくら彼とラブラブっていっても、それはそれむずかしそうじゃないですかあ」

沢木とのことを、ずばりそんな風に言う。

「だったら森山さんとご飯ぐらい食べてあげなきゃ。私がリサーチしたところによると、あの人、今のところ決まった彼女はいないみたいですよ。一時期、同期の女性と噂がたったけど、彼女このあいだ結婚したそうですもん」

その日も、森山から何回めかのメールが入った。

──めちゃくちゃおいしい和食屋を見つけました。マスコミに出ないうちに、二人で食いまくりませんか。僕は来週は比較的空いてます。野田さんに予定合わせます──

というものの、忙しい広告代理店の男と、商社レディとはなかなか日にちが合わない。

──いっそのこと、土曜日はどうでしょうか──

メールにはある。

「土曜日ねぇ…」

奈央子は迷う。土日に予定を入れるのは、恋人のためだ。一度しか会ったことのない男と、週末に会うというのは自分の中のルールに反するような気がする。心も体もゆるみきっている時、自分を励まして化粧をし服を着る。あの「しんどい」作業を、好きな男のため以外したくはなかった。

けれども森山は喰い下がってくる。

──この週をはずすと、また次の週から出張へ行かなきゃなりません。今だったらおいしいマツ茸が食べられます。ぜひ、ぜひ、ぜひ──

そんなわけで、土曜日の夕方、六本木のスターバックスで待ち合わせることになった。もう顔も忘れかけているような男のために、洋服をあれこれ考えるのは口惜しい。そうかといって、自分に好意を持ってくれている男を、がっかりさせるのも嫌だった。結局ジャケットをやめて、明るい色のニットにする。澄んだ色のダイヤ柄は、最近輸入されているイギリス製のものだ。これに深いグレーのプリーツスカートを組み合わせると、まるで女学生のようになった。ダイヤ柄にプリーツという、気恥ずかしい取り合わせが、意外にも自分によく似合うことが奈央子には嬉しい。

先日の絵里子の言葉は、思っていた以上に、奈央子の心を蝕《むしば》んでいる。何かの拍子に、

「あの私、妊娠しているんです」

という絵里子の声を思い出すともう駄目だ。今まで培ったさまざまなものが、大きな音をたてて崩れていくような気がする。人の心に、本当に誠実というものがあるのだろうか。男と女というのは、心から愛し合うことが出来るのだろうか。人間の根源的なものについて問うことは、生きることの疲労にも繋がる。

失恋をきっかけに、会社を辞める者がよくいるのもそのためだろう。

今〝負けまい〟と、奈央子は足を踏ん張っている。会社なんか辞めてやると、ずうっと思っていた。今でもそう思っていることに変わりない。しかしそれは自分が心も体も健康な時にすることだ。今のように心が落ち込んでいる時に、負のカードを拾うことはなかった。今は何か悪い力が働いているような気がする。奈央子を投げやりにするために、今まできちんと歩いてきた道からはずれさせるために、邪悪な力が動いている。その罠にはまってたまるものかと奈央子は身構える。

決して克己心とかいうものではなく、この頃の奈央子はいつもの時間に起き、いつもよりも早く眠る。三日に一度はジムへ行き、インターネットで海外の新聞のヘッドラインを読む。お酒の量も変わらず、外食はむしろ減ったぐらいだ。

つらいことがあった時は、日常の持つ大きな力でうち負かそう、というのが奈央子のやり方である。そう大上段に構えるわけではないが、自分の感情にずぶずぶ溺れてだらしなく過ごすのが嫌なのだ。

若い時はさんざんやった。男と別れたからといっては昼過ぎまでベッドの中で泣き、彼と喧嘩をしたからといって、友人たちと強い酒を朝まで飲んだりしたものだ。

三十五歳の奈央子は、もはや自分の哀しみやつらさに甘えることは出来ない。金や時間や、その他たくさんのものを使って、とにかく自分の心をコントロールするのだ。少しでもいい状態のところに持っていかなくてはならない。

今夜の森山とのデイトも、そうした手段のひとつかもしれなかった。

窓際に座り、奈央子はカフェモカを飲む。時間的にはおかしいが、ミルクをたっぷり使ったここの飲物は奈央子の大好きなものだ。けれども食事の前にコーヒーを飲み過ぎると舌のコンディションが悪くなる。だから奈央子はちびちびと飲んだ。本当ならビールの小瓶でもいきたいところだ……。

その時、ガラス越しに男が手を振っているのが目に入った。森山だった。もう顔など忘れかけていると思ったがそんなことはなかった。白いフィッシャーマンセーターを着ている。背が高くないこともあって、彼もまた大学生のように見える。スクールボーイとスクールガールのデイトだと思ったら、なにやらおかしくなった。

二人で飯倉の方へ向かって歩く。一緒に並ぶと、思っていた以上に彼は背が低かった。スポーツで鍛えた肩が張っているために、ますます小男に見える。

もしも万一、この男を愛することがあれば、この背の低さも気にならないようになるのかと、ふと奈央子は考える。そんなことが自分には起こりそうもなかった。それは誰か別の女に訪れる出来ごとだろう。

もし自分にある種の才能、心映えといっていいものがあればどんなにいいだろう。それは自分を愛してくれる男をすぐ好きになることが出来る、シンプルで善良な心である。そうした可愛らしさを持った女は、すぐに幸福になれる。けれども自分にはそれがなかった。悲しいけれども本当のことだ。

森山は右に折れ、小さな坂を下った。マンションの一階に、白いあかりが灯いている。

「この店ですよ」

まだ新しい店らしく、清潔な木のひき戸を開けた。カウンターにテーブルがふたつだけの小さな店だったが、ほぼ満席だった。二人はテーブルに案内された。

「カウンターで食べる方がいいんですけど、ゆっくり話をしたかったから」

森山はさりげなく言う。やがて白あえのお通しが運ばれてきた。シメジと栗が秋の香りだ。そうかと思えば、白身の刺身がほんの少し盛られて運ばれてきた。

「野田さん、日本酒どうですか」

「いいですね」

「ここはいろいろ揃ってますよ。僕はこのあいだまで、和食でも気取って白ワイン飲んだりしてたけど、この頃はやっぱり和食には日本酒だと思うなあ」

「私もそう。カウンターで気取って白ワイン飲んでる人見ると、ちょっと違うよなァって思うようになっちゃった」

「そう、そう。このあいだも和食にブルゴーニュの白の高いのをご馳走してもらったんだけど、カラスミと一緒に飲んだら、それこそゲーッていう感じ。どっちも高いもんなのに、本当にもったいなかったよなぁ…」

料理はどれもおいしく、それに合わせた吟醸酒もおいしかった。それよりも森山との会話は思いのほか楽しく、箸を動かしながら二人は喋り続けた。喋る、食べる、飲む、この三つの歯車がうまくまわり始めた時の心地よさに、奈央子は自分が次第に高揚してくるのがわかる。こんな時間は久しぶりだ。いつのまにか「ねえ、ねえ」と友だち口調になっていく。

「ねえ、私たちって、すごくいいノモ友になれると思わない」

「そんなの嫌だな」

「えっ」

「だってそうだろ。タイプの女性からノモ友になろうなんて言われて、喜ぶ男なんていないと思うけどな」

「あら、私のことタイプだったの。嬉しいな、そんなこと言われたの久しぶりだわん」

まだ心の準備が出来ていなかった。牛タンとじゃが芋の煮つけを食べながら、いきなり告白されるとは思わず、奈央子はおどけて唇をとがらせる。

男から全く好意を寄せられないというのも悲しいけれど、男の判断をまだしかねている時に、熱い気持ちを耳元に吹きかけられるというのも億劫なものだ。歯車がバタッと止まったのを奈央子は感じた。

「二十代とは違うんだからさ、友だちを何年もやって、それからつき合うなんて時間がもったいないって思わないかな」

「そうかしら」

それはいつも奈央子が考えていることであるが、ちょっと驚いたふりをする。

「そりゃそうだよ。奈央子さんみたいにモロタイプに会えることなんかめったにないんだから、直進、直進、タックルするよ」

ラガーマンらしい言い方に、奈央子はふっと笑った。この男には素直に言おうと決心する。

「だけどさ、私、今、直進されても後ずさりすると思うなあ。ちょっとそういう気持ちにはなれないんだもの」

「知ってるよ。奥さんいる人とつき合っているんだろう」

予想していたことであるが、奈央子は苦いものがこみあげてきた。絵里子とのトラブルで、奈央子の恋はかなり有名なことになっているらしい。

「あ、誤解しないで欲しいな。僕が奈央子さんのことを知りたくて、独自の調査をしただけだから。あなたのプライバシーを皆が知っているわけじゃない」

必死で取り繕う森山を、やさしい男だと思った。

「ちょっとがっかりはしたけど、これで僕にもチャンスがあると思って。独身の恋人とラブラブなら、入り込む隙はないけど、相手がそうなら何とかなるかなあって」

「どうして、何とかなると思うの」

奈央子は森山の目を見る。もう長いこと悩んでいることの答えを、二回めに会った男から聞きたかった。

「そりゃそうだよ。奥さんと子どもがいる男は、絶対に家庭を捨てないもの。僕のまわりを見ていてもみんなそうだ」

　奈央子はその答えを、その場で忘れることにした。陳腐な答えだ。同じことを何人の人に言われただろうか。母にも言われた。親友からも言われた。奈央子自身さえもとうに出している答えだった。

　だからもう少したてば、沢木のことは忘れられると思っていた。事実この二ヶ月、会ってもいないし、電話をかけることもない。たまの短いメールだけが、二人を繋ぐ唯一のものだ。だから沢木のことはきっと忘れられると思っていた。自分の前にも、妻以外の恋人がいた。全く誠意のない男なのだ。だからきっと忘れられると思っていた…。

「泣いているの…」

　森山が握りこぶしのように、おしぼりを差し出した。

「嫌なことを言ったみたいでごめん。オレさ、好きな女の人にはアタックするのみで、いろんな技を使えないんだ。だからデリカシーがないって言われる。本当にゴメン」

「違う。違うってば」

　奈央子は手を振った。

「そういうことじゃなくってさ、正直言うと、今あんまりうまくいってないから、それでちょっと暗い感じになったのかもしれない」

「そりゃ、そうだよ」

　森山は頷いた。

「妻子のある男とつき合ったって、たいていはうまくいかなくなるもんなあ」

「ちょっと、慰めてくれてるわけ。それとも傷跡をぐりぐりしてるわけ」

「あ、悪い。悪い」

二人はそこで少し笑った。

その後も二合瓶を三本空け、二人は店を出た。ワリカンにしようと奈央子は言ったのだが、とんでもないと森山は叱るような口調になった。

「オレが誘ったんだからオレが払う。デートの費用をワリカンにしようなんて、女の子が考えなくてもいいよ」

彼が領収書を貰わないのを、すばやく見てとった。奈央子は温かい気分になる。

「ねえ、もう一軒行こうよ。今度は焼酎の店だ。有機農法のすごくおいしい果物を使って、うまい焼酎割をつくってくれるんだ」

「いいわね」

タクシーを拾おうと広い通りに出た時に、奈央子の携帯が鳴った。食事中は切っておいたのだが、店を出てメールを確認する際にオンにしていたのだ。

「あ、奈央子さん、どこにいたの。今、どうしてるの」

絵里子の声だ。こんな早口の声は聞いたことがない。早過ぎて機械音のように聞こえる。

「お願いします。今すぐ来てください。助けてください」

「ちょっと落ち着いてよ。どうしたの。もっとゆっくり話して」

「子どものことを言ったら、主人が私に殴りかかってきたんです。今、必死になってトイレに逃れたんです。お願いします。助けてください」

「助けるもなにも、警察呼んだらどうなの」

「警察を呼んだら大変なことになるわ。お願い、奈央子さん、来て」

とっさに切った。傍の森山の顔を眺める。どうしていいのか、また答えを聞こうとした。

「オレも一緒に行く。さあ、行こう」

何も知らないはずなのに、彼は力強く言った。


夜の街をタクシーで走っている。

通り過ぎるヘッドライトの中で、初老のタクシードライバーの肩がはっきりと浮かび上がる。

奈央子の傍には、ぴったりと触れ合うようにして森山が座っている。お互いの体温が混ざり合うほど近くにだ。そのことを不思議に思わない自分がとても不思議だった。

今夜が初めてのデイトだというのに、よりにもよって絵里子から携帯に電話が入った。夫の沢木が暴力をふるっているというのだ。その電話の内容を伝えたわけでもないのに、森山はすぐさま言ったのだ。

「オレも一緒に行く。さあ、行こう」

いったいどの程度まで理解しているのだろうか。

いいように解釈すれば、ただならぬことが起きたことを直感し、奈央子をひとりでそんなところへ行かせてはならないと思ってくれたのか。それとも広告代理店に勤める男にありがちな、野次馬根性と好奇心であろうか。いずれにしても奈央子は、森山の同行をすぐさま承知し、こうして一緒に沢木のマンションへ向かっているのだ。

いつもの奈央子だったら、こういう時さまざまな思惑が浮かぶ。いきなり男を連れていったりしたら、沢木は誤解してさらにいきりたつかもしれない。プライドの高い男だから、森山に帰れと毒づくことであろう。さらに深く考えれば、沢木のところへ行くなどというのは、決して賢いやり方とはいえないはずだ。まだ奈央子はその気になっていないとはいえ、森山は恋人候補といってもいい。彼は結構熱心に口説いている最中である。もしかすると、あらたな展開があるかもしれない。それなのに沢木とその妻が争う現場を見せるということは、奈央子の過去をさらけ出すことである。奈央子が妻子を持つ男とつき合っていたことを、森山はどうやら知っているらしい。けれどもここまでの修羅場を見せるのは、決して得策とはいえないだろう。

けれども今の奈央子にとって、そんなことはどうでもいいことだった。車のヘッドライトをひとつ、ふたつと見送るうち、頭の中がすっかり空になっていく自分に気づく。

「なるようにしかならない」

投げやりというのでもない。ただ心が哀しみと共に澄みきっていく感じがする。

「もうこれで、沢木とは完全におしまいだろう」

はっきりとわかる。ハワイで初めて会った日からいろいろなことがあった。恋は何度もしてきたけれども、不倫は初めてだったから、つらいことばかりだった。妻の嫉妬で、会社の後輩たちの前で恥をかき、親も泣かせた。それでも貫きたいと思った沢木との愛は、いったい何だったのか。「真実の愛」というのは、奈央子がつくり出した幻影だったのか…。

そんなぼんやりとした状態でも、頭のどこかはきちんと現実に反応していく自分がいる。

「運転手さん、次の信号を右に曲がってください。…そうです。ええ、五十メートルぐらいいくと、右に白いマンションが見えます」

森山がちらりと見る。ここに何回も通ったのだろうと思ったに違いない。

降りる時、森山がすかさず財布を開こうとしたので、奈央子は叫んだ。

「やめてよ。私の用事で来てもらったんですから」

もう彼の表情を見ないようにして、マンションの扉を開け、中のオートロックのマイクに向かった。

予想どおりかなり時間がかかった。

「もし、もし…」

聞こえてきたのは、沢木の声であった。低い押し殺した声に、いぶかしさが表れている。

「もしもし私です。野田奈央子です」

「奈央子」ではなく、あえてフルネームで言った。

「えっ、どうして君が」

「とにかくここ、開けてください」

「ちょっと、今はまずい。悪いけど出直してくれないか。いや、ちょっと近くのファミレスで待っててくれ」

とたんに早口になった沢木に、奈央子はきっぱりと言う。インターフォン越しだったから、これほど強い言葉が出ると思う。

「すぐに開けてください。お願いします。開けてくれないと、管理人さんのところへ行きます。本気ですよ」

インターフォンはそのまま切られ、ドアが音をたてて開いた。奈央子と森山も無言で進む。エレベーターの中に入ったとたん、森山がやっと口を開いた。

「随分、おっかないんだな」

「人の命にかかわることだから」

「えっ」

「そうなの」

絵里子も心配だが、奈央子が案じているのはお腹の中の子どもだ。妊娠初期は非常に流産しやすいことは、独身の奈央子でさえ知っている。もし今夜何かあったら、自分は永遠に後味の悪さを持ったまま、生きていくことになるだろう。

五階で降りた。ワンフロアに四世帯しかない古いけれども高級なマンション。左手に進み、最後のドアが沢木の部屋だ。案の定、ここにも鍵がかかっていた。奈央子はしつこくベルを押す。ややあって、鉄製のドアが内側から開かれた。

久しぶりに見る沢木は、情況が情況だけに尋常な風には見えない。シャツに黒いカーディガンを羽織っていたが、シャツのいちばん上のボタンがはずれている。男の目が完璧に吊り上がっているのを奈央子は見た。女に手を上げる男というのは、こんな顔になるのだろうか。

「絵里子さんはどこ」

「寝室にいる…」

　と言いかけて、沢木は森山に気づいた。

「この男は、誰なんだ」

「奈央子さんの恋人…って言いたいけど、まだリストにも挙がってません。ちょっとふつうじゃない感じだったんで、ボディガードということで従《つ》いてきたんです」

　森山はこの場をとりつくろうように、おどけた口調で言ったが、それは全く逆効果となった。

「悪いけど、あんたは帰ってくれないか」

　ドアを閉めようとする。

「いや、そういうわけにはいきませんよ、このままでは心配でたまりませんからね」

　なんと森山は、閉まりかけたドアの間に素早く足をさし入れ、強引に進んでくるではないか。

「おい、ちょっと待ってくれよ。どうしてあんたが、勝手に他人のうちに入ってくるんだ」

「だから言ったでしょう。奈央子さんのことが心配なんですよ」

「何が心配なんだ。いったい何の権利があって、このうちにやってくるんだ。帰れ、帰れ」

　二人の男が争っている隙に、奈央子は寝室に向かった。このドアがそうだということを知っている自分を心から嫌だと思った。

　ドアを開ける時、恐怖が走った。もしかすると、絵里子は血だらけになっているのではないかと想像したのだ。

　ドアを開ける。電気がついていない。ツインのベッドの向こう側に、横たわる人影が見えた。

「絵里子さん…」

怖れていた血は一滴も見えないことに、奈央子はほっと安心した。ゆっくりと絵里子は起き上がる。頬にタオルをあてていた。奈央子は枕元のスタンドのあかりをつけた。たぶんなめらかな動作だったろうが仕方ない。

「絵里子さん、大丈夫…」

奈央子は近寄ろうとして、一瞬ためらった。大きな疑問にとりつかれたのである。

「このことの、すべての原因は私にあるのだろうか」

仲のいい夫婦に、亀裂が走ったのは自分が出現したためだろうか。今のこの展開を招いたのは、自分という存在のせいなのか。いや、違うと奈央子は、きっぱりと胸を張る。この夫婦は以前からどこかおかしなところがあった。気持ちも何もかも、全くすれ違っていながら、どこかきっぱりと別れられない不思議さ…。

「もしかしたら…」

怖しくて、その結論が出せなかったけれども、今ならわかる。

「この夫婦がずうっと主役だった。そして私はたまたまこの間に入りこんだ侵入者だったのかもしれない」

目が薄闇に慣れてきた。すぐ近くに絵里子の顔がある。目が光っている。それが憎しみなのか、感謝なのか、もう奈央子にはわからない。本当にもうわからないと思った。

「奈央子さん…」

思いのほか、はっきりした声で絵里子は言った。

「主人が私を殴ったんです。今までものを投げたり壊したりはしたけど、私を殴ったのは初めて。私、もうショックで、どうしていいのかわからなくて、携帯を持ってトイレに飛び込んだの。内から鍵をかけてじっとしていたんだけど、本当に怖かったわ…」

「そう…」

「奈央子さんのことを思い出して、奈央子さんなら、私のことを助けてくれると思ったの」

絵里子は頬にタオルをあてたままだ。それをはずすことが出来たらと、ふと思った。本当は腫《は》れても、赤くなってもいないのではないか、今夜のことは、すべて狂言ではないのか。絵里子ひとりでなく、夫婦二人で仕組んだ…。

その時寝室のドアが勢いよく開いた。まるで芝居の台本どおり、主役のひとりがクライマックスをつくろうとしているようであった。

「もう君に何を言っても無駄だと思うけど」

沢木の目は、妻ではなく奈央子に向けられていた。

「僕はまたしても絵里子に図られたんだ。彼女は、娘を産んで以来…」

ここで言いよどんだ。

「ピルをずっと飲んでたんだ。絶対に妊娠したくないってね。それなのに企んだんだよ。僕が本気で離婚しようとしてるから、子どもでがんじがらめにするつもりだったんだ。最低だよ、こんなことまでやるとは思ってもみなかったよ」

沢木は今度は絵里子の方を向いた。リビングからの光を背に浴びて、彼はとても大きく見える。身勝手で理不尽な怒りで身もだえしている男の影が、ちょうど妻にかぶさる。

「何言ってるのよ」

奈央子は叫んだ。

「あなたたちはまだ夫婦なんでしょう。夫婦だったらセックスもするだろうし、子どもだって出来るかもしれない。それなのに図られたってどういうこと。あなた、自分の子どもが可愛くないの」

「君には、僕の気持ちがわからないのか」

今度は奈央子を睨みつける。完全にタガがはずれていると、奈央子はそんな男の顔を、醒めた目で見つめた。が、それを沢木は「見つめ合っている」と勘違いしたようだ。

「わかるだろう。僕は君と新しい人生をやり直すつもりだったんだ。もう一回生きるつもりだったんだ。それが、それが…」

驚いたことに、沢木の両の目から涙がぽろぽろ落ちてくるではないか。

「それが、この女がいつもめちゃくちゃにするんだッ」

素早い動作だった。沢木は絵里子に躍りかかったのである。

「やめろ」

奈央子よりも先に黒い影が突進していった。森山であった。ラグビーをやっていたというのは確からしい。小柄な彼が体を丸め、すごい勢いで沢木の腹にとびついた。沢木はぐらりと揺れてベッドの上に倒れ込んだ。森山はそのまま彼に覆いかぶさる。

「ちょっと、あんた、いい加減にしなさいよ」

下で沢木がもがいているが、森山の体から逃れることは出来なかった。

「奥さんに殴りかかるってどういうこと。警察呼ぼうか、警察。ＤＶがやたら多いから、最近はちゃんと警察が介入してくれるんだよね」

「警察」という言葉で、沢木はぴたっとおとなしくなる。やがて「離してくれ」と小さな声がした。

「沢木…さんだっけ。もう暴れないって約束する？　オレ、早稲田の森山っていわれた、結構ならしたラガーマンだからね。本気でやったら相当おっかないよ」

やがて沢木はゆっくりと体を起こした。奈央子はその隙に、すばやく寝室の蛍光灯をつけた。白いあかりの中、四人の男女がそれぞれの姿勢で浮かび上がってきた。壁ぎわに立っている奈央子、ベッドに腰かけている沢木。半ば横たわっている絵里子。森山だけがきちんと沢木の傍に立っている。みんなしばらくそうしていたが、静寂にいちばん早く耐えられなくなったのは奈央子である。

「お茶でも飲みましょうよ」

絵里子がのろのろと立ち上がった。

「私も手伝うわ。熱いコーヒーを飲んで、ちょっと気を取り直した方がいい。あなたたち夫婦は」

沢木にとって、こと最後の言葉はとても冷たく聞こえただろう。けれども奈央子は、念を押すように言った。

「二人とも冷静になってくださいよ」

「あの…」

森山の声は明る過ぎて、やや間が抜けて聞こえた。

「もうオレの役目は終ったみたいだから、三人だけでコーヒー飲んでください。オレは下のロビイで待ってます。何かあったら携帯で呼んでください」

「ありがとう」

本来ならこのまま帰ってもらうべきだろう。が、森山を帰したくなかった。下で待っていてくれるという彼に、奈央子は心強いものを感じた。

森山を玄関まで送り、戻ってくるとコーヒーの入ったカップが三つテーブルの上に置かれていた。この早さはインスタントコーヒーだろうと思ったらやはりそうだった。おまけに冷たいカップにポットのお湯を注いだらしく、ぬるくて粉っぽい。しかし喉が渇いていたので、いっきに半分飲んでしまった。

「さてと…絵里子さん、今夜はこのままどこかへ泊まった方がいいと思うわ。私が送りますから、ホテルをとりましょうよ。会社が特約していて、すごく安く泊まれるところが品川にあるの」

タオルをあてたまま、絵里子は頷く。

「私…」

強い視線を沢木の横顔にあてた。

「私、こんなに憎まれているとは思わなかった…」

「あたり前だろう」

沢木は憮然と答える。

「僕たちがもうやっていけないっていうのは、とっくにわかっていたじゃないか。ふつうの夫婦だったらきっぱり別れられるはずだ。その方がお互いのためにずっといい。それなのに君は、どうしてちゃんと別れてくれないんだ」

「私は嫌よ」

絵里子は子どものように、かぶりを振った。目の化粧がすっかり落ちて、下まぶたに黒く太い線が出来ている。

「私はあなたと別れたくないの。だからどんなことにも耐えてきたじゃないの。あなたが私を責めても、恋人つくっても、私、我慢してたわ」

残りのコーヒーをすする奈央子の背中を、ざわざわと粘っこいものが這っていく。奈央子は、これほど男に執着を見せる女に会ったことはなかった。

「ねえ、絵里子さん」

「はい」

「ちょっと聞いてもいいかしら。どうして沢木さんと別れられないの。どうしてここまでするの」

「だって、運命だと思うからですよ」

微笑みながら絵里子は、タオルを離した。はっと奈央子は息を呑む。内出血を起こして目の脇のところが紫色になっている。

「私、どんなことがあっても子どもを産みます。そして主人とやり直すつもりです」

沢木はもう何も発しない。

――お礼なんていいんですよ。夜遅く女性を送るのは当然のマナーです。でもあの奥さん、不思議な人ですよね。ホテルに向かう間、なんだか楽しそうだったと思いませんか。

まあ、いろんなことがあったみたいですけど、まずはおいしいものでも食べにいきましょう。僕はあの時、奥さんを必死で庇おうとしたあなたのカッコよさ、忘れられません――

こんなメールがあった後、今度は電話だ。

「奈央子さん、フグは好き」

「もちろん」

「だったら来週あたりどうかな。根岸の方に、すっごく安くておいしいフグ屋を見つけたんだ。おじさんとおばさんの二人でやってる、ちょっと汚い店なんだけど、その分安いんだろうなあ。唐揚げが最高でさ、オレ、東京でいちばんうまいとこだと思うんだ」

やたら饒舌になっているのは、奈央子に断わられることを怖れているからに違いない。しかし奈央子はそうすることにした。

「来週はちょっと都合が悪いわ。たぶん残業をいっぱいすることになると思う」

「じゃ、さ来週はどうかな。連休があるけど、それははずした方がいいよね」

「悪いけど、私、ちょっとそういう気分にならないんだ」

「フグを食べる気分？」

「ううん、そういうことじゃなくて、男の人とご飯食べる気分」

「オレはまだ男の人じゃないじゃないか。残念だけど、ご飯食べるただの友だちだよ」

「まあね。だけど、ちょっと今はいろいろ考えたいから」

「わかった。まあ、フグは逃げてかないから気長に待つよ」

受話器を置いて、奈央子は自分のベッドに横たわる。おそらく説明しても、森山にはわからないだろう。すべてのことが億劫になったのだ。

今までも失恋したことはある。男に振られもしたし、こっちから振ったこともある。けれどもそういう時も、ひとつの希望は必ずあった。もっといい男を見つけてやる、きっといつか大恋愛の末に、幸せな結婚をしてみせるという。やがて自分の中で強気な意志をつくり出していった。

ところが今は何もない。また同じことを繰り返すのだという、ため息のような、げっぷのような感情があるだけだ。

森山とフグを食べるとする。その夜、根岸でキスをするかもしれない。次にはイタリアンを食べるとする。すると今度はホテルに誘うだろう。もしかすると、奈央子の部屋に来たいと言うかもしれない。そう気は進まないけれども、ことのなりゆきということで、奈央子はセックスをする。すればまあ楽しいし、次第に相手のことを好きになる。そしてこれをきっかけに、男の方はどんどん積極的になるはずだ。週に一回はデイトし、ご飯を食べてセックスをするというパターンが出来上がる。

その最中「愛しているよ」と男は言い、「私も」と奈央子は応えるだろう。本当は「そこまでじゃないかもしれない」と思っているかもしれないが、礼儀上口にする。すると言霊《ことだま》というものがあって、「愛している」という言葉を口にするうち、だんだん男が好きになっていく。

やがて男は結婚しようと言うかもしれない。言わないかもしれなくて、奈央子はやきもきする。こうしている間に、二年か三年はたって、奈央子のエステに行く回数は増えるだろう。

「だから何だっていうのよ」

今すぐ結婚したい、というわけではない。ただ単に同じことを繰り返すのが嫌なのだ。

森山は決して悪い男ではない。背の低いところを除けば、人柄もいいしまあまあのエリートだし、これといった難点もない。けれども森山のような男は、今までもいたような気がするし、これからもいるような気がする。あの男だったら、こういう風な恋愛をするだろうとはっきりとわかる相手だ。

一時期は運命の男と思い、どんなことをしても結ばれるのだと信じていた沢木とも、あんな別れをしてしまった。奈央子はベッドにあおむけになり、今までの恋人の数を数えてみた。十七歳の時から八人という数は、今の世の中、そう多いともいえないだろう。五年近くつき合った溝口のような男もいるから仕方ない。別に多いからいいというものではないだろう。

奈央子はふと「メリーゴーラウンド」という歌を思い出した。といっても、ワンフレーズをちらっと思いうかべただけだ。メリーゴーラウンドというのは、いったいどういう意味で歌われていたのだろう。

奈央子は、八頭の木馬が走るメリーゴーラウンドを頭の中で描く。プラットホームの上で、奈央子は八頭の木馬を乗り替えてぐるぐるとまわっている。馬は替わっても、回るところは同じだ。いつまでも回っているだけだ。けれども別の女たちは、さっさとメリーゴーラウンドから降りて、遊園地の出口に向かっている。向こうには結婚という楽し気なテーマパークがある。

そこにどうしても行きたい、というわけではないけれども、奈央子はもうメリーゴーラウンドの上にいるのが嫌なのだ。その都度乗っている木馬をいとおしげに撫でたり、

「あなたがいちばん好き」

とささやいたりするのに、しんから飽きてしまったのだ…。

再び電話が鳴った。

「あ、オレです」

森山だった。

「あと十分たったら、マンションの郵便受け見てくれる」

「えっ？」

「フグ食べる気分になれなくても、キンツバは食べる気分になるかなあと思って入れといた」

「どうしてキンツバなのかしら」

「フグじゃなかったら、キンツバかなあって反射的に思ってさ」

「バッカみたい」

「すいません」

本当にバッカみたいともう一度言って奈央子は電話を切った。これはたいしたことはないと思おうとした。まだ木馬の仲間入りもしないヤツが、ちょっと茶目っ気を起こしただけなのだ。

第十章　プロポーズ

——クリスマスが近づいてきました。今年のイヴは平日だし、こんな世の中なのでジミめになるでしょうね。イヴの夜を、などと、だいそれたことは言いません。二十三日か、二十五日を僕にくれたらとても嬉しいのですが……——

——別に恋人がいなくても、独身女のイヴと、その前後は忙しいもんです。ごめんなさいね——

——だったらお正月早々はどうですか。初詣での後、おいしい鍋をつくってのは最高です。これぞ正しい日本人のあり方——

——さすが広告代理店の人は、イベントのつくり方がうまいですね。でもごめんなさい。本当に時間がないの——

——だったら節分にデイトしてくれませんか。豆で追っ払われても、少々のことではへこたれない鬼になります——

最後のメールを見て、奈央子は吹き出してしまった。森山は決してへこたれることなく、自分の好意をこれでもか、これでもかと見せつける。けれどもそれがどうしても誠意とは思えない。

「プレゼンテーション」

という言葉が浮かんだぐらいだ。広告代理店の男が、恋愛上手で遊んでいる、というのはよく知られている事実である。もともとそういう人間が集められ、入社していくのであろうが、仕事柄彼らはやや軽めの洗練さを身につけていくようである。口もうまいし、やることもスマートだ。流行の店もくまなく知っている。

若い頃だったら、そうしたことが美点に思えたかもしれない。けれども今の気持ちをどう言ったらいいのだろう。男の明るさや行動力についていくのは疲れそうだと思う。それよりも恋の持っているあのはずみに、自分は耐えられるのだろうか。

恋に必要なのは体力だ。二十代にはこのことに気づかなかった。体力があるのがあたり前だったからだ。始終、連絡を取り合い、素敵な店を見つけてデイトをする。口紅の落ち方に気をつけながらも、おいしいものをたくさん食べお酒も飲む。そして当然のこととしてどちらかの部屋でセックスをする。週末ならば泊まりがけになり、朝に愛し合うこともある。目の下に残るうっすらとした疲労。今、あれを確かめる勇気が自分にあるだろうか。

やがてマンネリと同時に疑惑も生じる。幾つかの諍《いさか》い、そして苦悩。お互い努力しての和解…。ああ、恋の道すじをすべてたどることが出来る。もう何度も登った山みたいにだ。そして奈央子は、山を見ただけでもう億劫になっているのである。

この億劫さは、たぶん森山を愛していないからだと奈央子は結論づける。体力だの、諍いだのを思い浮かべるというのは、恋からいちばん遠い場所にいる証拠だ。

「イヴだ、正月だ、節分だ、なんて贅沢は言いません。十二月の日曜のどこか、はいかがですか」

「本当に用事があるの。すいません」

イヴにいちばん近い日曜日、奈央子は早めに家を出て代官山のカフェで、ピタパンサンドとコーヒーという簡単なランチをとった。秋までオープンカフェだったこの店も寒さには勝てず、ビニールシートで覆っている。ビニール越しに眺める冬の景色は、微妙にゆがんで一層寒々として見えた。

「あーあ、この時期ひとりになっちゃったなあ…」

奈央子はコーヒーをゆっくりと飲みながら、心の中でつぶやいている。三十五年間も生きていれば、そういう冬も何度かあった。ちょうど恋人が「途切れて」、ひとりでクリスマスや正月を過ごさなくてはならない冬だ。あの時のようなみじめさや焦りを、今全く感じない。

人間というのはなるようにしかならないし、イヴがどれほどの価値を持つのだろうかという思いになっていくからである。

「私って、もう本当にそういう場所から降りてるのかもしれない。まずいなあ…」

客が立て込んできたのを汐《しお》に、奈央子は立ち上がった。交差点近くのビルまで歩く。ここの一階に輸入子ども服の店があるのは前から知っていた。が、入るのは初めてである。かなり高級な店らしい。ベビー服や靴、もう少し大きな子ども用の真白なレースのワンピースといったものがディスプレイされている。子どもがいない女が、こういう店に入っていくのはなんとも面映ゆい。

「いらっしゃいませ」

ここのオーナーらしい、美しい中年女性が声をかけてきた。

「八歳ぐらいのお嬢ちゃんの、クリスマスプレゼントを探しているのですけど」

最初からプレゼント用だと話しておく方がフェアなような気がした。予算を聞いた女は、幾つかの商品を出してきた。中に紺色の編み込みセーターがあり、奈央子はそれに決めた。

「お送りしますか、それともお持ちになりますか」

女の質問は、奈央子の深いところまで届いた。奈央子があまりにも長く考えたので、女がけげんそうにこちらを見た。

「やっぱり持っていくわ」

それは女にではなく、自分に向けた答えであった。


沢木のマンションへ行く時は、たいていは、タクシーであった。ひとりで向かうこともあったし、沢木に手を握られ、あるいは酔った彼にキスを迫られ、それを軽くいなしながらの短い旅。

私鉄の駅から歩いていくのは初めてであった。そして奈央子は思う、夜の闇はなんと多くのものを隠していたのだろうか。地名からして高級住宅地ではないかと認識していたあたりは、中級のマンションが建ち並びコンビニが目立つ。沢木の住むところも、もっと高級な感じがしたのであるが、昼間見る建物はかなりくたびれている。玄関のマットが毛羽立っていて、マンションの管理室の窓には、

「ただ今留守です」

とマジックで書いたボードがかかっていた。オートロックの操作盤を押す。「はい」という女の声がした。絵里子であった。

「私、野田です。真琴《まこと》ちゃんにクリスマスプレゼントを持ってきたの」

「まあ、嬉しい」

ドアが開き、奈央子は行き慣れたエントランスを進む。待っているのは沢木ではない。彼の妻である。進退窮まった絵里子から電話を貰ったのは、一月半ほど前のことである。あの騒ぎのすぐ後のことだ。

「奈央子さん、今度こそ私、本当にどうしていいのかわからないの……」

豊橋の両親は、妊娠を知ってそれこそ激怒したという。だらしない、いったい何を考えているのかと罵られたと絵里子は言った。そしてここが彼女の不思議なところなのであるが、荷物を持って夫のところへ舞い戻った。暴力を振るわれ、決定的なことを口にした夫のところへだ。これには沢木も呆れたらしい。彼の方が荷物をまとめて出ていったというのだ。

「会社に連絡したら、もう電話をかけてくるなって。とにかくこれからは弁護士を通じて話をする。その一点張りなのよ」

「ついにそういうことになってしまったのね……」

まるで人ごとのように応えた自分が、今さらながら哀しいと奈央子は思ったものだ。

マンションのドアを開ける。背の高い女の子が既に玄関に立っていた。

「こんにちは」

複雑な家庭に育ったためか、年よりもずっと大人びているこの少女と、奈央子が会ったのはつい最近のことだ。ここのマンションに絵里子と共に帰ってきてからのことである。最初に会った時は母親似だと思っていたが、久しぶりに顔を見ると感心するほど沢木にそっくりだ。こちらを見上げる時の瞳の動きまで似ていて、親子というのはここまで同じものだろうかと奈央子は息を呑んだほどだ。友人の子どもなら、これほどしみじみ見ることはなかっただろう。愛人というのは、この相似形によって、男の子どもに憎しみを抱くのか。そういえばつき合っている男の子ども二人が寝ている家にガソリンをまき、焼死させたＯＬがいたっけ。けれども奈央子は嫌な感情をいっさいこの少女に抱かなかった。それよりもいたわしさが先に立つ。

「この子は、ものすごく不幸になるんじゃないだろうか」

その不幸に自分も加担しているかもしれないが、それはそう大きくない。このあいだの修羅場でよくわかった。自分が出現しなくても、この夫婦は奇妙な形で寄り添い、そして憎しみ合う運命だったのである。

「ナオコおねえちゃま、よくいらっしゃいました」

母親に言われたらしく、少女はそんな風に奈央子を呼んだ。肩までの髪を結ぶでもなく垂らしている。それが母親の心のありかを示しているようで奈央子はせつない。

「ほら、真琴ちゃん、これ。ちょっと早いけどクリスマスプレゼントよ」

「ありがとうございます」

真琴が馬鹿丁寧に礼を言った時に、奥から絵里子が出てきた。

「すいません。気を遣わせちゃって」

五ヶ月という腹はまだ目立たないのに、絵里子は全身から「妊婦」という主張を発していた。たぷっとしたニットに、パンツというよりスラックスをはいている。奈央子の嫌いなジャンパースカートを着ていないのがせめてもであった。これは独身女の偏見であろうが、妊婦というのはもともと薄汚いものである。それが絵里子の場合は増長されているといってもいい。おそらく、

「絶対に産んでみせる」

という意志が、全体に漂っているせいだろう。

「どう、調子は」

「それが、つわりがひどくて、ひどくて…」

絵里子は顔をしかめた。ほとんど化粧をしていない肌は、白く乾いている。奈央子は女の舞台裏を見せられたような気分になる。そういえば、街でも美しい妊婦に会ったことがない。おそらく女の人生のうちで、妊娠中というのは、唯一大手を振って何もかも放棄できる期間なのであろう。

「真琴の時は、こんなにひどくなかったのよ。きっと私の精神状態が大きく影響しているのね。こんなにつらい嫌な思いをしていると、体がこんなに反応するんだわ」

「シィ…、そんなこと、お子さんの前で言わない方がいいと思うわ」

「いいのよ。どうせこの子だって、遅かれ早かれ本当のことを知るんだから」

「でもね、時期ってものがあると思うわ…」

奈央子は言いかけ、出産どころか結婚もしていない自分の意見など、相手が聞くはずもないと思った。それにしても、どうして自分は今、ここにいるのだろうか。いつもそうだ。来てしまってから苛立ち、

後悔してしまう。世の中に、男と別れた後、その女房と子どものめんどうをみる、などという女がいるだろうか。が、仕方ない。目に入ってくるのはむくんだ顔をした女と、こちらに背を向けてアニメのビデオを見ている少女の小さな肩だ。

「出産ってお金かかるんでしょう」

「ふつうの病院で産めば、それほどじゃないわ。捨てないでとっておいた真琴のものもあるし…」

「このあいだも言ったけど、欲しいものがあったらメモしといて。もちろんちゃんとお金は貰うから遠慮しないで言ってね」

「ありがとう。私、両親からも見はなされて、今は奈央子さんだけが頼りよ。これ、本当…」

絵里子は頬に手をあててうつむく。随分芝居がかっていると思ったら、絵里子は本当に泣いているのだった。

「子どもの前で、やめなさいよ」

「だって私、心細くてつらくてたまらないの。これからのこと考えると、息が止まりそうになる…」

「それでも産みたいのよね」

思わず口にしてしまった。

「ええ」

絵里子の目が光っている。

「奈央子さんが私だったら産まないわよね」

「まあね」

いきがかり上、もう誤魔化すことは出来ない。おそらく絵里子も、誰かにはっきりと言ってもらいたいのである。

「私だったら、もうちょっと考えるけどね」

そして奈央子はこんな言葉を吐いたことへの自己嫌悪に陥り、その埋め合わせに来週もここに来ることを約束するのだった。


「奈央子さん、知ってますか。男運が悪いのは、頭が悪いっていうことらしいですよ」

そう言ったのは博美だ。何の予定も入っていない女が四人集って、イヴを過ごすことになった。こういう時はレストランではなく、誰かの部屋でやるものと決まっている。結局奈央子の部屋で持ち寄りパーティーということになった。といっても博美はお湯を沸かすのも嫌という女なので、赤ワインとチーズを買ってきた。そしてそのワインをいちばん多く飲んだのは博美だ。

「イヴに女だけのパーティーか。若い子だとしゃれになるけど、私たちだけだとやっぱりもの哀しいものがありますよね…」

などと自虐《じぎゃく》的な言葉をぶつぶつ言っていたが、それもジョークのようなもので、アルコールが入るにつれ、陽気な女だけのパーティーになった。そして突然博美が言ったのだ。

「運が悪いんじゃない。男運が悪いのは、頭と性格が悪いんですって」

「それって、私に対するあてつけかしら」

他の女たちがげらげら笑う。みんな似たりよったりの年齢、似たりよったりの恋愛経験だ。もてないこともなく、ちゃんと恋人もいたけれども結婚まではいたらなかった。途中不倫をして、二年ほどコマが進まず…。すごろくにしてみると、こんなことになるだろうか。

「私たちって、自分たちのこと、なまじ頭がいいと思ってるじゃないですか。でもそれってまるっきり間違いだったっていうわけです」

「そう言われてもねえ…」

奈央子は苦笑いした。

「妥協するのも、頭がいいっていえばそうかもしれないけど…」

「ねえ、このレベルの男とつき合いたくないって思うのも、頭が悪いって言われるわけ？」

「もちろん。見極めが悪いのも、頭が悪いってこと」

「前の男が忘れられないのは」

「おお、頭が悪い何よりの証拠」

みなさん、と博美が続けた。

「いい男がいない、いい男がいないかって、口を開けばぶうぶう言ってるけど、世の中にはいい男が確かにいます。でもそういうのは別の女がかっさらっていきます」

「そりゃそうだ」

みんないっせいに答えた。

「見極めが悪い、決心がつかない。つまらない男とだらだら続ける。私たちに男運がなくって、こんな風にイヴの日に集まっているのにもちゃんと理由があったんです」

「いいわよ。頭悪いって言われても。今さらつまらない男とどうのこうのしようと思わないもの」

「ほら、その居直りがいけないわけ」

「居直りで悪かったわね。私にも一応、実績といおうか、プライドっていうもんがあるからね」

「ほら、ほら、もうプライドは捨てましょうよ」

「いやいや、誇りと志は高く、間口は広く、っていうのが私たちのモットーじゃなかったっけ」

博美と後輩たちのそんなお喋りを聞いていた奈央子が、口を開いた。

「いずれにしても、頭のいい女は幸せになるわ。私、この頃本当にそんな気がしてきた…」

「ふうん、奈央子さんが言うと説得力がありますねえ」

博美が頷く。


——どんなクリスマスをお過ごしでしたか。僕は友人の家のホームパーティーに行ってきました。彼は今どき珍しい、なんと四人の子持ちです。この子どもたちがクリスマスソングをコーラスしてくれたのは、なかなかよかったですよ。それにしても寒いですね。麻布十番においしいシチューの店を見つけました。一度ご一緒したいです——

——シチューは私の大好物です。ぜひ連れていってください——

——奈央子さんからのメール、本当かなあって何度も見返しました。本当に本当においしいシチューで、自信を持っておすすめします！——

とてもわかりにくい店だ。といっても、麻布十番に喫茶店やカフェといったものはあまりない。いっそのこと、銀座かどこかで待ち合わせをして、一緒にタクシーで行かないかという森山の申し出であった。

「それなら和光の前で待ち合わせ、っていうのはどうかしら」

「そりゃまた、随分ポピュラーな場所で待ち合わせだなあ」

「あのへんのカフェは、どこも高いし、すっごく混んでるもの。ちょっとぐらい待つのは平気よ」

「ちょっとなんて、奈央子さんを待たせたりはしないよ」

というものの、約束の時間十分前に和光に行ったが、森山はまだ来ていなかった。寒さがいったんやわらいだ一日で、和光の前はいつもどおり何人もの待ち合わせする人々がいる。奈央子は見るともなしに、若い女たちの顔を見ていた。相手の男性がやってきたとたん、女たちの顔がぱっと輝く。

「もお、遅いんだからあ」

という風に、頰をぷんとふくらませる女もいるが、その表情もとても可愛い。

「でも、こんなことはほんのいっときかもしれない」

信号を待つ人々がはみ出して、人を待つ人たちと重なる。波がひくように人々が去り、何人かの待ち人が残される。奈央子はその中にいた。もう十分過ぎている。隣りに立っていた女が、左手を大きく上げる。信号の向こうから、若い男が小走りでやってくる。

幸せというのは、なんてわかりやすい形なんだろうと奈央子は思った。それを複雑にしているのは自分なのだ。博美がいつか言った「頭のいい」というのは、ものごとをシンプル化する大きな力なのだろう。自分にはおそらく、その力がないのだ。

「寒いですね」

突然声をかけられ、奈央子はふり返った。紺色のまあまあのコートを着た、まあまあの男がすぐ傍に立っていた。

「今日は暖かい、って言ってたけどやっぱり寒いですよね」

「そうですね」

奈央子は答えた。渋谷や新宿で声をかけられたら全く無視していたはずだった。ここは銀座だ。そうおかしな人間がいるはずはないという思いを、男は感じとったのかもしれない。突然饒舌に図々しくなった。

「ここを通りかかったらあなたが立っていて、ちょっとびっくりして立ち止まってしまったんです。こんなに素敵な人を待たせる男って、いったいどんな奴だろうかって興味があって…。でも待ってますよね、僕はさっきからちょっと腹を立ててるんですよ」

奈央子は視線をぷいとはずした。が、そう嫌な気分ではない。こんな風にはっきりとナンパされるのは久しぶりだ。見たところちゃんとした男から声をかけられるのは、突然採点表を貰うようなものだ。○印をつけた用紙を突然渡されたのである。

「こんなに寒いところに、あなたを待たせる彼ってひどいと思うなあ。ちょっとだけつき合ってくれませんか。その間彼を待たせたっていいと思わない」

その時クラクションがいっせいに鳴った。まだ青になっていない横断歩道を、走ってくる男がいた。森山であった。ラガーマンだったというのは本当らしい。まるで試合中のように、腕を直角に曲げて振っている。足もよく上がっていてスーツ姿の男が走る姿にありがちなぶざまさはあまりない。

「お待たせしました！」

息をはずませて奈央子の前に立った。

「電車から降りて携帯かけようと思ったんだけど、走った方が早いと思って」

そして奈央子に尋ねた。

「この人、知り合い？」

「いいえ」

「じゃいいけど、横断歩道の向こう側から見てて、もう気が気じゃなかったよ。もし奈央子さんがさらわれたらどうしようかと思って」

「まさか」

奈央子は笑い、男は何も言わず去っていった。

「待たせちゃってごめん。クライアントのところでトラブっちゃって。本当はとっくに着いてたんだけど。申しわけない」

「いいのよ、そんなの。仕事ならそういうことあるのあたり前だわ」

今見た、マラソン少年のように走ってくる森山の姿を清々しく思い出した。これが何かのきっかけになってくれればいいと、奈央子はふと思う。どういうきっかけかというと、森山を愛することの出来るきっかけである。今、この男に心が向かえば、すべては簡単だ。森山は条件が悪くない。早稲田を出て一流の広告代理店に勤めている、明るく誠実な男で、何よりも自分に夢中だ。ドラマだと、最後にこう

いう男が出てきて恋に疲れたヒロインと結ばれることになっている。数年後の、

「彼女は平凡な男と、こんな風に幸せになりました」

というシーンで、隣りでベビーカーを押している男だ。この男を選べばおそらくすべてがうまくいくだろう。

「だけど、そんなもんじゃないのよね、人の心って」

タクシーの中で、奈央子はぼんやりと考える。

「そう、私は確かに頭が悪いのかもしれない。こうなれば幸せになれるとわかっていても、心がそっちの方に動いてくれない。そういうことをうまく出来る女はいくらでもいるのに。この男ならうまくいくと思った瞬間、その男を愛せる女。愛していると思い込める女。私はそういう才能がないのかもしれない」

それじゃあと、奈央子は気だるく考える。一回寝てみるのはどうだろう。それが大きなきっかけになるかもしれない。何にもしないよりも、その方がマシだ。マシだと思ってするセックスって、

「かなりみじめかも」

奈央子は森山に気づかれぬよう、かすかなため息をついた。


森山とは、少なくとも食べる趣味だけは一致しているようだ。

彼の連れていってくれた麻布十番のレストランは、小さなビルの一階にあり、一見の客は入りづらいようになっている。和食をアレンジしたしゃれた前菜が何品か出た後は、小ぶりのコロッケが出て、そ

していよいよビーフシチューだ。

「もう入らないかもしれない…」

「いや、いや、ビーフシチューを食べなきゃ、この店に来た甲斐はありませんよ」

大ぶりに切ったじゃが芋やにんじんが、いかにもうまそうだ。コースに出た前菜やコロッケもそうだが、この店は昔の洋食をうまくアレンジしている。飾りつけが綺麗で今風であるが、味つけはしっかりとしていてどれもうまい。お腹いっぱいと言いながら、奈央子はシチューの皿をたいらげてしまった。求愛されている男だというのに、何のてらいも気取りもない。二人の間には、手頃な値段の赤ワインが置かれていたが、それも二人で空けてしまった。

「ああ、おいしかったわ。ものすごい量、いただいちゃったわ」

「ああ、いいなア」

森山は目を細める。

「奈央子さんと二人で食事をしたら、どんな感じかな。きっともりもり、すごく気持ちよく食べるんだろうなアって思ってたら、このあいだも、やっぱりそうだった」

男のこんな視線に照れなくてはいけないんだろうが、酔いのためにまっすぐ受け止めることが出来る。

「このまま、うまくいけばいいけど…」

自分の心をさっきからじっと覗き込んでいる奈央子がいる。

一緒に食事をして、決して嫌にはならなかった。それどころかかなり楽しい。このままこの男を好きになれたらどんなにいいだろうか。好きにならなくてもいい。

「こちらを好きになっても構わない」

このレベルになったら後は簡単なのだ。飽食と酔いの力を借りて、とりあえず寝てみる。いったん寝てみれば、そうおかしなことが起こらない限り、相手が二割増ぐらいになるのはわかっている。その後は「恋愛」というベルトコンベアに自分の心を乗っけていく……。

ああ、そういうことが出来たら、話はどんなに簡単だろう。けれどもそのベルトコンベアに心を乗せるために、森山は何かが足りないのだ。

顔が好みではないのか。この男から性的なものを何も感じないからなのか。それとも沢木という、あまりにも強烈な果実の後で、この男は平凡なほのかなにおいしかしないのではないか……。

二人は店を出た。麻布十番の夜は案外早い。表通りからひとつはずれた通りだというのに、たいていの店はシャッターを閉めている。タクシーが何台か通り過ぎたが、森山は手を上げようとしない。奈央子もそれを許した。まだ森山に勝負する時間を与えてもいいだろうと思う。ギリギリまでいて、嫌になったらタクシーに向かって手を上げればいいのだ。

「今夜は本当に楽しかった」

「こちらこそ、おいしかったわ。ご馳走さまでした」

「また会ってくれますよね」

横顔を見せていた森山が、こちらに向く。背が低い男だったので、表情をはっきりと読みとることが出来た。男のこんな顔を見るのは久しぶりだ。自分もまだ、男にこんな顔をさせることが出来るのが奈央子は嬉しい。が、「男に」であり、「森山に」ではない。いったい自分に、森山に何が足りないのだろうか。

「奈央子さん、また一緒においしいものを食べに行きましょうよ。あ、ドライブもいいよね」

「それって、つき合うっていうこと」

「もちろん」

「だったら、ちょっと考えるかも……」

いけない、と思ったものの、奈央子の口から意地の悪い言葉が出た。酔いが、自分の心と体をだらしなくして、どこかへ連れていってくれるかと思ったがそうはならなかった。酔いは、とり繕わない本音という方向にいってしまったようだ。

「あのね、もう私、男の人とつき合うとか、どうかするっていうのがしんどくてたまらなくなってきたの。これからおつき合いして、またいつもと同じことが始まるかと思うと、うんざりしちゃうの。別に森山さんが嫌っていうわけじゃないんだけど、ほら、私も年だから、こんな風に億劫になっちゃうのかもしれない」

「だったら結婚すればいいじゃないですか」

森山の明るい声が、夜道に響いた。

「つき合うのがしんどいっていうんなら、さっさと結婚しましょうよ」

「えっ」

「いつものコースじゃなくて、即結婚、っていうんなら、奈央子さんものってくれますか」

奈央子は男の顔を見た。森山は微笑んでいて、その明るさが奈央子には気に入らない。酔ってこんな風な冗談を言う男は時々いる。ねえ、結婚しようか。オレと一緒に暮らさないか。ほんの〇・一秒の間にせよ、女が「結婚」という言葉に反応するのをよく知っているのだ。そういう時、奈央子はいつもこんな風に言う。

「あら、素敵な考えね。じゃ、本当にもらっていただきましょうか」

横で聞いていた者が、ゲラゲラ笑うほど芝居がかった調子で言うのだ。そして今も奈央子はそうした。

「いや、オレは本気で言ってるんです」

森山は〝気をつけ〟の姿勢になっている。

「ひと目惚れですけど、この直感にオレは自信を持っているんです。確かにオレたちもういい年なんだから、だらだらつき合ったりしないで、結婚しませんか。どうですかね、こんな風に勢いで結婚するのも悪くないと思いますけど」

「ちょっと待ってよ」

奈央子は本当に狼狽した。このような展開になろうとは考えもしなかったからだ。

「結婚って言ったって、私たちまだ会って二回めなのよ」

「だって奈央子さん、もうデイトしたり、何だかんだするのはしんどいんでしょう。だったら結婚してもらうしかないじゃないですか」

「結婚はしんどくないのかしら」

「大変だろうけど、しんどいってことはないと思う。だって一生懸命しなきゃならないから。どうかな、この初めての一生懸命、やってみませんか」

この男はなかなか口がうまい。さすがに広告代理店に勤めているだけのことはある。けれども決して嫌な気分ではない。いつのまにか奈央子は立ち止まっている。

「奈央子さん」

森山はとても自然に奈央子の手を取った。

「オレと結婚しましょうよ。オレはそう悪くない男だと思いますよ。信じてください」

そうかもしれないと奈央子は思った。


だからといって二人の仲が急激に進展したわけではない。プライドゆえだろう、森山はその夜キス以上のものを求めなかった。奈央子は送られて家に帰り、いつもと同じようにメイクを落とし、顔を洗って歯を磨いた。しこたま飲んだので風呂に入らず、明日の朝シャワーを浴びることにする。

ベッドに横たわり、スタンドを消した時、さっきの森山の言葉が甦ってきた。初めて現実味を帯びて、それは奈央子の中ではっきりとした形を取り始めた。

「私はプロポーズされたんだろうか…」

今までにもそれに近いことはあった。恋人と呼ばれる男が、口にした幾つかの言葉。そろそろかな。ちゃんと考えてるから。いずれはね。もちろん本気で考えてるさ。

けれども森山のように、はっきりと口にした男がいただろうか。

「オレと結婚しましょうよ」

この響きは新鮮だった。結婚。結婚。自分はこういうものにひたすら憧れる馬鹿な女とは違うと思っていた。それなのにこのときめきをどう言ったらいいのだろう。自分の人生が変わろうとしている驚きと喜び。自分が承諾さえすれば、確かなものが手に入ろうとしているのだ。

森山を愛しているかどうかわからない。まだそこまではいっていないと思う。けれども、

「オレと結婚しましょうよ」

と言った男に、奈央子は感動していた。そう、感動していたのである。彼の率直さを好ましいと思った。そしてその延長線上に愛があるような気がする。

「なんだかよくわからないけど…」

奈央子はひとりごちた。

「何かが起こるのはいいことかもしれない」

そして二日後の日曜日の朝、奈央子は森山の電話で起こされた。

「グッド・モーニング。もう起きてたよね」

「はずれ…。起きようとは思ってたけど、まだ起きてないわよ…。今、何時よ。うーん、九時四十分…」

「もうそろそろ起きてもいいんじゃないの。ねえ、ドライブに行こうよ」

「え、ドライブ」

「そう、このあいだご飯食べた時、言ったじゃない。今度ドライブに行こうよって。奈央子さん、いいわねって」

「そうだったっけ」

全く記憶にない。「結婚」という言葉の衝撃に、他のすべての記憶が吹っとんでしまったのだろう。

「ちょっと遅めのご飯を鎌倉へ食べに行こうよ。一時間後に迎えに行く」

「そんなの無理よ。これから起きてお化粧して着替えるのよ」

「じゃ、一時間半後にね」

強引に押し切られてしまった。けれども森山の強引さが決して嫌ではない。それどころか好ましささえ感じている。人生が、自分がそう動くことなく、ふわふわとどこかへ流されていくのはなんと気持ちいいのだろうか。他人が、男が、奈央子の人生にこれほど介入してきたことはない。

「結婚が今度こそ決まっていくのだろうか」

決心とは言えない生ぬるい思いで、奈央子はこのままこの強い流れに身を任せてみようとしている。簡単だ。ほんの少し愚かになってみればよいのだ。今まで幸福というものを、たえず引っくり返し、観察し、吟味してきた。そんなことをせずに、男が与えてくれるものを鷹揚《おうよう》に味わえばいいのだ。

そのくせ奈央子は、着替える時に充分な配慮を怠らなかった。たぶん今夜、森山とそういうことになるだろう。こちらの読みを見透かされることがない程度に清楚で普通であるが、男の視線を満足させるだろうという下着を、奈央子は何枚か持っている。海外で買ったブランド物や、あるいはバーゲンの時に買い求めた高級品である。いわゆる「勝負下着」という言葉は下品で使いたくはないけれども、そういう下着は別の引き出しに入れポプリの小袋を入れている。中には沢木との思い出をつくってくれたものがあるが、そういうものは、除《よ》けておいた。

奈央子が選び出したものは、白いバラの刺繍をほどこしたハーフカップのブラと、お揃いのショーツである。

なるようになると思いながらも、こういうところに知恵をめぐらす自分の行為を、そう不思議なこととも、滑稽なこととも感じない。女というのは、こういうことを無意識に出来る才能を持っているのだ。

そして事態は、奈央子の考えたようになった。北鎌倉にある老舗のフランス料理店でブランチをとった後、お台場のゲームセンターで遊んだ。奈央子のために、クレーンゲームでぬいぐるみを取ろうとやっきになる森山の姿がおかしかった。ところが二千円分コインを投入しても、機械は思うとおりになってくれないのである。

「もうやめた方がいいわよ。私、キティちゃんのぬいぐるみ抱いて寝る年でもないし」

「じゃ、次にあれを狙う」

スロットマシーンタイプの機械で、中の景品は女の子用のビーズで出来たアクセサリーだ。

「あの指輪をオレたちのエンゲージリングにする」

「バッカみたい」

奈央子は鼻で笑うふりをしたが、幸福のあまり息が荒くなった。

「あの指輪を絶対にゲットするから、本当に結婚してくれるよね」

森山は奈央子をじっと見つめる。平凡だけれども、よく動く二重の目が可愛い。今は愛していないかもしれないけれども、愛せそうな顔。

「勝手にどうぞ」

奈央子は言い、よおしと森山は千円札をコインに替えた。そして四度めに森山はビーズの指輪を手に入れることが出来た。

「ちょっと来てよ」

奈央子の左手を取る。

「やめてよ。人が見てるわ」

「平気、平気。みんなゲームに夢中だから」

奈央子の左手のくすり指に、ピンク色の指輪をはめようとするのだが、子ども用だからうまくいかない。第二関節から先に進まないのだ。

「君って指が太いんじゃないの」

「ひどいわ。こんな小さいの、大人は小指にだって入らないわよ」

「よし、じゃあこれから銀座へ行って、本物のエンゲージリングを買おう」

「ちょっと待ってよ。そんなの急過ぎるわよ」

「オレはさ、君を自分のものにするための、いちばんいいやり方を考えたんだ。わかる?」

奈央子は首を横に振った。

「それはさ、考える隙を与えないこと。さあ、銀座へ行こうよ」

結局デパートや専門店を見ても気に入ったものが見つからず、もっとゆっくり探すことになった。デパートを出ると、陽はとっぷりと暮れている。

「夕ごはん、どうしようか」

「奈央子さんのうちで、ピザか何か取ってくれないかな。いいかな」

その時奈央子は、「ほら来た」とは思わなかった。エンゲージリングといい、森山はとにかく一刻も早く正しい手順を踏みたいのだ。

そしてピザを注文する間もなく、奈央子は森山にベッドに連れていかれた。あれこれシチュエーションを考えて選び出した下着は、予想以上の効果をあげ、森山は何かつぶやいたかと思うと急に動きが早くなった。

「本当に好きだよ。どうしようもないぐらい好きだよ」

森山は何度も口にする。

「会った最初から、君とこういうことをしたかったんだ。最高だよ。オレの思ってたとおりだよ」

森山とのセックスは、最高というわけではないが、そう悪くはなかった。自分勝手でもないし、下品でもない。あと何回か数をこなせば、きっともっと二人の相性はよくなるだろう。

奈央子は心のどこかで「合格」という印をつく。二人は最後にいちばん大切な試験を受けたという気がする。

二時間後、二人はピザを食べながら、結婚の日取りと場所について話し合っていた。


――絵里子さん、元気ですか。お腹の赤ちゃんは順調ですか。

先週はおうちにうかがえなくてごめんなさい。こんな話、メールですることじゃないけど、私、近々結婚することになりました。知り合ったばかりの男の人と、まさかこんなことになるとは思わなかったけど、

『結婚は勢いだ。あんまり考えたらいけない』

という彼の言葉にすっかりひきずられてしまったという感じ。

とにかく籍だけでも入れようということで、来月のいい日に入籍しようと思ってます。近いうちに親しい人たちだけで、どこかのレストランでごはんを食べるつもり。二人ともいい年なので、人知れずさっさとすることにしました。とりあえずご報告まで――

――それは本当におめでとうございます。

奈央子さんもやっと幸せになるんですね。私にまで教えてくださってありがとう。さんざん奈央子さんにご迷惑をおかけした私に気を遣ってくださるなんて、いかにも奈央子さんらしい。

どうか幸せになってくださいね。でもひとつだけお願いがあります。沢木にはこのことを言わないでください。きっとすごいショックを受けると思うの。勝手なお願いだけどよろしくお願いします――

――もちろんです。もう沢木さんには関係ないことですから、私はいっさい連絡するつもりはありません。いずれ沢木さんの耳に入るかもしれませんが、それは私の責任じゃありません――

メールを返すのも腹立たしかった。相変わらず勝手な女だと思う。自分の夫に言わないでくれ、などと、いったいどういう神経でそんなことを言えるのだろうか。

その時、携帯ではなく、家の電話が鳴った。森山かと思ったが、博美であった。

「ねえ、ねえ、ウエディングドレスのことですけどね。今日、私、ランチの時に繊維の村田《むらた》さんに話したんですよ」

「やめてよ。私のことなんか話さないでよ」

「だって奈央子さんが結婚すること、社内中の女性はみんなもう知ってますよ。久々の明るいニュースだって、みんな大喜び。ちっちゃいパーティーなのが残念だって。会費制の大きいのにしてくれってみんなの要望ですけどね。ま、それは仕方ないとして、奈央子さんがウエディングは貸衣裳にするらしいって言ってたらね、村田さんがそれはやめてって。ほら、うちってドミニク・ハシーラとフローリナを持ってるじゃないですか。うんと安い値段で、どっちかのウエディングをつくらせますって」

「まあ、そうは言っても、どっちも高そうだけど」

「繊維の部長にかけ合って、うんと安くするからって。それから総務の重田律子《しげたりつこ》ちゃんは、ずうっとフラワーアレンジメント勉強してるから、当日の花をやらせて欲しいそうですよ。そうそう、私の知り合いでヘアメイクの子がいるんですけど、彼女をぜひ紹介したいんですよ」

「そういっぺんに言わないでよ。とにかく私も彼も、地味婚とおり越して、ふつうのお食事会をするつもりなんだから」

「奈央子さん、だけど私たち、ちょっとでも役に立ちたい、参加したいと思ってるんですよ。そこんとこ、わかってくださいよね」

「ありがとう…」

鼻の奥がつうーんと熱くなった。どうしたことだろう、結婚が決まったとたん、何やらセンチメンタルになっているのである。先日も実家に帰った折、母の厚子からまとまった額が記された預金通帳を渡された。

「ナオちゃんが貰ったお年玉から始まって、ずうっと月々貯めてたものよ。あなたが結婚する時に渡そうと思ってたんだけど、なかなか嫁《い》ってくれないから、こんなに貯まっちゃったのよ」

こんなものいらない、と押し返す奈央子に、

「そういう強がりはもうやめなさい。新しい生活を始める時は、いろんなお金がかかるんだから」

と厚子は言い、その後奈央子は少し泣いてしまった。センチメンタルな気分は「マリッジ・ブルー」に繋がるようだが仕方ない。まわりの人間の言葉ややさしさが、ひとつひとつ心に深く染みていくようである。

このところ一日おきに泊まっていく森山にその話をしたところ、

「そりゃあそうだよな」

と何度も頷いた。

「オレ、いろんな人に聞いたけど、ナオコの評判ってすごくいいんだよな。特に後輩の女の子の人気バツグンだっていうよ。やっぱり君みたいな人と結婚するんだったら、パアーッとやらなきゃいけないのかもしれないよな」

「やめてよ。レストランでこぢんまりと披露宴ってことで、私たちは一致したんじゃないの。それに私、会費制のざわざわしたビュッフェパーティーって大嫌い」

「だったらさ、もうちょっと大きな店にしないか。実はさ、青山の都市開発にちなんで、ちょっと面白いビルがオープンするんだ。そこのレストランでやるのもアリかな、ってこの頃思っちゃって」

「ちょっとオ、そういう広告代理店的発想やめてくれない。私たちのウエディングなんだから」

「まあ、まあ、そんな声出さないでよ。全くオレは自信ないよ」

「どんな」

「ナオコを怒らせずに、我々が破局を迎えずにウエディングを迎えられるかどうかってことさ」

「わからないわよ。それまでちゃんと私を大切にしないとね」

「こんなに大切にしてるじゃないか」

森山はいきなり奈央子の肩をひき寄せ強く抱き締める。そして長いキスをする。

このまま自分は運ばれていく、と奈央子は感じる。結婚という場所にすごい勢いで運ばれていく。そしてそれはたぶん幸せなことなのだろう。

ある夜、奈央子は目を覚ました。隣りに森山が眠っていない夜だ。とても喉が渇いている。今夜博美たちと食べた、イタリアンレストランのペペロンチーノのせいだろう。

キッチンへ行き、冷蔵庫からミネラルウオーターを出して飲んだ。その後、どうしてノートパソコンを開けてみようなどと、考えたのだろうか。急ぎの用事などあるわけがない。ただ何とはなしに、パソコンの画面を眺めたいという要求は、やはり虫が知らせたものだろうか。

意外にも文字がびっしりと入っていた。

——奈央子さん。明日の朝、あなたがこのメールを開く頃、私も沢木もこの世にはいないと思います。あなたが結婚することを聞いて、沢木は荒れました。そしてその怒りは私にぶつけられたのです。絶対に別れてくれないのか。オレはお前に一生縛られるのか、そのことを考えると気が狂いそうだ。いっそのことお前を殺したいというので、一緒に死にましょうと私が誘いました。私を殺せば気が晴れるでしょうが、一生刑務所暮らしですよ、それなら一緒に死にましょう、と言ったらのってきました。二人でカゼ薬をひと瓶飲み、うとうとし始めたらガス管をくわえようと思っています。それではさようなら。最後まで迷惑をかけてごめんなさい――

終章　心中

生まれて初めて、奈央子は一一〇番を押した。けれども誰も出ない。永遠に呼び出し音が続くのではないかと思われた時、

「もし、もし」

不機嫌そうな男の声がした。

「あの、わたくし野田と申します。いま知人からメールが入りまして、自殺すると書いてありました」

混乱の中で、頭のどこか端に澄み切った部分があり、そこが可能の限りの力を込めて、冷静に知的に喋ろと命じている。一一〇番には悪戯《いたずら》電話が多い。誤解されないためにも、きちんと喋るんだ。お前の職業者人生のすべてを込めて、まっとうな話し方をしろ。そうでないと警察は信用しないぞ。

「知人の女性が、これから夫と心中を図ると私に言ってきました」

「悪戯っていうことはありませんか」

「そんなことはありません。ご主人の方は、社会的にもきちんとした方ですし、私は奥さんとも面識があります」

「わかりました。じゃ、その人の名前と住んでいる場所を教えてください」

彼らの住んでいるマンションの住所を発音した時、不吉さで舌が震えた。二つの死体が横たわるさまが見えるような気がした。

「それでは、あなたの名前と住所を」

男はどうしたら、これほど事務的になれるのだろうという声で尋ねる。まるで、合成音声の案内を聞いているようだ。電話を切った後、奈央子はニットとジーンズに着替えた。歯がガチガチ鳴っている。たった今、きちんと人と対応出来たのが嘘のようだ。

タクシーを拾って、今からすぐ、沢木の元に駆けつけるべきだろうが、もう遅いかもしれない。もしかすると死体を見ることになるかもしれないという思いが、奈央子を躊躇させる。

いったい自分が何をしたというのだ。死体を見せられるほど、自分は彼らの人生に深くかかわっていたのだろうか。考えあぐねている時間は短いと思っていたのに、いつのまにか白々と夜が明けていた。

その時電話が鳴った。間違いなく二人の死体が発見されたのだと思った。

「もし、もし、野田奈央子さんですね」

今度の電話は、さっきと違ってかなり感じがよかった。低くやわらかい男の声である。

「私は○○署の者ですが、沢木さん夫妻についてちょっとお話をお聞きしたいので、ご足労でも今から三軒茶屋南病院までいらしていただけませんか」

「あの、どうなっているんですか。二人とも大丈夫なんですか」

今度は奈央子の声がひきつっている。

「ご主人は無事です。奥さんはご主人が眠った後、包丁で割腹自殺をしたようです」

「割腹自殺ですって」

「ええ、女の人では非常に珍しいケースです。申しわけないのですが、本当に沢木さん夫妻かどうか野田さんに確かめてもらいたいんですが」

「確かめるですって」

「はい、奥さんの顔も見ていただきたいし、ご主人もご本人かどうかもお話ししていただきたいのですが…」

「イヤです」

奈央子は叫んだ。

「死んだ人の顔を見るなんて、絶対にイヤ。私は何の関係もないわ。いったい私とあの人たちと、どんな関係があるっていうのよ…」

「お気持ちはわかりますが、どちらのご家族も遠方にいるようなので、野田さんが病院に来てくれませんか。お願いしますよ」

「でもイヤなものはイヤなのよ」

いつのまにか奈央子はポロポロと涙を流し続けている。沢木は助かったと聞いて、張りつめていたものがパチンと大きな音をたてて切れたのだ。

それからのことを、奈央子は切れ切れにしか思い出すことができない。どういうわけか記憶が繋がっていないのだ。頭に浮かぶのは断片のシーンだけである。

病院で絵里子の死体を見せられたこと。どうしてこんなことになったのかと、絵里子の両親に詰め寄られたこと。

この心中は、週刊誌やワイドショーで大きく取り上げられた。夫がエリートで、妊婦の割腹自殺という事実が衝撃的だったのだ。

そしてある週刊誌が、

「美人ＯＬとの三角関係のもつれ」

と大きく書いた。その後奈央子は、マスコミの連中に大いに悩まされることになる。彼らは奈央子の住んでいるところや実家にもやってきた。それどころではない、商社ＯＬとはっきり書いたところもあり、会社の前で張られる日も続いた。

「亡くなった絵里子さんとこの美人ＯＬとは、同じ商社で先輩後輩の間柄であった。絵里子さんとしては、自分の夫を、信頼していた先輩に取られたことになる。このＯＬと夫とは同棲を始め、絵里子さんは離婚を迫られていたようだ」

週刊誌はこんな風に書きたて、ワイドショーのコメンテーターたちは、

「それじゃあ、奥さんの方はそこまで追いつめられていったんですね」

「不倫はよく聞きますが、こじれるとこういう悲劇が起こるんですよね」

彼らのわけ知り顔を、奈央子はぼんやりと眺めていた。まさか自分が当事者のひとりだと考えもしなかった。

部長に呼ばれたのはそのすぐ後のことだ。今後いったいどうする気なのかと尋ねられた。

今後と言われても、奈央子は死んでもいないし傷ついてもいない。今後も昨日と同じように過ごすつもりだったのだが、どうやらそれはとても困難なことらしい。

「会社の信用を失くした」

とまで言われた。ワイドショーや週刊誌では、奈央子の名や会社名は伏せられていたが、今やインターネットでかなり流れているらしい。

「不倫をしたうえ、奥さんを追いつめて心中までさせた女を雇っているとは、いったいどういうことだ」

という電話がかなりあったと、部長は表現をぐっとやわらかくして奈央子に告げた。

わかりました、と奈央子は答えた。それでは辞表を出しますと告げた。これ以上争うことが、もうめんどうくさくなったのである。

こんな最中にあって、森山のとった態度はかなり上質なものといえる。

「結局ナオコは、あの異常な夫婦に巻き込まれたようなものじゃないか」

憤ってくれた後、知り合いの新聞記者に本当のことを書いてもらおうと言ってくれたのである。

「沢木さんとのことはとっくに終っていたって。君とオレとは結婚することになっていたんだってちゃんと書いてもらおう」

「もういいの、もういいのよ」

奈央子は叫ぶ。記事のことではない。

「もう私たちも別れるしかないと思うの」

ええっと森山は大きな声を出した。その無邪気な大きな声を心から嬉しいと思った。

「冗談はやめてくれよ。今回の事件とオレたちとのことは、まるっきり関係ないじゃないか。君と沢木さんとはとっくに別れてる。マスコミに書かれたのは、全部出鱈目《でたらめ》だってオレは知ってる」

「全部が出鱈目ってわけじゃないわ。週刊誌に出てたことは半分は本当だった。確かに一時期、私たちは本気で結婚するつもりだった。絵里子さんに離婚を迫ってたのも本当だし…あっ」

奈央子は小さく叫んだ。どうしてこのことに気づかなかったのだろう。

「私たち、随分無理をしてたのよね。一時的にせよ、私は夫を奪おうとした女なのよ。それなのに、私と絵里子さんは会うようになった。仲よし、っていうわけじゃないけど、あの人は私を頼りにして、いろんなことを相談するようになった。そして私もいろんなお節介をやいたわ。でもそれはものすごくイヤらしいまやかしだったのね、お互いにすごく無理していたのよ。特に絵里子さんの方がね。あの人は自分で、精神がおかしくなる方に、どんどん自分を追い込んでいったんだわ」

「ナオコはやさし過ぎるんだよ」

森山は怒鳴るように言い、決して離すまいとするかのように、奈央子の腕をしっかりとつかんだ。

「あんな頭のおかしい女のことを、そんなに気を遣ってやることはないんだよ。テレビでも言ってたけど、あの女、精神的に不安定で病院にも通ってたらしいよね。だから女でハラキリしちゃうんだ」

「本当にやさし過ぎるのは、絵里子さんの方よ」

涙がはらはらとこぼれた。どうして人が死ぬと、たくさんのことがあきらかになるのだろうか。

「あの人はやり方は違っていたかもしれないけど、とにかく、心からご主人を愛してたわ。私たちが男の人を好きになる時のように、計算も駆け引きもまるっきりなかった。全身全霊でご主人のことを愛したんだわ。相手が息苦しくなって、逃げるぐらいね。でも絵里子さんは、無器用な人だから、そんな風にしか出来なかった。相手が自分を嫌うようにしか愛せないなんてつらいけど、彼女はそれしか出来なかったのよ」

「人のことなんかどうだっていいんだよ」

森山は奈央子の腕を強く引き、自分の方に引き寄せようとする。奈央子はそれを拒否した。

「肝心なのは、オレたちが幸せになることだろう。両親にはオレからちゃんと話した。わかってくれたよ。二人とも披露パーティー、本当に楽しみにしているんだ」

「それは駄目よ」

奈央子は二回ほど会った、森山の両親を思い出した。埼玉だというのに、彼らはまるで地方から上京してきた人たちのような純朴さだ。森山の持つ、調子のよさと紙一重の明るさは、どうやら職場で培われたものらしい。

「ああいう人たちを、これから苦しめたり、悩ませたりすることないわ。夫婦心中に追い込んだ悪女を、息子のお嫁さんにしたら、ずっと言われ続けると思う。ああいういい方たちを苦しめたりしたくないの」

「馬鹿馬鹿しい。いいかい、よく聞いてくれよ、親父やお袋っていうのは、すごくものの道理がわかった人たちなんだ。世の中の噂なんかよりも、息子が幸福ならばそれでいいっていう人たちなんだよ」

「いいえ、私たちは幸福になれないと思う」

きっぱりと首を横に振った。

「私ね、ものすごく濃密なものを見てしまった。それまで男と女って、こんな風にどろどろと相手を奪い合うものだってこと知らなかった。ふつうの人は見られないわ。でも私は見てしまったの。あのね、私、結婚って、適当な量の愛情でするものだって思ってた。世間の人も、この程度でしてるから、私もしようって。出来るかもしれないって……」

「それでもいいって言ったろ」

「でもね、私、見てしまったの。見てしまったのは、私が選ばれた人間だから。私、やっとわかったわ。誰かが何かの意志で、ふつうの人たちが見られないものを見させてくれた。だから私は、もう元には戻れないの。ふつうの結婚なんか出来ないの」

奈央子の腕をつかむ森山の力が、やや弱くなったのを機に、そっと離れた。

「いろいろありがとう、でもごめんなさい」

——お見舞いの手紙をありがとう。

僕はおととい退院して、やっとメールを打てるほどになりました。だけどやっぱりいろんな障害が残っているせいか、スピードはずっと遅くなりましたね。

今回のことで、あなたにどれほどの迷惑をかけたか。いくらおわびしてもたりないぐらいだ。入院中母に頼んで、週刊誌を買ってきてもらいました。見ない方がいいからと母がしぶっただけあって、すさまじい内容でした。最近になって、このためにあなたが会社を辞め、結婚も破談となったと聞いて、どうおわびしていいのかわからない。本当に申しわけない。謝ってすむことではないことぐらいわかっているけれど、本当に悪かった。本来なら会っておわびするところだけれど、おそらくあなたは会ってくれないでしょう。

死のうと持ちかけたのは彼女ですが、あの時の僕は承諾してしまった。あなたを失い、ずうっとこの女につきまとわれるならば、それも仕方ないと思ったのです。

けれども僕は死ななかった。報道されたとおり、僕らは風邪薬をひと瓶ずつ飲んで、ガスの栓をひねりました。その後、彼女は僕が寝ていたベッドの傍の窓をほんの少し開けたのです。そして自分は包丁で腹を刺した。自分は完全に死んで、僕はもしかすると助かるように仕向けてくれたのです。

妻の大きな愛情、という人がいますがそうでしょうか。

彼女は僕が生き残って、ずうっと苦しむことを望んだのだと思います。心中の片割れとして、ずうっと彼女のことを忘れず、彼女のことを悔いるように仕向けたのです。

知り合った時、彼女は平凡な若くて可愛い女に見えました。もともとそういう気質があったとしても、彼女をここまで尋常ではない女にしたのは、結婚してからの僕の素行です。ご存知のとおり、あなたの前につき合った女性もいる…。いや、僕は絵里子の策略にはめられたらしい。この頃、過去を悔いることばかりしている。

僕の方も会社を辞め、娘を連れて田舎に帰るつもりです。いつかあなたに、ちゃんと会ってわびることが出来る日が来ることを信じています。あなたを愛したことで、あなたの人生をめちゃくちゃにしてしまった。でも愛したことを後悔することはありません。沢木――

会社を辞めた時、奈央子は自分の持っている定期の額を計算した。一年は無理としても、つつましく暮らせば、八ヶ月は暮らしていけるだろう。結婚費用にと母の厚子から渡された通帳は手をつけずに送り返した。が、何の反応もない。あの頃、ワイドショーや週刊誌の記者が奈央子の実家まで押しかけたうえ、従妹《いとこ》から聞いた話であるが、

「どんな風にして、あんな娘を育てたのか」

「責任をとって、娘も腹を切らせろ」

などといった電話が何本もあり、厚子はかなりまいっていたようだ。

親子のことだから、いずれ和解出来ると思うが、それには時間がかかるだろう。二ヶ月というもの、奈央子は映画を見たり、本を読んだりして過ごした。あまりお金のかからない小さなコンサートや芝居にも行った。ちょうどその頃、登録していた人材派遣会社から連絡があり、小さな輸入会社に、パソコンと英文書類作成の仕事で入ることになった。

「あなたのような大企業に勤めていた人が、どうして派遣になられるんですか」

面接で聞かれ、奈央子は答えた。

「とてもいい会社でしたが、三十五になると居づらくなります。そろそろ辞め時と思いまして」

なるほど、と担当者は頷き、そしてすぐに採用通知が来た。勤めるところは、西神田にある雑居ビルだ。従業員五、六人の小さな事務所ばかりで、トイレも給湯室も共同だった。おおまかなところは清掃

のおばさんがやってくれるのだが、流しのまわりなどは各事務の女性が交替で清掃することになっている。最初来た時、あまりの汚さに奈央子は驚き、声をかけて一度集まってもらった。

「新入りだけど、いちばん年長みたいだから言わせてもらうわ。台拭きも使ったらちゃんと干しておきましょうよ。私が当番表をつくって、貼っておいたので、皆さん見てくださいね」

あたりを見わたすと、茶髪の明度が高い若い娘ばかりだ。ほとんどが派遣らしい。最初はどうして命令されるのか、という風に不貞腐れた顔をしていた彼女たちだったが、大手の商社に勤務していたという奈央子の経歴を知っていたらしく、その場は黙っていた。やがて給湯室やトイレで立ち話をかわすうち、数人で一緒に食事に行くようになった。ほとんどが二十代であるが、既にさまざまな人生を背負っている。中には、離婚して三歳の子どもを育てている女もいた。ふだんは、両親に預かってもらっているという。食事の後はカラオケに行き、したたかに飲んで歌った。

「ナオコさん、またやりましょうね。そうだいっそのこと、会をつくりましょうよ」

「そう、給湯室の仲間だから、〝お湯の会〟なんてどう?」

「センスない」

「ホット会の方がまだましよ」

「私って」

奈央子は苦笑した。

「いつだって給湯室のボスになる運命みたい」

ねえ、ねえと若い女たちは遠慮なく聞いてくる。

「ナオコさんみたいにキレイで、大きな商社に勤めていた人が、どうして今まで結婚しなかったの」

「あら、もしかすると一度ぐらいしてたかもしれない。そう決めつけないでよ」

「でもナオコさんは、バツイチのにおいがしないわ。私、わりとわかるんだ」

「ふっ、ふっ、私もいろんなことがあったわ。いずれお話ししますけどね」

　奈央子はそんな風にはぐらかした。もうだいじょうぶ、自分はだいじょうぶだ、とひとりごちた。立ち直る、というところまではいっていないが、上手に忘れる道はつけた、という感じだろうか。

　そして半年という派遣の契約が切れる頃、引き続いてやってくれないかという話があり奈央子は承諾した。その夜、缶ビールでひとり祝杯をあげた。ささやかな成功。こうして少しずつ着実に生きていくことが、今の奈央子にとっていちばん大切なことのような気がする。

　携帯の電話が鳴った。博美からだろうか。奈央子が辞めたとたん、心細くなったという彼女は、しょっちゅう愚痴をこぼすために電話をかけてくるのだ。

「もし、もし、ノダさんのおたくですか」

　幼い女の声であった。

「あたし、サワキマコトです。あたしのこと、憶えていますか」

　憶えていますかと、言った声が心細げで、もちろん、もちろん憶えてますよ、と奈央子は大きな声で言った。

「ねえ、どうして私の電話番号を知っていたの」

「あの、ずっと前、お母さんから、もし困ったことがあったら、このお姉さんに相談しなさいって言われてたの。きっと助けてくれるからって」

「そうね、そうね、そのとおりだわ」

涙をおさえるのに必死になった。真琴はもう九歳になるだろうか。あまり表情のない、手足の長い少女を奈央子は思い出した。

「あのね、あたし、すごく困ってるんです。お父さんがまた病気になって、おばあちゃんも年寄りだから、私のめんどうをみられないんです。豊橋のおばあちゃんも、お母さんのことでずっと入院したままなんです。だから私、シセツに行かなきゃいけないの」

「シセツって、養護施設のこと？」

「そう。『足ながおじさん』に出てくるようなとこ。私、絶対に行きたくないの。だからお姉さんに相談しようと思って…」

奈央子は混乱していた。沢木は真琴を連れて、岐阜の実家へ帰ったはずだ。そちらには沢木の母親がひとりで暮らしている。真琴の話だと、沢木は病気になったというが、それは深刻なものだろうか。

エリートと呼ばれ、ふつう以上に裕福な暮らしをしていた一家の娘が、父親が倒れただけでそういうところへ行くものだろうか。他に親戚はいないのだろうか…。ここまできて思いあたった。おそらく沢木は、夫婦心中をしたという汚名により、親族がみな離れていったのであろう。マスコミに名前は出なかったものの、親戚からの奈央子に対する非難も大変なものがあった。ましてや当事者である沢木は、多くの人々からつき合いを断たれたに違いない。そして今、手をさし伸べてくれる人は誰もいないのだ。

「あのね、真琴ちゃん、今住んでいるところの住所と、電話番号言えるかしら」

「はい、岐阜市松ケ枝町…」

すらすらと言って、駅からのおおよその道のりも告げた。奈央子が来てくれることを全く疑っていない口調である。

「わかったわ。あのね、とにかく今度の日曜日行きます。必ず行くから待っていて頂戴」

携帯を切った後で、何ということを口にしたのだろうかと後悔した。自分が行ってみたところで何か出来るわけがない。沢木の一家に転落が始まっていても、それは誰も止めることが出来ないのだ。しかし、そうはいうものの、あの少女の懇願《こんがん》には断わることの出来ない響きがあった。

「お母さんから言われてたの」

という言葉はまるで呪縛のようで抗うことが出来ないのだ。

日曜日、奈央子は早起きをして新幹線に乗った。名古屋で東海道本線に乗り換え、岐阜駅で降りるとそこからはバスだ。「大きな病院の近く」と真琴は言ったけれども本当にそのとおりで、病院の裏手に「沢木」という表札の家があった。塀もない、いかにも昔の建て売りといった感じの家である。一流大学を出、一流の企業に勤めていた沢木の実家は、地方の素封家ではないかと今まで奈央子は想像していた。少なくとも自分と同じぐらいのレベルの実家だと思っていたので、この家のみすぼらしさは意外であった。

これまた昔風の白いブザーボタンを押した。中から現れたのは、かなりの年齢の老婆である。最初沢木の祖母ではないかと思ったぐらいだ。名前を名乗ると、まあと絶句した。

「あの、真琴ちゃんはどうなさってるんですか」

「今、病院に洗たく物を持っていってもらっています」

老婆は上がっていきませんか、と言ったが、そうされると迷惑だという態度がありありと見てとれた。体を動かすのも大儀そうである。

「沢木さんはどこかお悪いんでしょうか」

〝沢木さん〟という単語に、何の響きも持たせないように発音した。

「やっぱりあの時のことがいけなかったのか、こっちに帰ってからもずっと体調がすぐれないで、診てもらったら肝臓でした。幸いガンではなかったのですけどねえ、長丁場になりそうだし、私も年で真琴のめんどうを見られないんですよ」

「あちらのご両親は…」

「豊橋は娘が亡くなってるんですから、うちどころじゃありません。母親が倒れて、退院のめどもついてないんですよ」

「それで沢木さんの病院はどちらなんですか」

「隣りですよ」

老婆は顎をしゃくった。悪気はないだろうがぞんざいな態度だった。

「真琴が感心で、毎日お使いしてくれてます」

教えられたとおり、三階の病室へ行った。六人の大部屋の、いちばん手前に沢木は寝ていた。その傍に少女が座っている。木綿のワンピースから、ぐんと伸びた腕が野放図にはみ出ている、といった感じだ。

沢木はどす黒くむくんだ顔をしていた。都会で颯爽と生きていた頃のおもかげはない。信じられないものを見る、という風に奈央子を見た。しばらくたってから、

「やあ…」

ゆっくりと片手を上げた。その時思いがけなく大きな熱い感情が、奈央子の喉元にこみ上げてきた。あれほど愛した男が、これほどみじめな淋しい姿をしている。自分はこの男を見殺しには出来ない。ここまで落ちた男にどうして知らん顔出来るだろう。自分には責任もないし、これは同情ではない。もちろん愛でもない。ただこの男を見守りたいのだ。共に生きることはむずかしいかもしれないが、とりあえずは側にいたい。男とその娘を、この窮地から救いたい。ベッドに近寄った時、

「いつもナオちゃんって、損な方ばかり選ぶのね」

そんな母の声を聞いたような気がした。

「真琴ちゃん」

照れくさいので、奈央子は少女に話しかけた。

「これからお姉ちゃん、いっぱいくるわ。それからいちばんいい方法をみんなで考えようね」

真琴は黙って頷き、そして顔を上げた。奈央子は息を呑む。恐怖で体が凍りついた。その黒目がちの大きな目は確かに絵里子のものであった。（完）

＊この作品は『Domani』二〇〇一年七月号より二〇〇三年九月号まで掲載されたものです。

anego

発行日　二〇〇三年一一月一日　初版第一刷発行
二〇〇四年　一　月一日　第四刷発行

著者　林 真理子

発行者　桶田哲男

発行所　株式会社小学館
〒一〇一-八〇〇一　東京都千代田区一ツ橋二-三-一
編集〇三-三二三〇-五五二〇
制作〇三-三二三〇-五三三三
販売〇三-五二八一-三五五五
振替〇〇一八〇-一-二〇〇

印刷所　大日本印刷株式会社

製本所　牧製本印刷株式会社

 ISBN4-09-393304-9